カメラに向かって微笑むアウィイエおばあちゃん。頭から肩にかけて白く長いスカーフ、ネツェラをかぶっている。
著作権：ギルマファミリー所蔵

エリトリアはアフリカ北東部にあり、南はエチオピア、北はスーダン、北東は紅海に面し、東はジブチと国境を接する。母はアスマラからバスに乗り、ハルハレという村に行き、そこから西方向へ203マイル（約320キロメートル）もある、スーダンのカッサラまで歩いた。その3週間にも及んだ旅の最中は、ほぼ裸足で歩かなければならなかった。この地図は、国連が作成した地図に基づくものである。

7歳の頃、私はいつも父にマジックテープのようにくっつきたがった。父がやることなすこと、なんでも一緒にやりたかった。オークランドの家の庭に自分で作ったベッドの上でのんびりくつろぐのが好きな父は、日向ぼっこをしながら本を読んでいる。写真では、父はうつぶせになり、前に厚い本が開いてある。私は父の背中でぐっすり昼寝している。父は肩越しに後ろを見ながら「背中で寝入ってしまった子の重みを感じながら読書し続けるべきか、はたまた動いて私を起こしてしまうリスクを冒すべきか」を思い悩んでいる。　著作権：ギルマファミリー所蔵

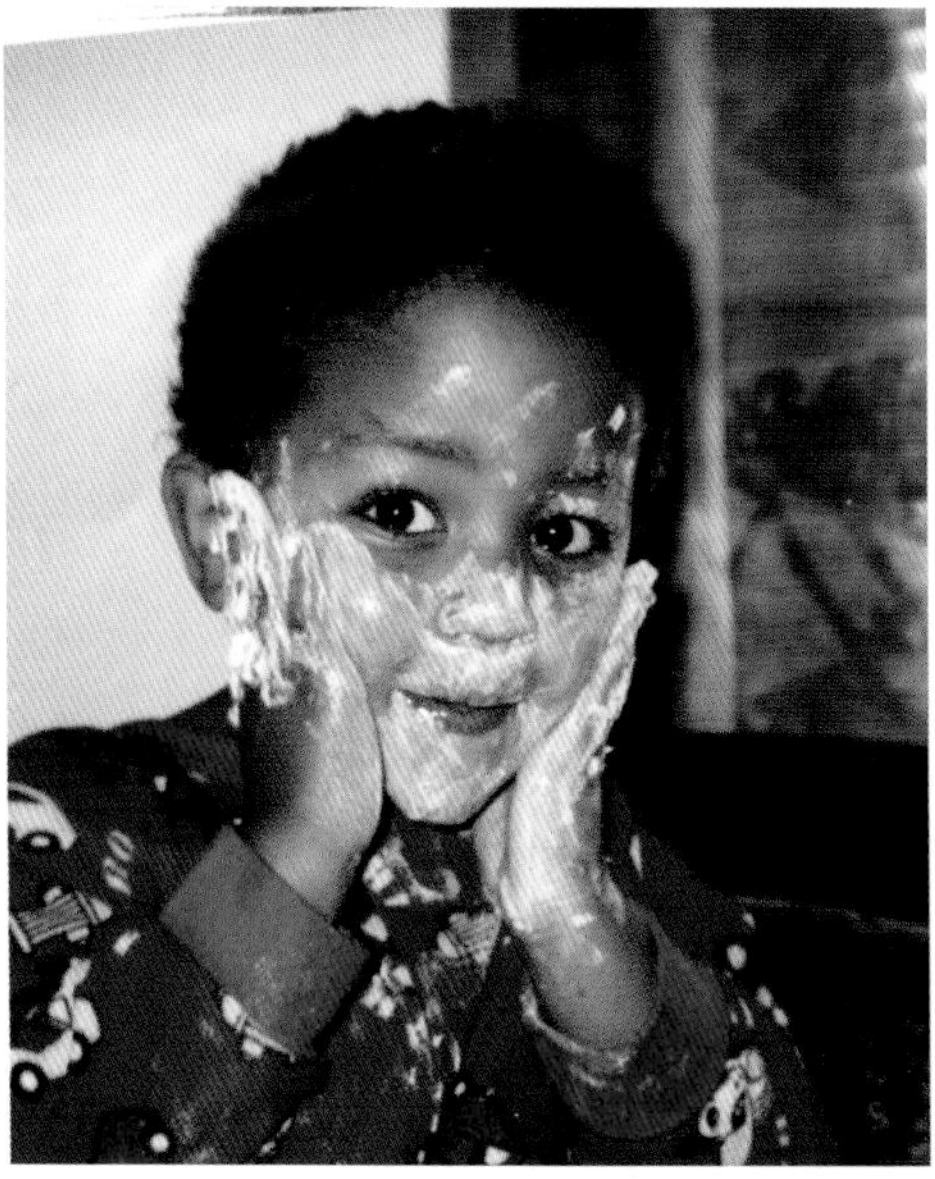

ヤフェットにとっては、「クリームこそ我が人生」。4歳の私の従弟は顔にクリームをたっぷり塗り、顔や手のみならずパジャマにまで、クリームのかたまりがべったりとついている。

著作権：ゲブレイェススファミリー所蔵

写真いっぱいに写っているのは、約30フィート［約9メートル］の高さの巨大な氷山。氷山の色は淡く青みがかった白、多少黄色が入っている。私はメンデンホール湖の上の氷山の横に立ち、手袋をはめた手で氷山を触っている。これは、私が登った氷山とはまた違うものだ。　著作権：ギルマファミリー所蔵

ハーバード大学法科大学院卒業式のステージ上で、マーサ・ミノー学部長から卒業証書を受け取る私。ミノー学部長と私は式服をまとっている。私の盲導犬マキシーンときたら、ゴージャスな毛皮のコートですましている。
著作権：ギルマファミリー所蔵

バラク・オバマ大統領は背の高いテーブルの脇に立ち、指10本全てを使って入力している。私はテーブルの向かい側に立って携帯型点字対応コンピュータに手を置き、その言葉が入力されると同時に読む。ジョー・バイデン副大統領とバレリー・ジャレット氏もブルー・ルームにいて、私たちが会話する様子を見ている。

ホワイトハウス公式写真／ピート・スーザ

バラク・オバマ大統領は私の肩に腕を回しながら、グリーン・ルームをエスコートしている。歩きながら私は携帯型点字対応コンピュータを手にしている。ジョー・バイデン副大統領が、私たちのすぐ後ろに立っている。

ホワイトハウス公式写真／ピート・スーザ

力強いスピーチを披露すれば、人に行動を起こす契機となる。私はサミット・アット・シーというイベントで壇上に立ち、スピーチを行っている。紫色とオレンジ色に輝くサンゴの形をした芸術作品に囲まれている。　写真：サミット社／イアン・ローワン

20代になった私の妹TTは丘の上に立ち、勝ち誇って腕を伸ばしている。背後には、サンフランシスコの街並みが広がっている。TTはジーンズ、カラフルなシャツ、黒いサングラスをかけ、顔いっぱいの笑みを浮かべている。

著作権：ギルマファミリー所蔵

盲導犬マキシーンと私はアメリカ中を回って、障害者の権利擁護と障害者受け入れをテーマに講演を行った。この写真では、私はカンザス大学の鐘楼の前の広場で、マキシーンの前にひざまずいている。マキシーンは私の腕に片足を乗せ、私を見上げている。私は『オズの魔法使い』のドロシー気分で、「ここはカリフォルニアじゃない気がするわ」とマキシーンにやさしく話しかけている。

左、右、前、駆け足で進め！　馬とコミュニケーションを取るのは、盲導犬を訓練することに似ている。私は栗毛の馬に乗り、手綱を手に持ってニコニコしている。背後には、緑色の丘が広がっている。

スタンドアップパドルが大好き！　暖かい水面をゆくのは、特にいい。私はライフジャケットを着てボードの上に立ち、パドルを前に出してケアラケクア湾を渡っている。湾の水面は少し波立っており、遠くには霧のかかった緑の丘が見える。

著作権：ギルマファミリー所蔵

私の大切な友人、エイプリルとブライアン・ウィルソンは、2人の結婚式の司会をする名誉を私に授けてくれた。祭壇に立つブライアンはアメリカ海軍の制服を着て、愛情を込めた目でエイプリルを見つめている。エイプリルは華やかな淡いピンクのドレスを着て、そのドレスを引きたたせるクリーム、ピンク、そしてオレンジ色の花束を持っている。私たちの間にある祭壇の上には携帯型点字対応コンピュータが置かれていて、それを指先で読みながら、私は2人の愛を寿ぐ式典を行っている。背後には、静けさをたたえた入り江が広がっている。　写真：ライアン・グリーンリーフ

Haben

THE DEAFBLIND WOMAN
WHO CONQUERED HARVARD LAW

|著|
ハーベン・ギルマ

|訳|
斎藤 愛
マギー・ケント・ウォン

ハーベン

ハーバード大学法科大学院初の盲ろう女子学生の物語

明石書店

「世界で最もすばらしく、最も美しいものは、
目で見たり手で触れたりすることはできません。
それは、心で感じなければならないのです」
——ヘレン・ケラー

読者の皆さんへ

私の本を手に取ってくださって、どうもありがとう。日本語に翻訳する労をとってくれた斎藤愛さんとマギー・ケント・ウォンさんに、心から感謝します。お話の中には面白いところもありますから、どうぞ読みながらニコニコしたり思いきり笑ったりしてください。それと同時に、お話に含まれる冷たい真実に触れ、よく考えてみてほしいと思います。アクセシビリティがない環境の中で苦労しながら生きていく体験は、誰の身の上にもありうるものです。日本の障害者の方々の体験と重なる部分も多くあるでしょう。いつの日か日本を訪れて障害者権利擁護活動家の方々にお会いしたり、美味しい和食をいただいたりできるようになることを、夢見ています。そのときまで、まずは皆さんにこの本をお読みいただければと思います。

感謝の気持ちをこめて

ハーベン

ハーベン　ハーバード大学法科大学院初の盲ろう女子学生の物語

目次

序章

私は盲ろう者です。みんなの顔を見たり、声を聞き分けたりすることができないので、誰かと会話するときにはいつもまず、名前を言ってもらうことから始まります。例えば、友だちが私に話しかけるときは「キャメロンよ」とか「ゴードンだよ」というふうに始めます。ただし、もし友だちが酔っていたとしたら「僕だよ〜」とだけ言うかもしれませんが。

私の名前はHaben、ハーベン。Haというのは笑うときの「ハハハ」の「ハ」、benというのはbenevolentベネヴォラント（親切な、善意ある）と同じ発音です。

盲ろうと一口に言っても、見えにくい／見えない、聞こえにくい／聞こえない、と障害の状況は様々です。ですから、聴覚はないけれども視覚が少しある盲ろうの男性であれば、目の前3フィート［約0・9メートル］で行われている手話を見ようと目をこらすでしょうし、視覚はないけれども聴覚が少しある盲ろうの女性であれば、補聴器をつけた耳で車の音を聞こうとしながら白杖で舗道の様子を確かめて、交差点を渡ろうとしているでしょう。私は、生まれつきの盲ろう者です。12歳の頃には、部屋に入ると、ぼんやりした形のソファに誰かが座っていて、その人のぼやけた輪郭も見ることができました。でも、視覚は毎年どんどん失われています。今は、部屋に入ると見えるのは抽象画のようなもので、形ははっきりせず、色はまだらのようにしか見えません。

聴覚も同じようなもので、生まれたときから低周波の音は聞こえが悪く、高周波の音はよく聞こえました。言葉の習得には、高周波の子音が欠かせないため、高周波をよく聞いていた私は、直感的に高い声で話すようになりました。12歳の頃は、両親が私の隣に座ってはっきりとゆっくり話すときには、声が聞こえました。今は、進歩したテクノロジーを使ってコミュニケーションを取ります。例えば、携帯型点字対応コンピュータに接続されたキーボードを使っています。

もし、この社会が多様性を伴わず、ある一定の人たちだけが住むものだという浅い考えで作り上げられたコミュニティだとしたら、私たちはのけものにされてしまいます。私たちは、そのような「コミュニティに住む人たち」が指している狭い定義に対して、異議を唱え続けなければなりません。この本を通して、世界の様々な場所を訪れ、人との結びつきを探し求める旅を私と一緒にたどりましょう。灼熱の太陽のもとで学校を作る体験をするマリ、氷山を登る体験をするアラスカ、盲導犬のトレーニングをするニュージャージーから、ハーバード大学法科大学院、さらにオバマ大統領とお会いして、生涯忘れられない時間を過ごすホワイトハウスまで。世にある回想録と違って、この本は現在形で書かれています。視力2・0の持ち主なら、自分の過去を振り返ってみると他愛なく、ああすればよかったなどとスムーズに合点がいくものなのかもしれません。でも私には、そんな2・0の視力の世界など想像もつきません。そんなわけでこの本では、これからも驚きが待ち受ける世界を生き続けていく気持ちを、そのまま記しています。

第1章

父が連れ去られた日

1995年夏
エチオピア　アディスアベバ

制服を着た男が2人、飛行機内の通路に立って、私の父を見下ろしている。私は父の隣の席にいて、その黒い影のような人間をもっとよく見ようと、目をこらす。2人のぶっきらぼうな声音が、まるで蚊に肌を刺されるかのように、ちくっとした感覚を呼び起こす。

父はシートベルトをはずすと、「ちょっと行かなければならない」と私に声をかける。

男2人は父を伴って、飛行機を降りる。私は7歳で、生まれて初めてひとりぼっちになってしまう。通路の向こうまで見てみる。私の視力だと、5フィート〔約1・5メートル〕先くらいまでしか見えない。誰かが車輪のついたバッグを引っ張りながら歩いて行く。バックパックを背負った子どもが2人、通り過ぎる。

自分の座席に沈み込み、目を閉じる。この飛行機でロンドンへ行き、そこから別の便に乗り換えてアメリカに戻る予定なのだ。私はカリフォルニア州のオークランドで生まれて育った。夏休みになったので、父が育ったエチオピアに里帰りしたのだ。私の母と妹は、あと2週間、休暇を過ごしてからアメリカに戻る予定になっている。

夏休みの思い出が脳裏をよぎる……ほこりっぽい道ばたで、妹や近所の子たちと一緒にダンスしたこと、母と一緒にレーズンパンを焼いたこと、紅海で父と海水浴をしたこと……

目を開ける。もう一度、通路の向こうまで見てみる。誰も歩いていない。もうみんな、搭乗したということだ。

もう1時間にもなる。なぜ父は戻ってこないのだろう？

緊張のあまり、見えない鎖が私の喉元をしめあげている。苦しくて、首や頭まで痛くなってくる。深呼吸をして、残っている希望にすがりつこうとする。

スピーカーから、機内アナウンスの、がなりたてるような音が聞こえてくる。アナウンスは何も聞き取れず、胸の鼓動が余計に早くなってくる。

生まれてからこのかた、エチオピアの兵士が家族を引き裂くという話ばかり聞かされていたのだ。私の母も、歌を歌えと強要されたのに歌うことを拒否したというだけで、兵士に監獄に入れられた。エチオピアは隣国のエリトリアの領有権を主張し、エリトリアの独立戦争は30年も続いた。父はエチオピアで生まれ育ったが、父の父である私の祖父キダネは、エリトリア人である。戦争中、エチオピアに住んでいたエリトリア人は攻撃の対象だった。独立戦争が終結したのは１９９１年なのだから、エリトリア人がエチオピアを訪れても安全なはずではなかったのか？　父はなぜ連れ去られてしまったのだろう？

考えていると、お腹を蹴られたときのような痛みに押しつぶされる。痛みが体じゅうに広がって、私は酸素を求めてあえぐ。

アメリカ国籍を持っているのに、なぜ私たちは引き離されなければならないの？

父が座っていたはずの座席をよく見てみる。父は行ってしまった。もうそのことは知っているはずなのに、座席に触ってみる。もう父はそこにはいない。手がシートベルトに触れる。長くてすべすべしたストラップと、それとは対照的に硬い金属のバックル。このバックルは、本当なら父を安全に座席に座らせておいてくれるはずだったのに。

ジェット機は、強い振動を立て始める。エンジン音が、足の裏から首の後ろまで、全ての神経を逆なでしている。

胸が焼けるように痛い。痛みは、胸から頬骨までせり上がってくる。息をするのも痛い。窒息しそうな恐ろしさをなんとかしようとしながら、鼻から息を吸い込むのさえままならない。

お父さん！　お父さんなしで、どうやって生きていけばいいの？　ロンドンに着いても、どの飛行機に乗り継ぐのか、どうやって見つければいいの？　お母さんに電話するにしても、国際電話番号すら知らない。

突然、客室乗務員が現れる。ボソボソ、ボソボソ、ボソボソ。膝をついて、私の目の高さに顔を寄せる。ボソボソ、ボソボソ、ボソボソ。

恐怖のあまり、私は口がきけない。体じゅうが痛くて、筋肉が死んだかのように動かせない。唯一、動いてくれたのは私の涙だけ。

客室乗務員はまた話し始める。ボソボソ、ボソボソ、ボソボソ。

目を見開いて彼女を見つめ、心の中を読んでほしいと願う。お父さんを返して。

客室乗務員は立ち上がり、向きを変えて立ち去ってしまう。別の客室乗務員が、座席の列の一番前に立っている。彼女の動きを見ると、どうやら安全のためのデモンストレーションを行っているらしい。もうだめだ。私の一生は終わりだ。父が使っていたシートベルトを握りしめる。そのとき、金属のバックルに湿り気があることに気づく。

誰かが通路を急いでやってくる！　私の隣の席に突進してきた……お父さんが戻ってきた！　小さく息を吸い込んだら、痛みが私のあごを突き抜けていく。体の力を抜いてもいいのだと自分に言い聞かせる。

この世界の暴力から、私の身を守るものは、何一つとしてない。家族や、アメリカ国籍という身分、視覚障害のある生徒のための護身術のクラスで習ったことですら、守ってくれない。今この瞬間にさえ、私の大切な人たちの命は簡単に奪われてしまう。私の命ですらも。

ロンドンに到着すると、父は乗り継ぎゲートまで連れて行ってくれる。ゲートのところで椅子に座ると、あとはアメリカ行きの飛行機を待つだけだ。そのとき、ようやく私は勇気をしぼり出して父に聞いてみる。「なぜあのとき、飛行機から降ろされてしまったの？」

「わからない、でももう大丈夫になったんだよ」

イヤイヤをするように頭を振って私は言う。「教えて。私は大丈夫だから」

父は、座っている椅子の隣にある雑誌を手に取り、パラパラとめくり始める。「わからない。ほんとうに、どうしてなのかわからないんだよ」

「そうなの……それで、何があったの？」

父はため息をつく。「キダネの息子かって聞かれたんだよ。そうだと答えた。そして何か書類を渡されて書き込まされた。飛行機が離陸しそうだったから、相手が見ていないすきに、逃げ出したんだ」

涙がじんわりとわいてきた。「戻ってきてくれて、ほんとうによかった」

私の肩を抱きながら、父は言う。「お父さんもだよ、ハーベンちゃん」

第2章

道のりは始まったばかり

2000年秋
カリフォルニア州オークランド

「こんなことは言いたくないんだけど、このままだと落第してしまうよ」

聞こえの悪い耳で聞き取れたその言葉を、思わず疑う。ミス・スコットを見上げる。とても信頼している大好きな先生だ。私たちがいるのは、ブレット・ハート中学校にある、視覚障害のある生徒のための資料室。学校には視覚障害のある生徒が全部で7人いる。その生徒たちのために、点字本や点字タイプライター、点字プリンター、視覚障害者向けサポートつきのコンピュータ、天眼鏡、点字のモノポリーゲームやウノのカードまでもが、その資料室には揃っていた。生徒たちは順番に、1日1校時だけこの資料室にやってきて勉強する。その他の時間は、障害がないクラスメートと一緒に、通常の授業を受けている。

ミス・スコットとその補助の先生は、障害のある生徒たちが学校で十分な支援を受けられるように、通常の先生の手助けをしている。生徒のそれぞれのニーズに合わせて、課題読書などを点字や音声に変換したり、または拡大コピーをしてくれる。また、手で触って硬貨を判別するやり方、紙幣を折りたたんで数えるやり方、天眼鏡やテキスト読み上げソフトウェアを使ってインターネットを使う方法など、視覚障害者として生きていくためのトレーニングもしてくれる。

ミス・スコットが隣に座って、もう一度話しかける。「ミスター・スミスから、成績表を点字にしてほしいと頼まれたんだけど、その前にお話ししようと思って。この成績表によると、提出していない宿題がずいぶんあるみたいよ」

「でも全部やりました、宿題は全部」怒りがわきおこってきて、お腹がしぼられるように痛い。

「この成績表に書いてあることを言っただけよ」

「宿題はいつもやっています。宿題をやらなかったことは一度もありません。誰か別な人の成績表ではないんですか？」

「悪いんだけど、ハーベン、これはあなたの名前ですよ」

床をけとばして、私は背をまっすぐにして椅子に座り直した。「それじゃわかりません。そんなの、おかしいです。宿題は全部やってあるのに」

「大丈夫よ、あなたを責めているんではないの。いつもよくがんばっていることをちゃんと知っています。もう一度、よく考えてみましょう。提出していない宿題が一つだけでもあるかどうか、思い出せる？」

「やらなかったことなんて、ありません」

「そうよね、そうするとは思えないわ。ミスター・スミスに聞いてみましょう」

不安のあまり、声が出ない。うなずくことしかできなかった。潜在意識が警告を告げている。ミスター・スミスのクラスの何かがおかしいのだ。

「先生がいらっしゃるか、電話してみますね」ミス・スコットは机に向かって歩く。そうなると、話す声はくぐもった音にしか聞こえない。私の耳が聞こえる範囲より、遠くにいってしまったから。目の前にある点字の本に手を落とす。ナンシー・ドリューの本。いつも勇気を持って恐ろしい状況に立ち向かっていく彼女は、私の憧れのキャラクター。指を点字の突起の上に滑らせ、ナンシーの冒険を読み進める。ナンシーの冒険を読んでいれば、背中の方から湧き上がる恐ろしさを忘れることができる。

ミス・スコットが私のいるテーブルに戻ってくる。「先生は今お時間があるそうよ。一緒に行きましょうか」

また貝のように口を閉じてしまう。いやいやながら立ち上がり、ミス・スコットのあとに続いてドアを出た。

左に曲がり、かび臭い古い建物の匂いのする廊下を歩いて行く。ミス・スコットのあとについてとぼとぼと歩きながら、私の心臓はまるで肋骨に当たっているかのように、ドクンドクンと音を立てている。中庭を横切ると、ユーカリの匂いのする風が吹いている。その匂いをかぐと、鼻炎のシーズンに家族が使う、鼻づまり解消の薬のことを思い出す。

ミス・スコットは歩くスピードをゆるめて、並んで歩き出す。「側転の練習はどうなってる？」思わず小さく微笑んでしまう。側転ができるようになりたいなと言ったら、ミス・スコットが手伝ってくれると言ってくれたのだ。1校時をまるまる費やして、体育館で2人で練習をした。ハーベン、足を高くけりあげて！　足を曲げないで！　もう一回やってみよう！

「足が上になったとき、まっすぐにするのがまだ難しいんです」

「この前やったとき、もう少しでできそうだったわよ。練習を続けてみようよ。きっとできるはずだから」

顔が赤くなる。目の見えない生徒でも小学校4年生のときには、もう側転ができた子もいるのだ。ミス・スコットだって、側転ができるようになってから20年以上経つだろう。それなのに私ときたら、12歳になってもまだ側転ができない。「はい、練習します」と小声で答える。

ミス・スコットは、ほんとうにすてきな先生なのだ。授業の最中に、わくわくするようなしかけをいろいろ出してくれる。去年はホットサイダーをくれた。そのとき初めて飲んだ、うっとりするほどおいしい飲み物。それにエッグノッグ［牛乳と卵と砂糖を混ぜて作る冷たい飲み物。シナモンやナツメグなどのスパイスを加えることもある。アメリカでクリスマスの時期になるとよく飲まれている］、こっちはうえっとなる味だったけど。それから、ナショナル・ブライユ・アンド・トーキング・ブックライブラリ（National Braille and Talking Book Library）への登録を手伝ってくれて、『ハリー・ポッター』の予約のやり方を教えてくれた。ここの中学校にも点字図書コーナーがあるけれど、蔵書は少ないので、全国図書館サービスを利用したかったのだ。

ミス・スコットはそよ風のようにミスター・スミスのいる部屋のドアを通り抜け、机のそばに来て立ち止まる。私は、ミス・スコットの隣に立つ。

ミスター・スミスは、何かしゃべりながらこちらにやってくる。何を言っているか判別できずに、その言葉は意味をなさない音のかたまりになってしまう。

「ほんとうですか?」ミス・スコットは聞き返す。

ボソボソ、ボソボソ。ミスター・スミスの返事はドイツ語みたい。ときどき、その声は聞き取れるようになり、かろうじて彼が何かしゃべっていることがわかる。それでも、何をしゃべっているのか、内容まではわからない。

「そんな!」ミス・スコットは笑い出す。

膝が震え出す。2人は私のことを笑っているの? 2人を交互に見ながら、もっとよく聞こえないものかと耳をすましてみる。

ミスター・スミスはこほんと咳払いする。「さあ、用事というのはなんですか?」

「ハーベンが聞きたいことがあるそうです」ミス・スコットは言う。

「それで?」背の高いその人の影が、私の前に立って、待っている。

私はごくりとつばを飲み込む。「成績表では、私が宿題をやっていないことになっているそうですが、私は宿題を全て提出しています」

「見せてもらえるかな?」ミス・スコットから紙を受け取る。「宿題は10題、提出されていないものがありますね。第4章の質問を読んで答えましたか?」

「それは……先生は第4章を飛ばしたと思っていました」

返事が返ってきたが、何を言っているか聞き取れない。

「あのね、思ったんですが」ミス・スコットが割って入った。「宿題を出すときに、どうやって出すのですか?」

「宿題はいつも黒板に書きますし、書いた内容を読み上げます」

「そうですか」ミス・スコットはしばらく考え込む。「宿題のことを読み上げるとき、教室の前の方にいらっしゃいますか?」

「そのときによって違いますね。私の机に座っているときは、そこから声をかけることもあります」

「ハーベン、先生がその机にいらっしゃるときに何か言われたら、聞こえる?」

私はいいえ、と首を横に振る。私の席は、黒板のすぐ近く、クラスの真ん前にある。ミスター・スミスは授業中、いつも教室の前に立つか椅子に座るかしている。でも、先生の机は教室の一番後ろ、ドアの近くに位置している。

「そういうわけだったのですね。ハーベンが宿題のことを知らなかったのは、宿題が出されたことが聞こえていなかったからです」ミス・スコットの声は落ち着いていて、誰かを咎めようとする口調ではない。「ハーベン、宿題をきちんとするために、自分でどうすることができると思う?」

「ええと……授業の最後に、誰かに聞けばいいと思います……ミスター・スミスに聞いたり……」

ミス・スコットはミスター・スミスに向き直る。「それでよろしいでしょうか?」

「もちろん。何か質問があればなんでも聞いてほしい。逆に聞きたいことがあるんだが、なぜ補聴器を使わないのかな?」

「私の難聴は、通常の補聴器では役に立たないのです。前に試したことがあるんです」恐ろしさのあまり、喉が詰まってくる。前に診察してもらった聴覚学者が説明してくれた。私の難聴のタイプは、通常の難聴とは反対のタイプのものなので、市場に出回っている補聴器は助けにならない。でも、聴覚学者がそう言えば、みんな信じるだろうけど、私がそう言うだけでは、みんなは生意気なプレティーンの女の子が何か言っているだけだ、と思うかもしれない。

「わかったよ」ミスター・スミスは言う。

しばし無言。

「ハーベン、」ミス・スコットが再び話し出す。「やりそびれてしまった宿題を提出するチャンスをもらえないか、聞いてみたい？」

「そんなことができますか？」希望のあまり、声が上ずる。「締め切りを過ぎて提出しても、単位がもらえますか？」

「もちろんだよ。次の金曜までに全部出してもらえれば、単位は大丈夫」

「必ずやります。ありがとうございます」

資料室に戻ると、ミス・スコットはきびきびと言い始める。「よかったわね。このリストを点字にしてあげますからね。まずは座って」ミス・スコットは点字プリンターの隣にあるコンピュータのところへ歩いて行く。コンピュータにはソフトウェアが入っていて、印刷されたテキストを点字にしてくれて、その情報をプリンターに送る。プリンターは厚手の紙に点字を出力する。

私は椅子に座り、両手を机の上で組み重ねてそこに頭を埋める。ミスター・スミスのところへ話をしに行ったことで、ぐったりしてしまった。先生たちがいつも必ず私が必要としている情報を与えてくれているはずだ、と頭から決めつけて疑いもしなかったことが、失敗に結びついていた。もし私が失敗しないようにするとしたら、自分でどうにかして、他の人には見えていること全て、それから誰かが話したこと全てを理解しようとしなければならないのだ。どんなときでも。

それから3時間経ち、ミスター・スミスの歴史の授業の時間になる。自分の机に座り、目の前に置かれた点字の本の上に、指を飛ぶように滑らせている。どの行も、どの言葉も、どの文字も、指先で全てを触れ、すっと頭に入ってくる。なんの難しいこともない、苦しむこともない。体を使うことで、読書は全身を使う体験となる。

心のどこかで、自分が全てを聞き取れていない、見えてもいないことを知っている。誰かが音読している声、30人の生徒が椅子の上でそわそわがたがたしている音。30人の生徒がみな、同じ教科書を見ている光景。たぶん中には顔を見合わせている生徒も何人かいる。今、この瞬間にも、オークランドの街中では無数の音がしていて、無数の光景が繰り広げられているだろう。五感に訴える刺激は、たちまち世界へと広がっていく。カリフォルニアに自生している、レッドウッド［セコイア］の木の皮の、赤みがかった茶色。夜の闇に浮かび上がるビッグベンの輝き。ビクトリア・フォールズの壮大な咆哮。シンガポールの雑踏からは、はち切れんばかりのざわめき。味や、匂いや、手触りなどもある。五感で感じる世界は沸騰する鍋だ。

私は、自分がいる盲ろうの世界を気に入っている。居心地がよくて、なじみがある。この世界は狭すぎて限りがある、と思ったことはない。私はそれしか知らないのだ。私にとっては、これがふつう。

ジリリリン！　授業が終わる合図のベルが鳴る。とたんに、生徒たちが椅子をガタガタ言わせたり、プリントをバッグにつめこんだり、離れて座っている誰かに向かって何かを叫んだりする、乱雑な音がわきおこる。

教科書をバックパックにつめながら、帰る支度を始める。あれっ？　宿題はあったっけ？　宿題のことは何も聞いていない。だから、今日は宿題ないよね？　私が聞いていなければ、それはありえない。もし私が見ていなければ、なんにも関係ないはず。そうだよね？

背中が凍りつく。ミス・スコットに「誰かに宿題のことを聞きます」と言ったとき、実際に聞くときに自分がどう感じるか、考えていなかった。ここには、友だちがいない。ここでは、私は求められていないどころか、単にみんなは私のことをがまんしている、と感じている。宿題のことを教えて、と誰かに聞いてしまったら、やっぱり私は頼りない人間だ、ということをみんなに再確認させるようなものだ。

自分の不安を押しやり、誰かに聞いてみようとする。私の後ろに座っている生徒の方に向き直る。その子は立ち上がって、帰ろうとしている。教室のざわめきが大きすぎて、その子が何か言っても聞き取れない。「バイバイ」とだけ、短くあいさつしてしまう。

みんな行ってしまった。教室はしーんとなる。椅子から滑り下りる。先生のところへ行って、宿題が出されているのか聞いてみなきゃ、と自分の中の声がする。でも、先生が宿題を出す前に逃げてしまいたい、と思う自分もいる。宿題を出してほしくはない、けれども宿題を提出しないためにこれ以上成績が落ちるのはいやだ。

先生の机に近づきながら、教室内に背の高い人影がいないかどうかを目で追う。誰もいない。机のところまでくる。誰もいない。体じゅうの細胞が、逃げろと叫んでいる。なんとかして声をしぼり出す。「あのう……」返事はない。

膝がガクガクする。背中に背負ったバックパックを下ろそうかと思案する。あとどのくらい待つか、知れたものではないから。ミス・スコットに宿題のことは誰かに聞きますと告げたとき、目が見えず耳が聞こえない自分が誰かを探そうとするとき、ここまで精神的な苦痛を受けることは考えていなかった。

そのとき、背の高い人影が教室の向こうからやってくる。「宿題のことを聞きに来たの?」

「はい、今日の宿題はありますか?」

「第18章を読んで、問題の1から4までに答えることだよ」

「わかりました、ありがとうございます」教室を出ながら、ずっしりと重い背中のバックパックが、肩にずしんとのしかかる。

ここは、目が見えて耳が聞こえる人たちが作った社会の中の、目が見えて耳が聞こえる人たちのための学校の、目が見えて耳が聞こえる人たちのための教室。目が見えて耳が聞こえる人たちが、自分たちのために作った環境。そしてこの環境の中では、私は障害者なのだ。ここでは、私は自分の世界から出て行き、他の人たちの世界へ自ら入ろうとしなければならない。誰も、私の代わりにその仕事をしてくれる人はいないのだ。

第3章

戦争

2001年夏
エリトリア　アスマラ

エリトリアの首都アスマラ、おばあちゃんの家のリビングルームに、淹れたてのコーヒーの匂いがすみずみまで広がっている。コーヒー豆を煎るときに出る煙が、リビングルームにうずまいて、開け放たれた窓から外へ出て行く。浅なべでコーヒー豆を煎った後アウィイエおばあちゃんは、ジャビナと呼ばれるエリトリア独特のコーヒーポットで、コーヒーを沸かす。陶器の器の底はボールのような形をしていて、そこから長い首が伸び、濃いめに淹れた飲み物を注ぐときにつかむ持ち手は、短い。

部屋の中は、コーヒータイムの楽しいおしゃべりに満ちている。私は12歳で、両親と一緒にソファに座っている。父の名前はギルマで、私の名字もギルマだ。エリトリアとエチオピアの伝統では、子どもの名字に父親の名前を使う。ギルマは「カリスマ」という意味で、エリトリアの言葉ティグリニャ語では「ギルマイ」と発音し、エチオピアの言葉アムハラ語では「ギルマ」と発音する。私たちはどちらの発音も使う。母の名前はサバという。名前の由来はシバ女王からで、古代エルサレムへと知識を求めて旅をした、敬愛すべき統治者のこと。伝説によれば、エリトリア人とエチオピア人は、元はと言えばソロモン王とシバ女王の末裔なのだという。みんなが、サバは女王みたいだと私に言う。

部屋はにぎやかな笑い声に包まれる。両親が笑っているので、ソファのクッションが揺れる。会話は続き、私の周りの人たちはうれしそうな声音で、てんでに話をしている。

部屋に座っているのはあと7人。9歳のＴＴは私の妹で、アウィイエおばあちゃんがコーヒーを淹れるのを手伝っている。ロマおばさんにセラムおばさん、セナイトおばさんにヒウェットおばさん、それからエルサおばさんは、おしゃべりを続けている。この家に住んでいるのは、アウィイエおばあちゃんにヒウェットおばさん、テメおじさんの3人だ。エルサおばさんは、今はオランダに住んでいて、その他はアメリカに住んでいる。3年に一度は、ここアスマラで家族が集まることにしている。

おばさんのうちの誰かが笑い、声は鳥が歌うように高くなったり低くなったりする。好奇心に火がつき、私も会話に加わりたいと切望する。がやがやというただの音だけから、言葉らしきものを判別するのは無理だ。まるでガムがくっついてしまった髪の毛のように、おしゃべりの音はもつれあっていて、解きほぐすことができない。おまけに、会話にはいろいろな言語が混ざっているので、理解するのはもっと難しくなる。会話の70％はティグリニャ語で15％はアムハラ語、残りは英語なのだ。

ああ、飽きてきたな。複雑な気持ちになる。「みんなに囲まれているのに私だけ寂しい」という退屈。母の腕をぐいっと引っ張る。「もう行ってもいい？」

「だめ、ここにいてほしいの。お話すれば？」

「みんなが何を言っているのか、わからないんだもの」

「それじゃ、聞いたらいいでしょ。説明してあげるから」

いらいらがお腹の底にわきおこり、沸騰寸前まで行きかけた。中学校での、狂おしいまでの孤独を味わった記憶がよみがえる。ソファに座り直して、つとめて冷静を保とうとする。「そんなに簡単じゃないよ。わからないことが多すぎる。なんのことを話しているかすら、知らないんだもの。ねえ、本読んじゃだめ?」

私の左側に座っている父は私の腕をそっと押す。「サバは昔、自分をエチオピア人だと言ってたって言ったんだよ」

私は驚いて、目を見開く。

「そんなの聞いちゃだめよ」母は言う。「私はエリトリア人よ」

好奇心がふくらんできて、理由を聞きたくなる。「エリトリア人なのは知っているけど、エチオピア人だって言っていたこともあったの?」

「学校ではね。戦争があったからそんなことになったのよ」母は答える。エチオピアは、その北にある小国エリトリアの領有権を主張していた。エリトリアはエチオピアの一部になりたくなかったので、30年間にわたって独立戦争が繰り広げられた。戦争が終わったのは1991年、その2年後にエリトリアは世界から独立国と認められた。

母は続ける。「エチオピアは学校も支配下に置いていた。学校ではアムハラ語を話さなければならなかったの。でも家ではティグリニャ語を話していたし、自分たちをエリトリア人だと考えていたよ」

「ティーンエイジャーだった頃、エリトリアの都市メンデフェラに住んでいたの。私の父は警察署に勤めていて、アスマラからメンデフェラに転勤になったの。そこの高校に通っていた頃、エリトリアの解放軍をバカにする歌を歌って回るグループに所属していた」

どういうことかさっぱりわからず、顔をしかめてしまう。「エリトリア解放軍をバカにしていたの?」

「それしか選択肢がなかったの」母は言う。「兵士たちが学校にやってきて私たちに強制したのよ。学校から20人ばかり選び出して、グループに入れと言った。歌詞を渡して、無理やり覚えさせられたの。エリトリア中を巡ってあちこちの村で歌わされた。ある日、私の父がいる村にやってきた。村の人たちは私たちを歓迎しなかったよ。侮辱されたと思ったのね。私たちもエリトリア人だもの、いいことじゃないのはわかっていた。でも兵士たちは『歌わなければ監獄行きだぞ』と言うのだから、歌うしか選択肢はなかった」

恐ろしさのあまり、声が上ずる。「それでどうしたの?」

「もういいかげんにしたい、と思った私たちは兵士たちに言ったの。『いやです』って。歌うことを拒否したのよ」

たった一つの言葉、たった一つの考え、たった一つの大胆な自由への宣言。「いやです」と言って、自分の父親の村をバカにする歌を歌わなかった母。「いやです」と言って、自分たちの仲間を傷つけるグループの言うことを聞くのを拒否した母。「いやです」と言って、自分のアイデンティティを隠すのをやめた母。

「兵士は私たち全員を監獄に送った。最初の2日は、食べ物がもらえなかった。兵士たちは聞くのよ。『歌うか? 歌わなければ、食べ物はなしだぞ。ここにずっといることになるぞ。出られないぞ』って。とてもお腹が空いたよ――あんなにお腹が空いたことってなかった。2日経った後、私たちはもう耐えられなくなって、歌うと言ったの。1週間経って、ようやく外に出してもらえた」

歌を歌わなかったというだけで、女の子たちを監獄に放り込んだという、その不当な行為を思うと、私は怒りに包まれた。「そんなことがあった後、どうやってまた歌を歌うことができたの?」

「表面では歌っていたけど、心の中ではレジスタンス組織に入って戦うか、スーダンに行くと決めていたの」

「でも、学校に通っていたのではないの? 学校で勉強して、お医者さんになるとか、そう考えなかったの? どうしてその二つだけから選ばなきゃならなかったの?」

「戦争があったからよ。私たちは逃げたり隠れたりしなければならなかった。エチオピア人兵士は朝の5時にはメンデフェラの街の上空に飛んで来て、空襲を始めるの。空襲は、何ヶ月も続いた――みんな朝早く起きて街を出て、ジャングルに逃げ込まなければならなかった。空襲が終われば街に戻るの。ときどき、長いことピクニックに行くんだなんていうふりをしたっけ。アウィイエおばあちゃんは食事を用意してくれて、私たちは木のところで遊んだりした。日が暮れると家はまだ壊されていないかなって思いながら、家に戻るの。

学校に行けたとしても、戦争のことが頭から離れることはない。『勉強してお医者さんになろう』とか、『弁護士になろう』とか、『何かになろう』なんて思えなかった。何か考えるとしたら、それは戦争のことだけ。だから二つしか選択肢がなかったの。高校を出たらすぐに、兵士になるか、スーダンに行くかのどちらかしか」

「兵士になろうと思ったことあった？」その質問をするだけで、私の声は震える。

「考えたことはあった。クラスの半分は戦争に行った。その中には、女の子もいたよ。でも、ある友だちが兵士になるのはやめろと忠告してくれたの。その子の身の上に、何かひどいことが起こったらしいんだけど、具体的には教えてくれなかった。ただその子は『とてもひどいのよ、行かないで』とだけ繰り返し言うの。だから私と、友だちと、いとこはみんなスーダンに行くことにしたの」

「ハーベン、食べなさい」アウィイエおばあちゃんが焼き菓子の載ったお盆を持ってきた。おばあちゃんは、足首まで隠れる長い花模様のドレスを着ていて、伝統的なヘッドスカーフの、白くて長いネツェラをかぶっている。このネツェラをかぶっているのは、だいたい齢をとった女の人ばかりだ。私の家でかぶっている人はいない。だから、ネツェラをかぶっていたら、おばあちゃんだなと見当がつく。

「イェッケンイェレイ」、ありがとう、の意味だ。お盆の上の焼き菓子に手を伸ばして探り、あいだにクリームがはさんであるサンドイッチみたいなお菓子を取る。かじってみると、ほんのちょっぴりシナモンの味がする。アメリカの食べ物は独特の形と手触り舌触りがあり、触感で認識するのはたやすい。ここの食べ物は、驚きにつぐ驚きだった。でももしかしたら、数週間経てば、触っただけでこの食べ物が全部わかるようになるかもしれない。

母にまたたずね始める。「スーダンに行ったときは、どんなふうだった？」

母は小さなカップからコーヒーをちょっと飲んで、テーブルの上にカップを戻す。「アスマラを離れるのはそんなに簡単じゃなかった。許可されていなかったの。エチオピアの兵士が街を支配していたからね。街から出て行くときは、エチオピア兵士から許可を得なければならなかった。私は20人くらいの難民と一緒に行動したの。みんな戦争から逃げようとしていた。私たちは、アスマラの郊外20マイル［約32キロメートル］くらいのところにある村に、親戚を訪ねに行くと兵士たちに話した。そうやって、許可書をもらったの。ハルハレという村まで、バスで行った。夜になって、密入国の手引き屋に会った。その人が私たちをスーダンまで連れて行ってくれた」

「3週間もかかったよ。エチオピアとエリトリアの兵士たちに見つからないように、歩くのは夜だけ。ある夜、二つの丘のあいだを歩いていた。一方の丘はエチオピアの方で、もう一方はエリトリア側だった。双方が互いの丘めがけて銃撃戦を繰り広げていたから、私たちは背を低くして命からがら走ったよ」

「その密入国の手引き屋は、いい人だった?」

「ぜんぜん!」母は笑い出す。「とても意地悪なやつだった。誰かが疲れたと言い出すと、『それじゃここに置いてくぞ。ハイエナが来るのでも待ってるんだな』って言うの。みんなとても疲れていた。1週間歩き続けた後、私の靴がばらばらになってだめになってしまったので、あとの道のりは裸足で歩き通すしかなかったの。その人はぜんぜん助けてくれなかった。歩くのについてこられないんだったら、置いてくぞ、って言うだけ」

「お金を払えば、荷物を載せるラクダを見つけてくるって言ってた。家を出るときに自分たちの持ち物全部を持ち出して背負っていたから、ラクダはどうしても欲しかった。お金を少し渡したら、毎晩その人はラクダを買うラクダを買うって言ってたけど」母はそこでため息をついた。「ラクダが来ることはなかった」「でも、サバ……」

「サバって呼ばないの、マミーって呼びなさい」

頬が熱くなる。「でも、そんな呼び方、子どもっぽいよ」

父が助け舟を出す。「お母さん、お父さん、って呼ぶべきだな」

「いや、それじゃ大人っぽすぎるよ！」母は腕を私の腕にからめて私を引っ張り寄せながら言う。

「ティーンエイジャーなんかになったら承知しないよ！」

母は腕の力で、私を側に置いておこうとしている。今も、これからもずっと。でも私の心は、私なりの自由な人生へと解き放たれたい、ともがいている。「それじゃ、なんて呼んだらいいの？」

「そうね……サバでいいわ」温かく、音楽の調べのような笑い声とともに、母の体全体が揺れ動く。

私も一緒に笑った。父もくっくっと笑いをこらえきれない。

笑いが静まった頃、母に話の続きを促す。「ハイエナの話は、ほんとうのことだったの？」

「それよ！　どうなったと思う？」母は私の腕を放し、ソファに座り直す。「3日目の夜、歩いている最中に、ハイエナ2頭が私たちの周りを取り囲んで歩き始めたの。手引き屋は『走ってはダメだ！みんな一緒にいるんだぞ』と言ったけど、私と友だちは近くの木まで駆け寄った。ハイエナはみんなのところから、私たちの方へとやってきた！　その目といったら！　私たちはものすごい勢いで木に登り、ハイエナは地面から私たちをにらんでいた」

母のその話を聞いて、私の血管中にアドレナリンがどっとあふれかえる。

「地面にいるみんなは、大声をあげてハイエナを追いやってくれた」「またあるときは、胸のところまで深さのある川を渡ったよ」

「でもどうやって渡ったの？」私は父に質問をぶつけた。もしかしたら、冗談を言ってくれるかもしれないと思いながら。紅海に行くごとに、父は母に泳ぎ方を教えようとしていたのだ。

「手引き屋がロープを持ってきて、それでみんなをしばりつけたの。水は怖かったけど、無理やり自分を励まして前に進んだ」

「ちょうどその頃は雨季だったので、蚊の群れが大発生していた。半数がマラリアにかかってしまった。ほんとうは、全員マラリアに感染していたのだけど、スーダンに着くまで症状が出なかったのね。女の子が1人、着く前に亡くなった。みんなで彼女を背負ってなんとか国境まで行こうとしたんだけど……エリトリアのレジスタンス集団が私たちを捕まえて、自分たちと一緒に戦えと強要した。でも『私たちはとても疲れていて飢えていて、おまけにマラリアにかかっている。戦うなんてできない』と言ったら、1週間ほどで解放してくれた。次の夜、スーダンのカッサラに着いた」

「カッサラに住むエリトリア人は、みなお互いを助け合っていた。私は、友だちの家族のところに厄介になったよ。どのエリトリア人の家庭にも、難民となって戦争を逃れてきた人たちが、床に寝ていたり裏庭に住んでいた。スーダンの人が、私に仕事を見つけてくれた。洋服を売る仕事だったよ。10ヶ月経って、カトリック教会の手助けで、アメリカに来たの。まずダラスに送られたけど、そこの気候には耐えられなかったので、ベイエリアにやってきたの」

ベイエリアで、エリトリア人とエチオピア人のコミュニティを通して、母は父と出会った。そのコミュニティは小規模で結束の固いグループなのだ。2年後に私が生まれた。１９８８年7月29日が、私の誕生日だ。

「あのね……」どうやって聞こうか、考えあぐねながら言葉を選ぶ。「ギルマがエチオピア人だってこと、どう思ってるの?」

「エチオピア人じゃない。彼はエリトリア人よ」母は気を悪くしたようだった。

疑わしげに父を見る。父は何も言わないので、もっと聞いてみようと思った。「だって、ギルマはエチオピア生まれでしょ」

「彼はエリトリア人よ」母は固執する。「彼の父親はエリトリア生まれだから」

「ちょっと、いいかい?」父がたずねる。

「ええ、話して」私が言う。

「私はエチオピアで生まれて育ったが……」

「あなたのお父さんはエリトリア人です」母がさえぎる。「だからあなたもエリトリア人なの」そう言って母は、ふうっ、とため息をついて言う。「ハーベン、何が言いたいかわかるよ。私には、エチオピア人の友だちもたくさんいる。戦争を始めたのは、人々ではない、政府なのよ」

「話してもいいかい?」父がもう一度たずねる。

「どうぞ」

「私はエチオピアの首都、アディスアベバで生まれて育った」父は言う。「そこで育ったんだ。そこには特別な思い入れがある。まだそこに家はあるし、兄弟もそこにいる。でもそれと同時に、私はエリトリア人でもある。父はエリトリア北部の街ケレンで生まれて育った。毎年夏の休暇には、父はそこに家族を連れて行った。兄弟と一緒に山登りをしたり湖で泳いだり、バブーン〔ヒヒ〕を追いかけたりした。エリトリアの言葉を話すし、エリトリアに友人もいる。解放軍にも共感する。ただ、さっきも言ったように、私はエチオピアも愛している。それを隠すことはできない。生まれた場所というのは、それがどこであろうと、もはや自分自身の一部となっているのだよ」

「ハーベン、自分をどういうふうに考えている？　自分の国籍はどこだと思う？」

「アメリカよ」得意そうに答える。めんどうくさくなくって、疑う余地もない答えができることを、自分で祝福しながら。

「あなたはエリトリア人でもあるよ」母が注意する。「あなたの両親はエリトリア出身なんだから、あなたはエリトリア系アメリカ人なのよ」

「もしそうなら、私はエチオピア人でもあるよ」わざと母を怒らせるようなことを言ってみる。そうしたいという衝動を抑えることはできない。母の、エチオピアとの関係は、たまらなく面白いものに思えた。母は、恐れと許しの狭間で揺れている。その気持ちの全てを知りたくなる。

「そうだね」父が答える。「ハーベンはアメリカ人であり、エリトリア人であり、エチオピア人だ」

母の方を見て、何か言ってくれないかと思う。顔の表情は見えないけれども、何か言いたいことがあるということはわかる。

「あなたの名前は、ハーベンでしょう！」何かを宣言するかのごとく、母は私の名前を叫ぶ。「それはエリトリアの名前よ」

「それはティグリニャ語の名前だよ」父が言い直す。「ティグリニャ語は、エチオピアでも話す人がいる」

母は「何を言ってるんだ」といったふうに、手を空に放り上げる。「エチオピアといっても、ティグレ州の人たちだけがティグリニャ語を話しているのよ。でもそこが問題ではないの。ハーベンは『尊厳』という意味なのよ。ハーベンは『我々は自由のために立ち上がった』という意味なの。エチオピアには4800万人の人が住んでいるけれど、エリトリアはたったの300万人。大国エチオピアはエリトリアをつぶしにかかったけど、私たちは屈しなかった。そして勝利を勝ち取ったのよ！」母の声は歓喜に満ちている。「独立を勝ち取った！」

父は続ける。「ハーベン、わかってほしいんだが、エリトリア人の戦いは正当化されたものだ。隣の大国がやってきて、小国を押しつぶして黙らせようとしたのだから。エリトリア人でなくても、エリトリアの人々が体験したことはわかるはずだよ。アメリカ人であれドイツ人であれ、ベトナム人であれ、権力を持つ大国を相手に、自由を求めて戦う小国の話は、誰にだって理解できる。エチオピア政府がエリトリアの人々にしたことは、不当なものだった」

「アディスアベバにいた頃、子どもだった頃は、戦争のことを知っていた？」と聞いてみる。

「いや、ほとんど知らなかった。その頃は、戦争はエリトリア国内だけで行われていたからね。エチオピアの人たちと一緒に生活していて……」

「ケレンに行ったときは、エリトリアで何が起こっているか聞いたんでしょ？」母が言う。

父は続ける。「エチオピアにいるときは、その文化や人々、話したり書いたりするのは全てアムハラ語だった。エチオピア政府は、エリトリアがエチオピアの一部だと主張していたけれども、家族でエリトリアを訪れるときは、外国に来たような感じだった。例えば、みんなティグリニャ語を話していた。ゲリラ戦が繰り広げられていることは知っていたが、なにぶんその頃は幼すぎた。持っていた知識も限られていた。ケレンに行けば、ハイキングに行ったり泳いだり、友だちとよく遊んだ。政治のことも知らなかった。大きくなってから、エチオピアの兵士が村を焼きはらったり、無実の人々を苦しめたりしていることを知って、それは正しくないことだとわかったんだよ」

「戦争が起こっているのに、どうやってエリトリアとエチオピアの国境を越えたの?」疑問がつい口をつく。

「その頃は、エリトリアはエチオピアの14番目の州だったんだ。エリトリアに行くのに許可は必要なかった。カリフォルニア州からネバダ州に行くようなものだよ。争いが始まったのは1961年だが、本格的な戦争にまで拡大したのは70年代になってからだった。その頃には、私はすでにカリフォルニアの大学に通っていたんだ」

「エチオピアの学校はどんなだったの?」

「カトリック系のセイント・ジョセフ学校に通っていた。先生もとてもよい人たちだった。ハイレ・セラシエの孫たちも、その学校に行ったんだよ」

ハイレ・セラシエはエチオピアの最後の皇帝だった。皇帝の正式名称を見れば、世界の人々がこの皇帝に対して抱く畏れと崇拝の念を体現していることがわかる。正式名称は「ユダ部族の獅子の征服者、ハイレ・セラシエ1世国王陛下、神に選ばれしエチオピア皇帝」となる。ハイレ・セラシエ皇帝は、古代イスラエルのソロモン王の息子であるメネリク1世と、シバ女王であるマケダの血を引いている。第二次世界大戦の後、エリトリアの独立を防ぐよう、エチオピア軍に指令を出した。1975年には逝去しているが、エリトリアとの戦争はその後16年も続いた。

「新しい校舎が建ったとき、ハイレ・セラシエ皇帝が学校にいらしたことがあったよ。学校全体で、そのスピーチを聞くために集まった。学業を続けるように、と励ましてくれた。皇帝はいつも教育を重視しておられた。大学の卒業式で学位をくださるのも皇帝だった。私の妹も、皇帝から学位を授与されたんだよ。それから私の父には、アーベンヤのメダルをくださった」

「なんのメダルって言ったの?」

「アーベンヤだよ。英雄とか、愛国者という意味なんだ。第二次世界大戦中、イタリアはエチオピアとエリトリア、それにソマリアの一部を植民地化していた。私の父はその当時、ジブチで商売をしていたが、それと同時に、ハイレ・セラシエ皇帝に対してイタリアの動向に関する情報を渡す手伝いをしていたんだ。イタリア人たちが何をしているのか、軍を駐屯させている場所はどこか、どんな武器を使用しているかなどについて報告していた。父は、ハイレ・セラシエ皇帝がイタリア軍を追い出すための手伝いをしていたということだよ。イタリア人は、エリトリア人とエチオピア人が小学5年生以上の教育を受けることを禁止していたし、道ではイタリア人と同じ側を歩くことすら禁じていた。お前のおじいさんは、エリトリアの若者を集めて、イタリアの植民地化に反対する組織を率いていた。そういう人のことを、アーベンヤというのだよ」

「すごい。キダネおじいちゃんに会ってみたかったな。なぜそこから引っ越してしまったの? どうしてエチオピアの大学に行かなかったの?」

「エチオピアには大学は一つしかなくて、全人口の１％のトップエリートだけが入学できるんだよ。私はクラスのトップ10％には入っていたんだ。成績はよかったが、そんな大学に入学できるほど優秀だったわけではない。その頃、私の姉のハナがすでにカリフォルニアに行っていたから、父は私をカリフォルニアにやろうと思ったんだ。父からは２００ドルもらったよ。私が新しい生活を始めるにあたって、それが全財産だった」

「もっともらってもよかったのに！」サバは言う。「お義父さんはお金持ちだったでしょう」キダネおじいちゃんは、アラケと呼ばれるエチオピアのお酒を造る会社の経営者で、とても成功していた。

「なぜたったの２００ドルだったの?」

「エチオピア政府は外国に持ち出せる金額を２００ドルと制限していた。国民が、外国に脱出するのを防ごうとしていたんだ。私が渡米した後、エチオピアは共産国家になり、政府は私の父の財産を没収してしまった」そこで父は過去を思い出すように、しばらく黙っていた。「でもアメリカに来てから一番苦労したのは、お金のせいではないね。アディスアベバでは総勢13人もの兄弟姉妹がいた。サンフランシスコには、私の姉、ハナがいるだけだったし、しばらくすると姉はボーイフレンドと一緒にラスベガスに引っ越してしまった。私はジムズというハンバーガーの店で片付け係として働きながら、シティ・カレッジで授業を取り始めた。サンフランシスコで住んでいたアパートは、まるで独房のような気がしたよ。その寂しさといったら、堪え難かった」

「ハーベン、そしてどうなったか知ってる?」母はおかしそうに笑う。「お義姉さんが教えてくれたんだけど、アメリカに来た頃、ギルマはぜんぜん料理ができなかったんですって！　それに掃除の仕方も知らなかったって。実家にいた頃は、家には料理人と掃除夫がいて、全部やってもらっていたから。そこである日、おじいさんがアメリカにいるギルマに電話して、お手伝いさんを送ってやろうかって聞いたら、ギルマったら『お願い！　頼むよ！』だって！」

私は笑いがはじけて止まらなくなってしまう。「嘘でしょう？　ギルマ、どうやって生きてたの？」

父はクスクス笑いながら、若き日の失敗を思い出していた。「まずいくつも鍋を焦がしたね。フライパンも焦がしたなあ。単に、スパゲティやティブスを作ろうとしただけだったんだけどね」ティブスというのは、辛くて旨みのあるエチオピアの調味料をつけたお肉料理だ。「でもほんとうのところ、食事はどうでもよかったんだ。お金のないことも気にならなかった。アメリカで一番いやだったのは、孤独だったことだよ。エチオピアの家族が恋しかった」

＊＊＊

ここに座ってそんな話を聞いていると、両親が戦争や孤独と戦っていた体験と、目が見えて音が聞こえる人たちの世界で戦う盲ろうの自分の体験が、重なって感じられる。母は、抑圧する政府に対抗するために精神的な強さを育み、難民となって危険な道のりを歩んだ体験を経て、今ここに生きている。父は居心地よい実家を離れる勇気を出して、見知らぬ土地で孤独に耐えながら独立の道を歩み、スパゲティを焦がしながら自立しようと努力した。両親は不公平な世界の中でも生き抜いていく道を、自分たちの力で見出したのだ。今度は私の番だ。自分の力で、その道を見つけよう。

第4章

ばかげた性差別とばかげた雄牛

2001年夏
エリトリア　アスマラ

心の底から温めてくれる太陽の光が、ここアスマラの地に降り注いでいるというのに、妹TTと私はそれを感じられない。私たちは、おばあちゃんの家の薄暗いリビングルームに身を寄せ合って隠れているのだ。

母サバを含む、家じゅうの女たちはみな、私の叔母の結婚式のために台所で料理をしていた。大量の玉ねぎをみじん切りにするのだ。みじん切りにされた玉ねぎの匂いで、涙が止まらなくなる。母はTTと私に手伝うよう言いつけた。私たちはこっそり逃げ出して、台所から一番遠いところに来たのだ。

「つまんない！」私は文句を言う。

「つまんない！」TTも真似をする。9歳のTTは動物が大好きで、好奇心旺盛なところが、私に似ているのだ。私より数インチ［1インチは2・54センチメートル］背が低く、メガネをかけていて、目が見えるし耳も聞こえる。それでも、親戚の人たちは私たちの名前をよく間違えて呼んだ。ときには、「TTハーベン」とか「ハーベンTT」なんていうふうに、2人いっぺんに呼んだ。

私たちの斜め向かいにあるアームチェアに座っているのは、友人のリモンだ。10歳の彼はちょうどTTと私の間の歳で、アスマラに住んでいる。

「リモン、何かしようよ」私が聞く。

「何するっていうんだよ?」リモンも不満そうだった。

私はソファにどすんと座りかえって、目を閉じた。何をするにしても、台所だけは避けなければならない。台所は裏庭にある一棟の建物で、中に入ると区切りのない大きな1部屋になっている。裏庭は広くて、果物の木がいろいろ植わっていて、ニワトリ小屋もある。そしてこの夏、初めて雄牛が裏庭に加わった。

私は座り直す。「ねえ、雄牛を見に行かない? ほら、漫画ではよく、雄牛は赤い色が嫌いだって言われてるけど、それがほんとうかどうか、確かめようよ。それなら理科の実験みたいなものでしょ。サバが何か言ったら、これは勉強の一環なのって言えばいいじゃない」

「待ってよ、何言ってるの?」リモンは、私の英語を全部聞き取れない。

私は立ち上がって、部屋の反対側を指差す。「あっち、雄牛」というふうに、私は自分の知っている限りのティグリニャ語を駆使して話す。自分の立っているところを指差して、「私、ここ」と言う。それからソファにかけてあったセーターを手に取り、強く振って「闘牛! オレ!」と言う。

「ああ! そうだね!」リモンは椅子から飛び上がる。

「待って! 何か赤い色のものがいるのよ」セーターを指差して言う。「ケイイェ」、赤。

「ああ、わかった。赤いものどこにあるかな」リモンは言う。

「こっちよ」私は部屋から飛び出して、記憶を頼りにわずかに残る視覚に従いながら歩く。ベッドルームに行くには左に折れる。この家にはベッドルームは三つあり、そのうちの一つを両親とTTと私で使っている。

部屋に入り、スーツケースを開けてみる。中にある品物は、それぞれ手触りが違うし、形もスタイルも違う。手で探りながら洋服を調べ、シャツの中から目当てのものを取り出した。

「それ、私のシャツよ！」TTが言う。

でも、実際は私のものだ。もう、私には小さすぎる、というだけ。「手に持っているだけだから。大丈夫よ」

TTは腕組みしてふてくされているが、不承不承ながらも同意する。

ベッドルームを一番乗りに出て、リビングを通り抜け、二つ目のベッドルームに乗り込む。このベッドルームには、裏庭に面した窓があって、そこには運命を待ち受けている雄牛がいるのだ。窓枠に寄りかかり、下にあるぼんやりした暗い色のかたまりを、目をこらして見る。

「見える？」私は聞いてみる。

「見える」TTは「私にはもう構わないでちょうだい」とでも言いたげな声の調子で言う。私はすぐに「大きさはどのくらい？」とか「つのはどのくらいの長さ？」とか「もう雄牛は私たちに気づいた？」などという質問をしても無駄だ、ということがわかったが、これだけならTTも返事をしてくれるだろうと思いながら、たずねる。

「綱でつながれてるでしょ？」

ＴＴは私を無視している。

そこで私はリモンにたずねる。「つながれてる?」

「うん、つないであるよ」とリモンは答える。「それで、ハーベンがやる?」その質問が暗に問いかけていることを、私は聞き逃さなかった。リモンは私に「やる勇気があるの?」と聞いているのだ。

そう挑発されて、私は色めき立った。腕に力が湧いてくる。窓のところに赤いシャツを掲げて、それを振りかざし、部屋の中央に走って逃げる。

何も起こらない。

もう一度、やってみた。今回は、赤いシャツをさっきより長いあいだ振りかざし、いっそう激しく振ってみる。

やはり何も起こらない。

「外に行かなきゃだめね」リモンとＴＴに向かって言う。

「ダメよ!」ＴＴはドアに立ちはだかる。「行っちゃダメ、危ないよ」

「ＴＴ、心配しないで」私は安心させようとする。「つながれてるんでしょ。何もできるはずないから」

「できるわよ!　私たち殺されちゃう!」

ＴＴの恐怖が私にも伝染する。雄牛のつのって、そんなに長かったっけ?　ＴＴには何が見えているの?　綱の長さが思ったより長いのに、近づきすぎたら、どうなる?

でも結局、この世界を知りたいという強い欲求の方が、そんな心配をかき消してしまう。「ＴＴ、こうしたらどうかな？　ＴＴはこの部屋に残って、私たちを窓から見守っていて。何かが起こったら、助けを呼ぶ大事な任務を担うの。リモンと私で外に出るけど、十分注意するから」

ＴＴはそこに立ったまま、出口をふさいでいる。

「ＴＴ、頼むよ」リモンが言う。

ＴＴは無言のまま、足を大きく踏みならして、私たちに道をゆずる。

リモンと私は、裏庭の雄牛がいる場所の直前まで猛スピードで走り、家の角のところで急ブレーキをかける。その角を曲がれば、雄牛がいるところから数フィート［1フィートは30・48センチメートル］まで近づく。

私はリモンの腕に赤いシャツをぐいっとねじ込む。「ほら、先にやって！」

「ちょっと！」リモンはシャツを私に押し返す。「やだよ、ハーベンが先だよ」

私はシャツを返そうとしたが、リモンはすでに手の届かないところまで下がってしまっている。急に、ＴＴには私たちの会話が聞こえるはずだ、と気づいた。ＴＴのためにも、勇敢な姉というお手本を示す必要がある。

勇気を奮い起こし、私は2歩、前に出る。私の前のどこかに、大きな悪い雄牛がいるのだ。アドレナリンが血液の中に流れ込む。雄牛がどこにいるのか、正確にはわからない。地面から、それが動く振動が私の足に伝わってくる。私には雄牛が見えないし聞こえないけれど、私が持てる限りの力を使ってみよう。雄牛が吠えたら、そのせいで地面が揺れるのが感じられるはずだ。

赤いシャツを取り出して、それを振ってみる。左右に振り、前に振って……

「なんにも起こらないじゃないの」リモンに文句を言う。

リオンは赤いシャツを私の手からひったくって、雄牛の前に進みでる。「オレ！」リモンはぴょんぴょん飛び跳ねながら、赤いシャツをひらひらさせる。「オレ！　オレ！　オレ！」ジャンプするリモンは、激しいダンスをしているように見える。野獣を怒らせるためのダンス。絶対に反応させてみせるぞ！の意気込みを持ったダンス。

「リモン！」女の人が叫ぶ。

その瞬間、私は台所にいる人からも、はっきり雄牛が見えるということに気づいた。しまった……

リモンと私が走ってリビングに戻ると、TTが待っていた。笑い転げながら、私たちはさっきの冒険をみんなで話し合った。それぞれが自分の視点からてんでに話をする。勇敢なパフォーマンスを行ったリモンが、一等賞を獲った。このすばらしい冒険をやってみようと提案した私も、かなりの高得点をもらった。TTですら、面白いアイディアだったと認めた。結果はどうあれ、料理をしなくても済んだのだったから！

翌日の2日間にかけて、結婚式の準備は繁忙を極めるばかりになる。裏庭はワインの樽や工事用の材料などが無造作に置かれ、あたかも障害物競走の会場になったかのよう。何よりも悪いことに、雄牛が屠殺された後になっては、裏庭はすさまじい匂いに包まれている。私は恐ろしくて、もう1人で裏庭を歩けなくなっている。1人で歩いたりなぞすれば、何か恐ろしいものを踏みつけてしまうか、またはどこかにぶらさがっている雄牛の肉や内臓と鉢合わせするか、わかったものではない。

ベッドルームなら安心だ。死んだ動物の血がしたたり落ちていることはない。見えないワイヤーがはりめぐらされていて転んでしまうなんてこともない。どうして私を覚えていないのか、と言って怒り出す親戚の人もいない。ここなら、リラックスできる。

誰かがベッドルームのドアを開ける。

点字の本にしおりをはさみ、入ってきた相手と話す心の準備をする。

その人は、クローゼットに歩み寄り、何かを探している。ネツェラをかぶっている女性だ。ネツェラは昔風の白いスカーフのようなもので、髪の毛と上半身をすっぽり覆っている。いつもなら、アウィイエおばあちゃんだけがかぶっているのだが、目上の親戚の人たちに敬意を表する意味で、ここでは大人の女性がみなかぶっている。女の人みんながその白いスカーフをかぶっていて、同じような背の高さなので、誰が誰だかわからない。そこで、何かヒントになるものはないかと待ってみた。

クローゼットのドアを閉め、その人は私に向かって歩いてくる。「ここで何してるの？　手伝ってくれなきゃダメじゃない」その声は母だった。

「手伝うよ、この章を読み終わってから」

「ダメ、今すぐよ。ＴＴも料理を手伝ってる。リモンもテントを立てるのを手伝ってる。みんなに聞かれるんだから、『ハーベンはどこ？』って。みんなが手伝ってるのに、あなた1人なんにもしてない。どうして手伝おうとしないの？」

顔が赤くなる。外の世界にある邪魔なものたちがいやだと思う気持ちを説明するのは、難しい。

「何をしてほしいの？」

「台所を手伝って」

「シンデレラにはなりたくないよ」

母は笑い出す。楽しげで、まるで音楽みたいな笑い声。「何言ってるの？　どういう意味？」

「ヒウェットを見てよ」と、母の一番年下の妹の名前を出す。「彼女なんか、ほとんど朝から晩まで料理でなければ掃除をしっぱなし。まるでシンデレラみたい。友だちと付き合う時間なんてまるでなくて、不公平だよ」

「そうね、確かに不公平だね。でもここにいるみんなが手伝えば、ヒウェットだけがやらなきゃならなくても済むの。だから、あなたが手伝わないとダメなのよ」

「でも、そうやって始まるんだよ。女の子がいったん台所に入ってしまったら、いつもいつも台所の仕事を押し付けられちゃう。周りのみんなが『これを料理して、あれを片付けて、これを作って、あれを持ってきて』って頼むでしょ。誰かに仕事を頼もうものなら、『でも、あなたの方がずっとうまくできるから』って逃げられちゃう。シンデレラになるなんて、まっぴら」

「じゃ、何をしたいの？」

「家の仕事をしたくないわけではないの。女の子の仕事だっていうふうに押し付けられてる仕事をしたくないだけ。テメは何をしているの？」母の一番下の弟の名前を持ち出す。

「よし、それじゃテメが何をしているか見てこよう」母はドアに向かい、私もすぐそのあとに続いた。

廊下に出ると、一気にざわざわしている様子が伝わる。リビングからは楽しげな声が大きく響いていた。

くる。リビングを通り過ぎて、裏庭へと出る。右手の方に犬小屋があり、犬がいる。白いブチのある雑種で、ハイアットという名前だった。庭の門を出て舗装していない道路から集合住宅の手前に行く。太陽の光をさえぎる大きなテントの下まで来ると、暑さが少し和らいだ。

テーブルの周りに座っているグループの前まで来て、母は止まった。「テメ、ハーベンが手伝いたいって」

「待って……」私は鼻をひくつかせ、この気味の悪い匂いが何なのかを探ろうとした。「何をしているの?」

「煮込みのための肉を切っているのよ」

あっけにとられてものも言えない。私のあのすばらしいシンデレラの理論を展開した後で、どうしてこんなことを提案できるの?

「向こう側に座って。ジェシカもここにいるから」母は私がジェシカを好きなことを知っている。ジェシカは20歳になる私の従姉で、オランダの大学に通っている。彼女の話はとても面白いのだ。

テーブル近くのベンチをつめてもらって腰を下ろし、周りを見回す。テーブルには8人ばかりの人がいて、左右とも男の人たちばかり。誰がテメか見当がつかない。でも、私の左斜め向かいにいる、肌の色が薄い人は、ジェシカに違いない。ときおり、みんなはそれぞれテーブルの真ん中にある大きな山に手を伸ばす。私もその山に手を伸ばし、手の大きさくらいのベタベタする塊を見つける。それをつかんで、自分の目の前にあるまな板に持ってくるあいだに、私の手のひらはベタベタするしたたりで濡れていく。

私の右側の男の人が、幅が広くて長い刃先の包丁を手渡してくれる。

「これよ」母が、小さな塊を私の手に載せる。「これを小さく切ってね、シンデレラ」「シンデレラって呼ばないでよ」頬が焼けるように熱くなる。テーブルに集まったみんなが私を見て、なぜ母が私をシンデレラと呼んだのかといぶかしがっていることを感じてしまう。まさかとは思うけど、もし誰かがその名前で私を呼んだら……

渡された塊を横長になるように置き直す。指で触って、どのくらいの小ささに切ったらいいかを確かめる。

自己紹介もしないなんて、ここにいる男の人たちはみな、なんて失礼なんだろう。こんにちは、くらい言ってくれてもいいのに。

右手に持った包丁を、左手の指のすぐ際に持ってくる。右手に力を込めて、肉を切り始める。刃先が急にまな板に接触する。ということは、肉を切り終わったということだ。切り終えた肉を包丁でちょっと寄せて、次の肉を切る場所をあける。左手で次に切るべき部位を確認して、包丁を当てていく。

これは、あの大きな悪い雄牛に違いない。

最後まで切り終えながら、小さい塊をわきに寄せていく。

雄牛さん、覚えてる？　どんなふうに私を侮辱したか？

コツをつかんで、私の指は素早く動くようになった。次々と小さい塊に切り分け、切った塊が小さな山になっていく。

痛い教訓だったでしょ、私を無視したことが、命取りだったというわけね！

勢い込んで切り分けると、最後の塊を切り終える。

私が切っているあいだ、周りの男の人たちは話し続ける。ボソボソ、ボソボソ。いいわよ、そっちがその気なら。私を会話に混ぜてくれないっていうんでしょ。

私はテーブルの真ん中の大きな山から、もう一つ肉の塊をひったくって、それを切り始める。みんなの大きな笑い声がはじける。ブツブツ、ボソボソ、また笑い声。

私は頭を低く垂れて肉を切り続ける。仲間はずれにされるのは大嫌い。つまはじきにされるのも、嫌い。料理なんて大嫌い。

大きな山に手を伸ばし、新しい肉の塊を引っ張り出す。

「うわっ……」ジェシカは急にテーブルから離れる。

あたりを見回して、なぜジェシカが行ってしまったのか、その理由を探ろうとする。誰も何も言わないし、他の誰もテーブルから去ろうとしない。まあいいや、なんだかわからないし。私は仕事に戻った。右手で包丁を持ち、左手で新しい肉の塊をつかみ直す。

この肉、なんだろう？　包丁を丁寧に置き、両手で肉の部位を触って確かめてみる。弾力のある肉だな、下の方が丸くて長い棒みたいなのがついている……

急に心臓がドクン！と音を立てる。雄牛の陰茎だ！

逃げ出したくなる衝動を抑えようとすると、早鐘のような心臓が胸を打ち続ける。落ち着くんだ。男の人たちはみんな私を見ているに違いない。きっと、これを冗談のつもりでわざとしかけたんだ。

女の子ならキャーと叫んで逃げて行くだろうと思って。
逃げ出さない、と心を決めると、冷静な落ち着きが戻ってきた。そう、ここに座って肉を切ること
なんて、わけないことだ。男どもよ、見てなさい！
右手で包丁を握ると、もう一度左手で肉をつかみ直す。
くらえ！　この一撃は、シンデレラの分よ！
肉を切り始めると、包丁の下でその肉の部位は、くねくねもぞもぞと動く。包丁の刃を強く押し
やって、いっそう強く力を込める。
大きな手が私の手の下に滑り込み、私の手がつかんでいる臓器を救い出した。
勝利の微笑みが私の顔に広がる。男の人は裏庭の方へ歩き去った。ほら見なさい、これでもう面白
がっていたずらをしかけることはしなくなるでしょう。
でもあれって、本当に雄牛の……？　7年生のときに習った性教育の授業をざっと思い出してみる。
もしかしたら、たぶん。ああ、どう、しよう？
嫌悪のあまり、お腹がよじれるように痛い。ここにはもういられない。もう十分やった。母がやっ
てきて、なぜ私が料理を手伝っていないのかと聞いたら、この話をして聞かせよう。私、お手伝いし
たかったのよ、お母さん。でもすっごくいやなことがあったのよ、雄牛の陰茎をつかんじゃったの。
包丁を置いて家に戻る。結婚式の準備のために、障害物競走の会場になってしまったところを、つ
まずかないように気をつけながら。
一緒に仕事をしたというのに、それでも親戚の人たちの名前がわからないなんて、うずくように孤

独を感じる。名前を教えてくださいって頼めばよかった。ジェシカに今どうなっているのか聞けばよかった。自分が怖がってなんかいないことを証明するために全てのエネルギーを注ぎ込んだ結果、「私vs他のみんな」という構図を作ってしまい、ほかでもない、自分で自分をのけものにしてしまったのだ。

第5章

旋律が奏でるヒント

2001年夏
エリトリア　アスマラ

でこぼこした砂利道が、おばあちゃんの家の前から広がっている。レンガと鉄でできた背の高いゲートが道の脇にあり、近所の家の庭を囲っている。先週、おばさんの結婚式があったときは、テントがこの道に立てられていた。みんなで踊ったり乾杯し合ったり、飲んだり食べたり、宴席は3日間も続いた。終わってしまえば道はぽつねんと静かだ。道を遊び場にして、そこでサッカーをしたりビー玉遊びをしたり、鬼ごっこをしたりしている子どもたちに気を配りながら、車はのんびりと通り過ぎる。私は、みんなの邪魔にならないように道の端っこを歩いている。

と、誰かの手に腕をつかまれる。ナイフのように冷たいものが恐れとなって体を切り裂く。私をつかんだ手は、私より3インチ［約7・6センチメートル］背の低い子どもの手だった。

「なに?・」息を吸い込みながら、落ち着けと自分に言い聞かせる。この子は従兄弟かもしれない、家族の誰かが知っている子かもしれない。

その子は何かを叫ぶ。耳障りなその音を聞いて、心臓が早打ちを始める。

「ナニ?・」もう一度、ティグリニャ語でたずねる。

叫び声がもう一度する。

手を離してもらおうと、腕をぐいっと引っ張る。その子は両手で私の手首を握っている。その子の金切り声は切実だった。私は手首をひねってみたが、その子はますます強く握って離さない。そのとき、10人ばかりの子どもたちが私たちの周りを取り巻いていることに気づいた。その子たちも、てんでに叫び出す。

こぶしをぎゅっと握りしめる。足をふんばって、いつでも足で蹴ることができるように準備した。オークランド統一学区が開催してくれた、視覚障害者のための講座で、自己防衛の訓練をしたことがある。そのクラスで習った記憶を呼び起こしてみる。

女の子が近づいて、私のもう一つの手首を包んだ。その包み方はとてもやさしく、軽いもので、拘束するという目的ではなく、触れるという感じだった。「リディアよ、キーボードを貸してほしいの、お願い」

彼女を見つめ、私は混乱する。「キーボード?」おばあちゃんの家にはコンピュータはない。頭をめぐらして、それが何を意味するのかを探る。「おもちゃのピアノのこと? ムジカ［「音楽」の意］?」

「そうよ」リディアは私の腕を左右に揺らした。「お願い! お願い!」

リディアの後ろにいる子どもたちのてんでな叫び声は、いつの間にか一斉にコーラスになっている。

「お願い! お願い!」

「うん、いいよ」肩から一気に力が抜ける。

叫び声を聞くと、いつも怖くなる。私の耳では、その叫び声がうれしくて叫んでいるのか、腹立ちまぎれに罵っているのか、区別がつかないのだ。よくあることだが、よく聞こえるようにと、私に話しかけるときにわざわざ叫ぶ人がいる。でも叫び声を聞くと、逃げ出すか、相手を蹴ってしまいたくなるのだ。

ようやく左手を引っ張って、誰だか知らない子から自由になる。ほとんどの子が、強く握るというのは攻撃に等しい、ということを知らない。子どもというものは、手で触れることもコミュニケーションの方法なのだということを、意識してはいない。私はいつも、何かに対して反応する前に、必ず一呼吸置いてまず考えようと自分を戒めている。

リディアは私の手を引いて、2人は腕を前に後ろにぶらぶらと振りながら歩き出す。リディアは11歳で、私より一つ年下だ。このあたりの子どもたちの中では、英語が一番得意なので、TTと私に遊びのやり方を説明するとき、みんなはリディアに頼む。

私のおばあちゃんの家のドアの前に、子どもたちが集まっている。そこを通りながら、私はみんなに手を振った。

音楽に対しては、複雑な思いを抱いている。耳の聞こえが限られているということは、周りの音楽がほとんど聞こえていないということだ。キーボードの音の一部は、かろうじて私が聞こえる高周波の音なので、シンプルで単純なメロディであれば、私の耳でも聞こえる。雑音が少なければ、いっそうよい。

手で触りながら音楽と関わることで、音に対する理解が進んだ。学校では、ミス・スコットが点字楽譜を教えてくれた。音符の一つ一つに点字が割り当てられている。童謡の「アー・ユー・スリーピング・ブラザー・ジョン」のメロディを点字で覚えてしまうと、教室にある大きなキーボードのところで、その曲を演奏してみた。パターン通りに指を動かして弾くための訓練は、楽しかった。

ミス・スコットが和音を教えてくれたとき、私はあまり上達しなかった。和音の低い方の音は、メロディに含まれる高周波の音をかき消してしまう。キーボードの左半分の音は全部、重苦しくはっきりしない音にしか聞こえない。洗濯機がウォンウォンと回っているときのような音にしか。周りの人のようには、私は音楽を心から楽しむことができない。

家族はみな、おもちゃのピアノが大好きだった。小さな従弟のためにアメリカから持ってきたものだ。従弟は何度かそれを叩いてみたが、しばらくすると飽きてしまった。24歳のアブラハムおじさんは、その紫色した子どものおもちゃを手に取り、楽譜なしでエリトリアの歌を何曲か弾き始めた。音を聞いただけで聞き分けることができるなんて！　と私はびっくりした。キーを一つずつ押さえながら、アブラハムおじさんは私にエリトリアの歌の弾き方を教えてくれた。

大切なおもちゃを持って外に出ると、門のところに集まった子どもたちは増えていた。リディアは私の腕を取って、大きな石が二つあるところまで私を連れて行き、そこへ腰かける。子どもたちは私たちについてきて、半円の形に集まる。

リディアにキーボードを渡して、メロディを弾いてもらう。演奏が終わると、みんなは拍手をする。リディアはキーボードを別の女の子に渡すと、その子はリディアが座っていた岩の上に陣取る。

「名前はなんていうの?」その子にたずねる。

「サラ」

にっこりして、キーボードを指差して弾くようにと促す。片手でおもちゃのキーボードを支え、もう一つの手で鍵盤をつつき出す。音がうまくメロディにならず、その子はもう一度、最初から弾き出す。今度は私にもなんの曲を弾こうとしているのかがわかる。また途中でつまずき、最初に戻る。

私は身を乗り出して、その曲の最初の7つの音を弾いてメロディを奏でる。人差し指でもう一度そのメロディのパターンを弾いてみせる。その子がメロディを覚えられるように、ゆっくり弾く。他の子どもたちも身を乗り出して見ている。

キーボードをサラに返す。サラは、間違った音符を弾いてしまうことが何度かあったが、そのたびにすぐ弾き直せるようになった。4回目の演奏で、間違いを一つもすることなしに、弾き通せるようになった。

「すごいじゃない!」両手の親指を二つとも立てて、サムズアップ!してあげる。

サラに教えているとき、私は逆にこの子どもたちから教わっていると感じた。目が見えて耳が聞こえる人たちの世界では、私はいつも何かを知るのが一歩遅い。そんな世界に対して、この私が何をしてあげられるだろう?といつも思っていた。この社会では、障害を持つ人々は何も貢献することができない、と初めから決めつけられている。それなのに、ここにいる子どもたちは、私がみんなに分け与えることのできる何らかの力を持っている人だと、何かを教えてくれる人だと思って接してくれている。

サラはキーボードを私に返してくれる。私は、その歌の続きのメロディを音符7つ分、何度か弾いてキーボードをもう一度、彼女に渡す。

サラはそれを弾いて、岩からジャンプして降りる。すると子どもたちは急に叫び出したので、なぜそんな争いが起こってしまったのかを知ろうと目をこらして見ながら、私の心臓は胸の中でドクンと強く打ち始める。

私の横に、ひょろっと背の高い男の人がやってきて、岩の上に座り、キーボードを膝の上に置いて、曲を弾き始める。

私は自分にできる限り、いかめしく、氷のように冷たく権限を持つ人物の声音で言い放つ。「みんなここでは順番を待っているの。キーボードをサラに返しなさい」

「ハーベン、僕がわからないの？ トマスだよ」トマスは二軒先の家に住んでいて、19歳になる。私はいっそう顔をしかめる。「トマス、順番を待ってください。まだあなたの番じゃないの、サラに返しなさい」

「わかったよ」トマスはティグリニャ語で何かつぶやく。「もう1曲だけ」

私のお腹はよじれて結び目ができたようになる。もう1曲だって弾いてほしくはないのに、キーボードを子どもたちに返してもらうことができない。「わかった、もう1曲だけ」

トマスは弾き始める。音楽が私をあざけっているかのように聞こえる。お前に何か起こっても、大切なキーボードに何かが起こっても、どうせお前には何もできないだろうさ、とばかにされているような気持ちになる。何か強い力が私の手首をつかんでねじりあげ、手も足も出ないような気持ちに。

曲が終わると、トマスはようやくキーボードを戻してくれる。「じゃあね、ハーベン」トマスをにらみつける「またね」

次の日、私はまた外に散歩に出てみる。私の家族は、玄関のドアが開いたりしまったりする音を聞きつけることもあるので、私は手をゆっくり動かして、静かにそうっとかんぬきを開けた。ドアを引いて、自分が通り抜けられるだけの隙間を空けると……バーン！　誰かの両手が私を前に押しやったので、クルクル回ってしまう。年下の従弟が私を追い抜いて出て行った。

従弟の腕をつかむ。「ちょっと！　あなたのお母さんは外に出ていいって言ったの？」

「離してよ！」年下の従弟の中では英語を話せる子は１人しかいない。ヤフェットだ。この子も、私と同じくカリフォルニアで生まれて育っている。

「お母さんに聞いてきましょ……」

ヤフェットは腕を振り払い逃げ出した。

従弟を追いかけて、石がゴロゴロしていて穴もところどころにあいている道を歩き出す。早足で歩くのだが、靴で何かを踏みつぶしてしまったときは、つま先を少し上げ気味にして重心をかかとに置くようにしてバランスを取る。大股で歩き、ついにヤフェットに追いつき、服をつかむ。「ヤフェット、待ちなさい！」

「放せよ！」ヤフェットは身をよじって私の手から逃れ、道の先へと走り去って行く。

「お母さんに言うわよ！」叫びながら、言うことを聞かない従弟の後を追いかける。

ヤフェットは急に右にそれる。私も向きを変えて追いかける。左にそれる。私も左に向かう。右に向かって走り出したかと思ったら、左に向かう。そして門に向かって走って行ったかと思うと、急に消えた。

そこはトマスの家だった！　パニックになり、心臓がバクバクいい始める。私のちっちゃい従弟は、狼のすみかに入ってしまった！

深く息を吸って、私は門に大股で歩いて行った。誰かがドアの前に立っている。

「こんにちは。ヤフェットは中にいますか？」

「メエエエエ、メエエ」

あきれた。「ファビオなの？」トマスには15歳になる弟がいて、しょっちゅう冗談を言ってばかりいる。

「メエエエ、メエエエ、メエエエエ」羊の鳴き真似が返ってくる。

唇の端が持ち上がって、にっこりしてしまう。「わかったわ、〝黒い羊さん、毛糸を持っている？〟」

［童謡「メエメエ黒い羊さん」の歌詞の一部］

「メエ、メエエ」

「よかった！〝それじゃ毛糸を1袋と、男の子を1人、いただくわね〟」［「メエメエ黒い羊さん」の歌詞の一部を少し変えている］そう言って、門を押し開けて中庭へと入る。

長方形の中庭が目の前にある。左側は塀で、右側に建物だ。私は用心深く歩く。右側にドアがあって、閉まっている。ヤフェットは、その中にいるかもしれない。いないかもしれない。そのまま歩き続け、意を決して中庭の奥へと入って行く。

誰かが現れた。「ハーベン、こんにちは」

「こんにちは」女の人に手を差し出す。その人は手を握り、両頬にキスをしてくれる。「お名前は?」

「ソリアナよ。トマスの姉です」

「こんにちは、ソリアナ。ヤフェットは中にいますか?」

「ええ、ついてきて」ソリアナは私の手を取ると、ドアの中へと私を導いてくれる。テレビが左手の壁際に置いてある。誰かが2人、テレビ近くのソファに座っている。ヤフェットくらいの大きさの人が私の目の前のアームチェアにのんびりと横になっている。

「ハーベン! トマスだよ」

驚いて二度見してしまう。自分から名前を名乗ってくれる人は、ほとんどいないのに。「こんにちは」

「入って、ここに座って!」トマスの声はよく通る。部屋の向こう側からなのに、トマスの声がよく聞こえたことに驚いていた。声を無理に張り上げることなく、よく通る声を操っている。

アームチェアを二つやり過ごして、ソファのところへと行く。ソファには座る場所はなかったので、その隣にあるベッドに腰を下ろす。

トマスは自分の腰かけた場所から前に身を乗り出す。「ご家族の皆さんはお元気?」

「ええ、元気にしています」

「ムセーはどうしてる?」

驚きのあまり眉がつり上がる。トマスは私の兄を知っている。

家族の成り行きというのは、一つの物語にきれいにまとめられるものではない。特に、その家族が四大陸にまたがって暮らしている大家族であれば、さもありなんといえよう。物語は幾年にもわたり、エピソードごとにそれぞれ語り継がれ、語り手もそれぞれに物語を紡いでいく。どういうわけか、何らかの形で、トマスは私の家族の成り行きを知っている。

私の兄2人は、私とは違う育てられ方をした。アメリカの文化では、ハーフブラザーと呼ぶだろう。エリトリアでは、私たちは単に兄と呼んでいる。長兄は12歳年上で、アウェットという。カリフォルニアの学校で先生をしている。もう1人の6歳年上の兄が、ムセーで、家族の中では私以外のもう1人の盲ろう者だ。

トマスがたずねたことで、家族が話していた記憶が呼び起こされた。ムセーはここ、アウィイエおばあちゃんの家で育った。それで、トマスは兄のことを知っているのだろうか? おばあちゃんは兄を学校に行かせたかったのだが、学校は盲ろうの生徒を受け入れてくれなかった。ムセーはしかたなく、他の子どもたちが学校へ行っているあいだ、1人で家にいた。何年ものあいだ、やるかたないときを過ごした後、ムセーはアメリカへ移住した。ようやく学校へ行けるようになったのは、12歳になった頃だった。

私は、喉までせり上がってきた塊を飲み込もうと苦心しながら言う。「ムセーはよくやっています。今は、ニューヨークのヘレン・ケラー・ナショナルセンターにいて、自立した生活を営むための9ヶ月のプログラムを取っているの。白杖を使って歩く方法とか、いろんな支援テクノロジー、点字、手話、掃除や料理……あなたは料理ができる?」

「少しはね」

「そう? きっとムセーの方が料理をよくしていると思うな」トマスはソファで隣に座っている人に話しかける。2人は少し会話を続けた。「ハーベン、これはダウィットだよ。彼のこと、知ってる? 僕の友だちなんだ」

「こんにちは」握手をかわす。

「それじゃムセーは元気なんだね?」トマスはさっきの話に戻る。

「ええ。高校を卒業して、今はニューヨークで訓練を受けているの。でも、なぜ?」

「僕たちはよく一緒に遊んだんだ。親友だったんだよ。2人はコレだったんだ。コレ、知ってる?」

「コレ?」

トマスは自分の手を見せた。人差し指と中指がからまっている。

思わず笑い出す。うなずいてみせる。「とっても親しい友だちね」

「そう! 親しい友だちだったんだ。なんでも一緒にやっていたよ。だから元気でやっているのか、知りたかったんだ。会いたいよって伝えてくれる? そして、帰ってきて顔見せろって言ってほしいんだ」

「わかった」

ソリアナが出入り口のところから何か聞いている。

「ハーベン、お茶を飲む?」トマスがその質問を繰り返してくれる。

「ええ」

ソリアナはお茶のカップを手渡す。その親切が身にしみた。そのとき急に、新しい事実に気づいて、びっくりする。この人、子どもたちを押しのけて真ん中に躍り出て、小さな女の子からおもちゃを取り上げたこの人は、実は温かい側面を持っていたのだという事実。

目が見えて耳が聞こえる人たちは、場面を一瞥しただけでいくつもの詳細を把握することができる。顔の表情だったりボディ・ランゲージだったり、言葉遣いや声の抑揚などという詳細が手に入る。盲ろう者にとっては、周りの世界から与えられる情報は途切れ途切れで、切れっぱしのようなものだ。新しい情報のかけらが手に入るたびに、そのときの状況に対する感じ方が、180度変わってしまうこともある。

お茶を飲み干して、カップをテーブルに置く。「家に帰るわ。そして、ヤフェットがここにいるっていうことを知らせに行きます。お茶をごちそうさまでした」

誰かが出入り口のところで何かを言う。

トマスがティグリニャ語で応えて、それから私に聞く。「ファビオが聞きたいことがあるんだって」

ファビオは私の腰かけているベッドにボンと飛び乗ってくる。「メエエ、メエエ」

トマスが早口のティグリニャ語で何か言う。

思わず目が笑ってしまう。「ねえ、黒い羊さん! 小さい男の子に約束した毛糸入りの袋は、どうしたの?」

「何？　何を言ってるの？」ファビオが聞く。

「アメリカに『バー・バー・ブラック・シープ』〔曲名「メエメエ黒い羊さん」〕っていう歌があるのよ。その音に似てたから、あなたのこと黒い羊さんって呼んだの」

「ああ、そうだったんだ……あのね、あのキーボードを貸してくれないかなって思ってたんだ」

思わず、プッと笑いがはじける。「あなたもなの？　いいわ、これから取りに行ってくる」

第6章

エンチャンテッド・ヒルズでダンス

2003年夏
カリフォルニア州ナパ

「ハーベン、これが最後のチャンスですよ」と、英国なまりの声が警告する。

エンチャンテッド・ヒルズのキャンプに参加している盲学校の高校生たちは、英国なまりの声を聞けば、どのカウンセラーが話しているのかわかる。それがわからないのは、私1人。私はそのとき15歳になったばかりで、このキャンプは、それまで生きてきた15年の中で、初めて直面したすごい冒険。キャンプに参加する生徒は、水泳やボートこぎ、乗馬に工作、ハイキングにスポーツ、そして演劇などを体験する。

目が見えないカウンセラーも見えるカウンセラーも、視覚障害のある生徒を相手に、安全に馬にまたがる方法から、ゴールボールの遊び方まで、いろんな活動を教えてくれる。ゴールボールというのは、バスケットボールくらいの大きさのボールに鈴が入っていて、それをコートの中で力いっぱい転がすゲームのこと。敵のチームはボールの転げる先を体でさえぎり、ゴールゾーンに入らないようにする。目が見えようが見えまいが、選手は全員アイマスクをしているから、試合は公平になる。ゴールボールはここではとても人気のあるスポーツだったが、私は耳の聞こえが限られているので、ボールがどこに転がって行くのかを聞きつけられなかった。だから、今年はゴールボールに参加していない。

今年、私は演劇をやってみたかった。

「ハーベン、オーディションを受けないの?」英国人カウンセラーがたずねる。オーディションの最中に言われたことの半分は聞き取れない。わかったのは『ウェストサイドストーリー』の配役を決めるために、みんなは歌を歌っている、ということだけ。視覚障害のある生徒たちが12人、舞台の方を向いて椅子に座っている。

心臓がバクバクいってる……とても受けたいとは言えなくて、首を横に振る。

「やってみたら?」

椅子に沈み込みながら、私はもう一度首を振る。

「そう。それじゃこれで終わりにしましょう。みんな戻っていいですよ。結果は、昼食後に発表します」

椅子が床にこすれてガタガタいう音が、大きな部屋に響き渡る。コツ、コツ、コツ。みんなの中には、白杖を突いてドアへの道を確認している者もいる。私も白杖を持ってるけど、自宅のクローゼット近くに壁に立てかけっぱなしだ。杖があれば、知らないところでも歩きやすいが、このキャンプでは必要ないんだもの。この場所のことなら知り尽くしているのだから。ほんの少し残っている視覚も、頼りにしてる。白い壁は見えるし、開け放った正面のドアから陽の光がこぼれているのも見える。私の前を6人の人たちが歩いているのも見える。

外に出てから、私はグループから離れる。夏の太陽が肌に暖かい。微かな風が、道の向こうにある馬小屋から馬の匂いを運んでくる。キャビンからダイニングホールまでは長く、舗装された道のりだ。その道の両側に3フィート［約0・9メートル］の高さのロープがしつらえてあった。そのロープを握って歩き、方向を確かめている人がいる。杖に頼ったり、残っている視力で歩いている子も。道の左端を歩きながら、私は馬を探す。あそこだ！　あ、誰かがそこにいる。

「ね、私、ロビンよ」と彼女は言う。

去年、ロビンと私はユーモアのセンスが似ているとわかって、友だちになったのだ。キャンプの学芸会で一緒に寸劇を披露したっけ。ロビンは、カリフォルニア盲学校に通っている。私はスカイライン・ハイスクール、オークランドにある普通の公立高校だ。ロビンに会えるのは、このサマーキャンプだけだった。

「あ、私はハーベンよ」ロビンの手は馬の方に差し出されている。「何をあげてるの？」

「りんご。あげてみたい？」ロビンはりんごを一つ、手渡してくれる。

私はもう一頭の馬を見やる。毛並みは栗色で、たてがみは黒だ。ロビンの隣に立って、この馬にりんごを差し出してみる。馬がりんごを食べ始めると、私はもう片方の手を馬の頭にあてがい、温かい毛並みを顔に沿ってやさしくなで始める。この顔の大きいこと！　なでる手を頬のところで止めると、物をかんでいる馬の口の動きを感じる。

もうひとくちかじると、馬のその口は、私の手のひらの上にある何かをもっと食べようとする。

「指をかじらないでね、お願いよ」

ロビンは高い声で笑う。「そんなこと、真剣に言うなんて！　言葉で言えば、世界が変わるみたいに……」

「もちろん、聞いてくれるわよ。世界に向かって何か言葉を発すれば、世界はそれをちゃんと聞いてくれる。あなたの馬にも、かじらないでって言うべきよ」

「か、かじ……」ロビンはクスクス笑い出す。それから深呼吸して、馬に向き直って言う。「か、かじらないでね！」そう言うなり、ロビンは体を折り曲げて笑い始める。「信じられない！　そんなこと言わせるなんて……！　ねえ、話変わるんだけど、午前中何をしてたの？」

「オーディションに行ってみた」私は馬の頬をなで続ける。

「へえ！　なんの役もらったの？」

心臓がドクンとなる。「何ももらってない」

「ええっ！　どうして？」

「どうしてって……」私の声は低くなる。「役をもらえるのは、歌える人たちだったの。私は歌えない」

「あなたは歌えるわよ、誰だって歌えるもの」

「いいえ、私はほんとうに歌えないの。音程が合っているかどうか、わからないんだもの。耳の聞こえの問題なの」

「そう……」

悲しみのかたまりが、ボールのようになって私の胸にゆっくりと降りてきて胸を詰まらせる。視覚障害のある生徒のためのサマーキャンプに来てすら、のけものにされたような気持ちになるなんて。みんな、ゴールボールの時間は鈴の音が、演劇の時間は音楽が聞こえていると思われている。1日中、これを聞け、あれを聞け、と言われるばかり。

「ねえ、」ロビンが勢いづいて言った。「また学芸会で、寸劇をやろうよ！」

「いいね」

誰かが2人、こちらにやってくる。「君たち、いたずらしているな」背の高い方が言う。「ウマが合うのをいいことに、こんなところで油売ってるなんて……さぼってるのを捕まえたぞ」

「ちょっとお！」ロビンは腕を組む。「そういうあなたたちこそ、何様なの？」

「僕はグレッグ」

「私はロビン、そしてこっちはハーベン」

「ええっ何それ？　適当に言うなよ」

ロビンは笑い出す。「それがほんとうの私たちの名前なのよ！」

「そうかい、それなら」と彼は続ける。「僕はブレアで、こっちはクレアだ」

「ほんとうだってば、私、適当になんか言ってないよ！　私の名前はほんとうにロビンで、この友だちの名前はほんとうにハーベンなの」

ちょっと待って。もしグレッグが「ロビン」と私の名前の「ハーベン」が韻を踏んでいると思ったなら、ロビンは私の名前を間違って発音しているってこと？　もしかして、「ヘイビン」って言ってる？　それとも、グレッグはハーベンとロビンが、かろうじて韻を踏んでいる、と思っただけなのかな。ドクター・スースの絵本にあるみたいに。こういう微妙な発音のニュアンスが私には聞き取れない。だから私は歌わないのだ。

「わかったよ、君がそう言うならそれでいいさ」グレッグは言う。「君たちに伝えたいことがあって来たんだ。もうすぐダンスクラスが始まるんだよ。一緒に行こう」

ロビンは私に向き直る。「ハーベン、どうする？」

「どうしようかな……ダンスは得意じゃないもの」

「習うには絶好のチャンスだよ」と彼は言う。「盲目のプロダンサーが来て、サルサを教えてくれるんだ」

「盲目でダンスの先生？」私の目は驚きに見開かれる。

「キューバでサルサに出会って、スペインで学んだそうだよ」

聞き間違いじゃないだろうか。「ねえ、盲目のダンサーって言った？」

「そう、彼女は目が見えない」

無数の疑問が胸に湧き上がり、どの疑問もすぐに答えが欲しいと騒いでいる。「どうやって学んだの？　目が見えない人が、どうやって教えるの？」

「自分でクラスに行って、確かめてみたら？」

「そうね」

さっきいやな思いをしたばかりの場所、オーディション会場のキーバに戻ると、気持ちがすとんと落ち込んでしまう。10人くらいの人たちが立ち話をしている。ロビンと私は、前の方に歩いて行く。

背の高い女の人と男の人が「舞台」近くで小さな声で話し合っている。

「それで」ロビンが言う。「家で踊ることとあるの?」

「ううん。家族でエリトリアふうのダンスをすることはあるよ。大きな輪になってみんなで踊るの。でも毎回それを踊るときに、母が『ハーベン、肩を動かすのよ』って言う。でも踊るたんびに、何か間違えてしまうのよ。『ハーベン、もっと肩を動かして』『ハーベン、もっと速く肩を動かして』って言われて」

「難しそうね」

「だから私、もうやめようとするんだけど、そうすると母がすごくがっかりするの。『ハーベン、一緒に踊ってほしいのよ』って言うの。『ハーベン、一緒にやろうよ』って」

「お母さん、ずいぶんとあなたの名前を呼ぶのね」

「うん……」これでロビンは私の名前をどう発音するか、わかったよねきっと。

インストラクターがみなに声をかける。「EHCのみんな、こんにちは!」

「EHCへようこそ!」みんなが叫んで拍手する。

「私の名前はデニス・ヴァンシルです。今日は皆さんに、サルサダンスを教えに来ました。まず、私の自己紹介をしましょう。私は生まれてからこのかた、踊らないときはありませんでした。まずタップダンスを習って、それからその他のダンスを踊るようになりました。ジャズダンス、モダンダンス、スウィング、サルサ、メレンゲ、フラメンコなどです。踊ることが大好きで、世界中を旅して、こういういろいろなダンスを学びました。今日から数日間は、サルサとメレンゲ、それからスウィングを練習しましょう。『ウェストサイドストーリー』の舞台のためにね。今日、オーディションを受けた人は何人いますか?」

しーんとして、答えはない。

「私は目が見えないんですけど、そのことを知らない人がいるかもしれませんね」とデニスは言う。「手を挙げてもらっても、見えないんです。声を出してほしいの。もしオーディションを受けた人がいたら、『私です』って言ってください」

何人かが返事をする。

「それはよかった!」デニスは続ける。「私は13歳から今まで、人生のほとんどを目が見えないまま過ごしてきました。なぜそんなことを言うかといえば、踊るために目は見えなくてもいいのだ、ということを知ってほしいのです。それから、もし誰かがあなたは踊れないと言っても、それは間違いです。ダンスを教えるのに目が見えなくてもいいのです」

前の列に立っている私は、全身を耳にしながら話を聞いている。自信にあふれた盲目の女性から何かを教えてもらえるなんて、滅多にないチャンスじゃない! この人の言葉は一言一句逃したくない。この人の動きは全てよく学んで、レッスンの全てを覚えておきたい。

「では始めましょう。みんな私の方を向いてください。私の声がする方を向いてくれればいいのです。目が少し見えるなら、前の方に来てください。どれだけ前に出てもらってもいいですよ」

うれしくなってすぐに前に飛び出し、デニスから3フィート〔約0・9メートル〕のところに立ってみる。ロビンと、その他5人の生徒も前に出る。

「まず前を向いて、足を揃えて立つ姿勢から始めます。いいですか？　次に両足を6インチ［約15センチメートル］ほど離してください。重心はまだ、両足の上にあります。両足とも、肩の線からまっすぐ下ろしたところに位置しています。どうですか？　何か質問は？」

誰かが何かを質問している。

「待ってね、今そちらに行って見てあげるから」デニスは質問をした生徒の方へ歩み寄る。

今のところ、このクラスは楽勝だ。

デニスが前に戻ってくる。「では、これが始めの位置です。これを覚えておいてね。次に、左足を前に出します。小さく1歩、前に出して」

デニスの足を見ながら、その動きを真似てみる。1人おいて、すぐ左側にデニスがいるので、足はよく見えるのだ。

「前に一歩出るとき、重心も前に移動するの。重心のほとんどを左足に乗せて、でも全部の重心を乗せるんじゃないの。少しだけ、右足にも重心がかかっているけど、ほとんどの重心を左足に乗っける。わかった？　このステップが『ワン』です。これが最初のベーシックなステップです。『ツー』はね、右足に踏み替えて、重心を右足に移動させます。みんな、『ツー』ができた？」

生徒たちはクスクス笑い始める。なんで笑っているんだろうと思いながら、デニスが最後に言ったことを思い出してみる。ああ、「ツーができた？」というのは、「ナンバーツーができた？［子どもに「うんち出た？」と聞くときに使う言い方］」みたいに聞こえるからだ。あきれた！

「続けていきましょう」デニスは声をかける。「覚えておいて、みんな1人1人を回ってチェックするからね。『スリー』はね、左足を動かして、最初の位置に戻ってくるの。ではもう一度やって見ましょう。『ワン』、左足を前へ出す、『ツー』、右足に踏み替える、『スリー』、左足を最初の位置に戻す。みんな、その動きを練習してください。ワン、ツー、スリー。ワン、ツー、スリー。これからみんなの動きを1人1人チェックしに行きますからね、そのままやり続けてください」

デニスはロビンの方に向かう。2人は静かな声で話し始め、私は自分の練習をやめて2人を見る。デニスはロビンの後ろに回り、ステップをしているロビンの腰に手をあてがう。デニスはロビンに何か声をかけ、次に私の方に来る。

「こんにちは!」私はデニスの声がよく聞こえるよう、近くに寄る。「私の名前はハーベンです」

「ハーベン?」

どうしよう? デニスがちゃんと私の名前を発音してくれているか、わからない。「そう、ハーベンです」

「はじめまして、ハーベン」デニスは言う。「ステップをしているとき、あなたに触ってもいいかしら?」

「もちろん!」

デニスは私の後ろに回り、私の腰に手をあてがう。私がステップをするあいだ、軽く触っている。

「いいわね! そのまま練習し続けて」デニスは次の生徒に移る。

大きな笑みが顔に自然と広がる。そう、目が見えない人でもサルサを教えるのは不可能ではない。足の動きは、腰や手、肩の動きを通して感じることができるのだから……体は全てつながっているのだ。体の声を聞く訓練をしている人たちは、触覚の力を使うのがうまい。

全員を見て回った後、デニスは前に戻り、残りのベーシックなステップを教えてくれる。「はい、それではパートナーを見つけてください」デニスは声をかける。「一緒に踊る相手を見つけてください。では、探して」

ロビンは誰かに歩み寄った。気になってた人を見つけられたかしら?と思う。ロビン、やったね！あたりを見回して、誰かパートナーを探していないかと考える。部屋にはぼんやりした人影が見える。

背が高くて黒いメガネをかけた誰かが目の前に現れる。私のハートは床に転げ落ち、丘を駆け下りて、女の子用のキャビンに駆け込んでバタンとドアを閉め、がしゃんと鍵をかける。

スティーブは、私の顔に表れた緊張感を見出していない。「パートナー探してる?」と聞く。少したためらいながら、でもこう答える。「ダンスのパートナーならね」

「人生のパートナーは?」

「いいえ」

「なんで！　いいじゃないか、少しくらいチャンスをくれよ」

デニスは呼びかける。「みんなパートナーが見つかった?」

スティーブが手を差し出す。手のひらを上に向けている。

私は前を向いて、デニスに顔を向ける。

「はい、それじゃ手をつないで」デニスが声をかける。

「やったあ！」スティーブが喜んでいる。

笑いをこらえて、私は自分の手を彼の手に載せる。するとスティーブは、合わさった私たちの手を頭上に挙げ、手も体も左右に振りながら、無言のまま有頂天のダンスを始めた。

びっくりして、クスクス笑ってしまう。ほら、と彼の手を引っ張り下ろすと、スティーブはダンスをやめてくれた。ああよかった。

「三つ数えますから、そうしたらパートナーとベーシックステップを踊ってください。女の子は左足から前に出る、男の子は右足を後ろに引くことから始めてね。音楽をかけて踊りましょう。では音楽お願いします！」デニスが言う。

音楽がかかる。フェスティバルのように、楽しい音楽だ。音楽のうちで、高い周波数は私にも聞こえる。でもビートは聞こえない。

そのときふと、ビートはスティーブの手から流れ込んでくる、ということに気づく。彼の腕や足、そして肩、体全体がリズムを伝えてくる。2人でダンスをしながら、その全てを私の手は感じ取っている。ビートは聞こえないけど、それを感じることはできるのだ。触覚の力で。

デニスがやってきて、片手をスティーブの手首に、もう片方の手を私の手首に置く。そして、そこに立ったまま私たちがダンスするのを観察し、私に何か話し始める。

「音楽のせいで、先生の声が聞こえません」と私は言う。

デニスはそっと私の手を取って、自分の腰にあてがった。そしてベーシックステップを行い、一つ一つの動きを強調してみせる。体の軸が、ステップのたびごとに左右に揺れる。左、右、左。右、左、右。次に、デニスは私の手を取って彼女の足に持っていった。私は床に四つん這いになり、デニスがベーシックステップを踏むにつれ、手で彼女の足を追いかける。そうか、足を前に踏み出すときはつま先立つのね、かかとが浮いている。そこまでは見えなかったな。

デニスはダンスをやめ、私は立ち上がる。デニスは私の後ろへ回り、手を私の腰にあてがう。慎重に、私は重心を左に移しつつ、左足のつま先で踏み込みながら前に一歩出る。彼女の手を意識しながら、ステップを踏む前にまず、私は体の軸を動かすことから始める。ワン、ツー、スリー、(休み)。ファイブ、シックス、セブン。デニスの手が私の腰にあてがわれたままなので、私はもう一度ステップを行う。ワン、ツー、スリー、(休み)。ファイブ、シックス、セブン。

デニスは私の肩を軽く叩き、何事かを叫ぶ。

「ありがとう!」私は音楽に負けまいと声を張り上げる。

デニスはその後、生徒たち全員にターンをやらせる。スティーブと私は完璧にやってのける。彼は動きがとても優雅で、ダンスの腕前はそれは見事なのだ。彼がアドリブで動くたびに、私はそのリズムに乗って一緒に動いた。踊っていると、自然とお互いが鏡のように動き始めるのだけど、どうやら彼の手が示すシグナルを、私は本能的に理解しているみたい。触覚の力で。

目をこらして見ることに頼らず理解するということ、必死に耳をすますことなく理解するということが、どれほどすばらしいことか。サルサを踊るには、私の強みを十分発揮すればいい。感覚という強みを使うのだ。

踊ること、ターンすること。2人が生み出す、スムーズな流れに酔いながら、私は踊っていた。

音楽が消えていく。スティーブは私の手を持ち上げて、キスをする。

「ちょっと!」手をさっと引っ込める。「そんなことしていいって、言わなかったよ!」「ええっ」スティーブは悲しげな声を出す。後ろに引き下がり、自分の胸を抱きかかえる。「君はたった今、僕の心臓にナイフを突き刺したね!」

周りの生徒がクスクス笑っている。私も一緒に笑いたい、と思う自分がいる一方で、スティーブがキャンプから追い出されればいいのに、と思う自分もいる。彼の手についてゆくことが自然な気持ちでできるようになったその途端、スティーブは一瞬で私のその信頼を粉々に砕いてしまったんだから。

「はい!」デニスは生徒に声をかける。「今日のクラスはここまでです。みんな、よくできましたよ。あと数日はいるから、もっといろいろなダンスを教えてあげられますよ。それじゃ、昼食の時間です」

外に出ながら、スティーブは私の横に並んでくる。「僕はダンスがとても好きで、ずっと踊ってきたんだよ」と言う。「いろんな人と踊ってきたけど、君はダンスがとてもうまい。知ってた? そのこと」

「そうかなあ」私はダイニングホールの方へと大股で歩いて行く。

スティーブが私に追いつく。「ほんとうだよ。君はほんとうにセンスあるんだから。ダンスパーティで一緒に踊ろうよ。僕たち2人で、ナパ中で一番のダンサーになれるよ」

私は首を横に振る。「だめよ。さっきあなたがしたこと、私忘れてないんだからね」

「そんな……本気なの? 手にキスしただけじゃないか!」

口がにっこりしてしまう。「私はあなたを信頼してダンスのリードを任せたのに。手にキスするなんて、そんなの、ダンスの約束のうちに入っていないでしょ」

「そんなあ！　ひどいよ」スティーブは手を宙に浮かせてひらひらさせながら、どう弁解しようか考えている。「手にキスをするのは、相手に敬愛の情を抱いているという証拠なんだよ。礼儀正しいことなんだよ。ロマンチックなこととは関係ないんだから」

笑いがばれないように、唇をかみしめなくちゃ。彼の目がどのくらいよく見えているのか知らないので、私の表情が見えているのかどうかはわからない。実は笑ってるって、どうか見えていませんように！　でもついに、笑いの波が去って、私はシリアスな声音を出せるようになる。「でもデニスの手にはキスしなかったじゃない」

「先生の手にキスすればいいの？　君がまた僕と踊ってくれるなら、先生の手にキスをするよ！やってやるさ！　それならいい？」

「いやよ」

スティーブは前にさっと前に飛び出し、ダイニングホールのドアを開けて、私をエスコートしようとする。私は歩みを速め、ダンスするみたいに滑るように彼を追い越す。2人でダンスをした思い出をも置き去りにするみたいに。

スティーブが私に追いついた。「ねえ、ほんとうに君は、ダンスパーティで僕と踊ってくれないって言ってるの？」

「そうよ」

「ほんとうに？　そんなのってないよ！　君みたいな女の子に会ったことないのに……」

向きを変え、私は彼がついてこられないところへと足早に立ち去る。行き先は、女子トイレ。

サルサダンスは、最高に楽しかった。パートナーと踊るときに2人の間に生まれる絆には、特別な喜びを感じる。今、この場に一緒にいるという喜びを。ただ願わくば、サルサを踊るとき、めんどくさい男の子なしでできますように……。

第7章

皿洗いでゴマすり

2003年秋
カリフォルニア州オークランド

学校から帰って、私は部屋で座って手に持った紙をじっと見る。スカイライン・ハイスクールにはbuildOnというプログラムがあって、学校近辺のコミュニティや外国などで必要とされているボランティアを行って、自分の力で世界をよい方向に変えることを学んでいく。次の春には、このbuildOnから、西アフリカのマリに行き、学校建設を手伝うプログラムが予定されている。このプログラムへの申込書には、全て記入済みだが、最後に両親のサインが必要だった。

過保護な両親からそれをもらうには、ある程度の戦略が必要だ。

ベッドから飛び降りる。ここから3歩でドアに着く。廊下にはじゅうたんが敷いてある。全身の聞き耳を立てて、両親がいるかどうかを探る。床からの振動を感じ取ろうとしたり、限られた視覚を使って動く影がないかどうか見たり、手がかりになる音などを拾おうとする。そのとき、遠くから、テレビから早口に話す言葉が不明瞭ながら聞こえてきた。

リビングに向かって走り出す。

私の母、サバは食卓のある部屋をきちんと片付けているので、椅子はちゃんとテーブルに沿ってしまわれている。ダイニングとリビングの間には壁もドアもなく、段差で区切られている。二つの部屋は両方とも、オフホワイトのじゅうたん敷きになっているので、よくその段差につまずく人がいる。みんなにはその段差が見えていないのだ。私だってもちろん見えない。だから、だいたい段差のあたりに来たなと思ったら、ジャンプすることにしている。

テレビの横までやってくる。テレビからは音が出ている。濃い色のレザーソファが二つ、テレビの方を向いてしつらえてある。胸の前で手を握りしめてソファの方を見る。

反応なし。

ねえ、そこにいるって知ってるんだよ。

立ったままそこで待っている。もう少し待つ……まだ待っている。

もしかしたら、ここにいないのかな。テレビがついているからって、誰かが見ているとは限らないもの。

テレビの前に立ちはだかる。

「どうしたの?」母の声がソファからする。

「あのね、今から食器洗いをしてあげるから」

「それはどうもありがとう」

見えない段差をぴょんと飛び降りて、食卓のある部屋を通り抜けて左に曲がると台所だ。流し場の周りを探って、食器洗い用のスポンジを探す。私の手が、流し場の右斜め上の角にあるスポンジを探りあてる。もう片方の手で、縦長で丸みをおびた形の食器洗い洗剤のボトルを持ち上げる。ボトルを傾けて、注ぎ口がスポンジに当たるようにする。位置を確かめて、ボトルをぎゅうっと押す。スポンジに置いた親指で、洗剤が出てくる量を測る。

お湯が手の上に流れてくる。手で流し場を探ってみて、ため息をつく。あーあ、洗い物がずいぶんたくさん残ってる。洗剤をつけたスポンジでお皿をこすり、指でお皿の両面を探ってこびりついた汚れがないかを確かめる。もう汚れが残っていないと思ったら、洗剤の残りがきれいになくなるまで、水道の水で洗い流す。

洗い終わったお皿は食器を乾燥させるところ、またの名を壊れた食洗機へと移す。こいつが動いてくれたら、もっと楽になるのに！　でも両親は新しい食洗機を買わないのだ。お金がないのかもしれない。まだ直せると思っているのかもしれない。手で食器を洗っていた、エリトリアの昔を懐かしんでいるのかもしれない。

視覚障害者の世界では、こういうひどい話がある。目が見えない子どもが、家の仕事を何一つしないという話。なぜなら、目が見えない子には何もできない、とその子の両親が教えてしまっているから、というものだ。私はといえば、両親からは家のことをするようにと期待されているし、私もちゃんとやる。家の仕事はたいていい、触感でなんとかなる部分があるので、目が見えなくてもこなすことはたやすい。

TTがやってきて、私の左側に立つ。何か話したいんだなと気づいて、水道の水を止めてTTの方を向く。

「何してるの?」TTが聞く。

「食器洗いでしょ」

「ねえ、バカにしてるの？　ふだんタダで食器洗いすることなんてないじゃない。ほんとは何してるの？」

声をひそめて聞く。「何か勘付いてると思う？　あの２人」

「ぜんぜん！『クロコダイル・ハンター』見てるんだから。２人の大好きな番組だよ」

「あんたも好きでしょ？　なんで見てないの？」

「ＣＭの時間になったから、こっちで何してんのかなと思って見に来たの。それで、何しようっていうの？」

「わかったよ……でも言わないでね。学校でbuildOnていうクラブについこないだ入ったんだけど、途上国の学校を建設する手伝いなんかをするの。今度、それでマリに行って学校を作ることになったんだけど、それに行きたいのよ。あとは、申込書にギルマとサバの署名をもらえばいいだけなの」

「ちょっとー、ダメって言うよそれはきっと。それわかってるでしょ？」

「でもこうして食器を洗ってあげれば、私に感謝しなきゃならなくなるはずよ」

「はは！　１年くらいずっと洗ってあげればね」

思わずにっこりする。ＴＴにはわかっている。両親の許容範囲を超えて何かさせてもらうことは、キリマンジャロに登るのと同じことなのだ。

ＴＴの冗談に乗って、私はふざけてみる。「マリにいとこか誰かしら見つけられたら、行かせてもらえるかも」

「そうだよ！」TTはクスクス笑い出す。「マリにエリトリア人が1人でもいれば、『親戚がいたわね』ってなるよ」

「うん、きっとそうだね。いつもそんな調子だもの。よし、それを次の手に取っておこう」

「それじゃ、まだ食器を洗うの？」

そのことを少し考えてみる。両親は家でも学校でもしっかりやるように、と私に期待をしている。だから食器洗いぐらいは大したことないと思われるだろうが、少なくとも私がお願いを持ち出すときに聞く耳を持ってくれるかもしれない。「うん、やっぱり洗うよ。私の計画を2人に言わないでおいてくれる？　自分から言いたいの」

「わかった」

姉妹げんかはいろんな理由でよくするが、両親のこととなると2人はいつも仲間だ。TTはそのことに関しては信頼できる。

流し場のお皿が動いている。TTがもう2枚、お皿を流し場に入れたのだ。

「ちょっと！」

TTは台所から逃げ出し、楽しげな笑い声が遠ざかる。

20分後、やっと最後の1枚のお皿を洗い終えて食洗機にしまった。腕も背中も痛む。点字を読むために使うべき指が、洗剤とお湯のせいでしなびてしまっている。

今度は、大きなソファのところにまっすぐ歩いて行く。1人が右に、もう1人は左側に座っている。

真ん中に座ろうとして、母の足がクッションの上に伸ばされていることに気づいたが、私が頼む前に母は足をどけてくれる。

「もう洗い物は終わったの？」母が聞く。

「うん、スプーン8本、ナイフ2本、おわんを4つにお皿を6枚、カップを10個洗ったよ」

「あら大変！　ハーベン、数えなくってもいいのよ」

私は肩をすくめる。「どれだけ大変だったかわかってもらいたくて」

「それはどうもありがとうハーベン」と母は言う。「助かったわ」

にっこりしながら言う。「どういたしまして」

父が話に入る。「宿題は終わったの？」

「うん、心配ご無用よ、去年みたいにオールAの成績を取るから。今、世界史で日本のことを習っているの」

「そうか。日本の首都は？」父が聞く。

「東京。ずっと前から知ってるよ」父にもっと難しい問題を出せないか、考えてみる。

「エストニアの首都は？」

「簡単だ。タリンだよ。チリの首都は？」

「何言ってんの？　サンティアゴでしょ。インドネシアの首都は？」

「ジャカルタ。そして……タイの首都は？」

「バンコク。それじゃマリの首都は？」

「バマコ。それじゃ……」

「ねえ、マリのことどう思う?」何気ない風を装いながら、私の心臓は早くなる。

「マリはアフリカの中でも重要な国だよ。トンブクトゥは、かつて貿易の中心だった。アフリカや中東からの商人たちはトンブクトゥで交易をしたものだ」

「それはすごいね! マリのこと、他にも知ってる?」興味を引くような質問を続ける。

「マリの音楽もすばらしい。私はマリの音楽がとても好きだよ。マリの歌手のCDも持っているしね」

なるたけ、自分の表現が無色で抑えられたトーンになるように苦心しなければならない。「それじゃ、マリからCDを持って帰ってきてあげようか?」

「どういう意味だ?」少し疑惑の色が見える。

ふうーっと深呼吸する。「学校で、buildOnというクラブに参加したの。全国組織のNPOのグループで、途上国に学校建設なんかをする活動をしているのよ。自分の地元でボランティア活動もするよ。そのNPOが、4月に3週間、生徒のグループをマリに派遣して、学校を建設する手伝いをするの。参加費は無料で、飛行機代やホテル、食費も何もかも、向こう持ちなのよ。あとはただ、この申込書に署名してくれればいいの」

しーんとしている。

「何もかも、buildOnが面倒見てくれるの」なんとか安心させようと、続ける。「もう申込書にも書いたのよ。ただ、ここに署名するだけ」

またしても、しーん。

「紙を持ってくるから、署名してくれる？」

「どうしてマリに行きたいんだ？」ついに、父が口を切る。

「世界に貢献したいのよ。マリの子どもたちが教育を受けられる手伝いをしたいの」

反対側から母が口を出す。「ハーベン、エリトリアの子どもたちだって、学校が必要よ。エリトリアに学校を作る手伝いをしたらどう？」

「うん……」口ごもりながら、答えを探そうとする。「buildOn はエリトリアにはいかないのよ。もしエリトリアに学校を建てるというプログラムがあれば、もちろんそれに参加するよ」

「いい考えだね」父は言う。「次にエリトリアに行ったら、ボランティアできる学校を探そう」

「エリトリアの学校でボランティアしたいよ」と言う。「来年の夏休みに計画できるじゃない。でもbuildOn のプログラムは4月なの。両方できるよね。両方やりたい」

「4月なら学校にいる時期じゃないの？」父が問いかける。

「buildOn は学校のクラブなんだよ、学校の先生も一緒に行くの」

また無言。

「それならこうしたらどうかな。マリに行かせてくれたら、次の夏休みにエリトリアの学校でボランティアすることを約束するよ」

「だめだ」父は断ずる。

「どうして？」意気消沈する。TTの言うことは当たっていた。食器洗いごときで、説得できるわけがなかったのだ。

「危ないよ」と父は言う。

「マリは安全よ。buildOnは、そこに生徒を連れて行くプログラムをもう何年もやっているの。生徒を連れて行くのは、安全な国だけなのよ」

「お前には障害があるだろう」

微妙な会話に発展していきそうだ、と思って身構える。障害者が生きる上での問題に対する父の不安をなだめるには、私の方にも大変な勇気が必要だ。私自身の不安は押し隠しておかなければならない。私が少しでも不安な様子を見せれば、両親は例の過保護な「心配なんだよ」オーラを発動させるに決まっているから。両親も私も、この点について話をするには勇気を呼び起こさなければならないから、精神的に疲れる。けれども成長するにしたがって、そこは避けて通れなくなってきている。私が自立しようとすればするほど、私の安全を気遣う両親の不安は大きくなる。両親自身も、自由を求めて長く懸命な旅を続けてきたし、その話を聞かされて育った私も、自分自身の旅をしなければならないと思う。「私の障害が、なに?」

「目が見えないのに、どうやって学校を建てる手伝いをするんだ?」

「シャベルを使う。それからレンガも。それに金づちと釘もいる。みんなと同じだよ。学校の建物の建て方なんて知らないけど、他のアメリカ人の生徒もみんな知らない。それを教えてくれる先生がいるのよ。どうやって仕事をするのか、他の子たちと同じようにその場で習うよ。みんなと一緒にね」

「ハーベン、私は田舎の村がどんなところか、行ったことがあるから知っているよ。ああいうところは安全じゃない」父は言う。

「お父さんはアフリカの村に行ったことがあるのね、それでも生き残れたんでしょ？　お父さんが大丈夫だったんだから、私だって大丈夫よ」

「ハーベン、」母が問いかける。「エリトリアにも学校が必要な子どもたちがいるんだから、そっちを手伝ったら？」

唖然として、母を見つめてしまう。そこで、もはやこれでぐうの音も出ないだろうというとどめの言葉を探す。「そうね、エリトリアでボランティアもしたいわ、ただしこの夏にね！　今は4月にマリに行くことを話しているの」

父に向き直る。「村は安全なのよ。NPO団体がもう調査済みなの。約束するわ、大丈夫だってこと」

「ハーベン、もう言ったはずだ、危ないんだよ。道を歩いていて、蛇がいるのに気づかないかもしれない。そうしたらどうする？」

お腹が締め付けられる。それはそうなのだ。蛇は私には見えない。それに気づいたときには、私はすでに痛みに苛まれているだろう。

「ああ！　ハーベンは蛇が嫌いよね！」母が勝ち誇ったように言う。「うまいところを見つけたわね、ギルマ！　これでわかったでしょ、ハーベン。エリトリアに学校を建てることだけにしときなさい」

「サバ！」私の怒りは頂点に達する。「エリトリアにも蛇はいるでしょ！」

「エリトリアの蛇はかみつかないわよ。もし蛇があなたを見たとしても、『あ、この子はエリトリア人だから、かみつかないでおこう』って言うんだから」

大笑いする。母のおとぎ話みたいなエリトリアの描写に、まったく呆然としてしまった。「今の、聞いた?」

「聞いた」父は笑いながら言う。「それ、信じるかい?」

「ほんとうなんだから!」母は言う。「エリトリア人かどうか、蛇にはわかるのよ。でも実際、エリトリアでは蛇なんか見なかったわね。人には近づかないのよ」

この調子に乗ることに決めた。『アニマル・プラネット』の番組にぴったりのいいお話じゃない?エリトリア——世界で唯一、蛇が人をかまない国、って」

母も笑う。「そうね、いいお話だから番組にするべきね。でも、エリトリア人でない人はかんじゃうかもよ」

「そうかあ」とうなずいてから、父にもう一度向き合う。「蛇はどこにでもいるわ。エリトリアにも、マリにも、ここベイエリアにも。裏庭に蛇がいるかもしれないという、危険の可能性が少しあるからといって、ずっと裏庭に出られない、というわけにはいかないでしょ。恐れてばかりいる人生はイヤなのよ。もっといろいろなことを試す生き方をしたい。マリに行って学校を建設する手助けをしたいのよ」

「そんなところに行ったら危ないじゃないか。おい、TT! お姉ちゃんが今なんて言ったか、知ってる?」

ＴＴはアームチェアに座っている。「なに?」

「マリに行きたいと言ったんだよ」

「いいじゃない!」

「そんなことを言うもんじゃない」父は言う。「危ないだろう。マラリアにかかるかもしれないし、誘拐されるかもしれない」

「それじゃ身代金を支払わなくちゃね」

「そんな金はないよ」

ＴＴはのほほんとした口調で言う。「お姉ちゃんともおさらば、か〜」

「ＴＴ!」父は叱る。「なぜそんなことを言うんだ」

「冗談よう」憤然とした足取りで、ＴＴは部屋へと向かう。ＴＴまで巻き添えにしてしまったことに、罪悪感を覚える。

「心配しないで」父を安心させようと言う。「危なくないんだから。村ももう調査してあるし、村の指導者たちと協力しているの。他の生徒や先生たちと一緒なんだから、私は大丈夫よ」

「だめだよ。行ってはいけない」

「でも、なぜなの?」

「もう言っただろう、危ないからだよ。行ってはいけない。もうこれでこの話はおしまいだ」

ひどい頭痛とともに、こめかみがズキズキと脈打つ。両親の不安が、きつい鎖のように私に巻きついてがんじがらめにしているのだ。私を一生、自立させようとしないかもしれない。

ソファから立ち上がり歩き出す。リビングの出口まで来て、最後の一発を決めてやる。「もう二度と食器洗いなんてしませんからね」

両親が何か大声で言っているが、それは私がリビングから出て行くための行進曲にしかならなかった。

ベッドに横たわり、頑固な両親を呪った。何もかも、ちゃんと説明したのに。みんな安全だし、参加費はいらないのだ。それなのに、考えを変えてくれようとしなかった。

万事休す、誰かのために役立ちたいという希望は叶えられない。両親が拒絶したことで、首が締め付けられるような痛みを感じ、涙になって溢れ出しそうだった。

ベッドから立ち上がり、両手を天井に向かって伸びをする。両手を下に下ろすと、首を左に回して、右にも回す。首はだんだんとリラックスしてきた。

私の人生は私のものだ。がんじがらめにされたままでいるわけにはいかない。

父が申込書に署名をしてくれないのは、私が行くことが安全ではない、と信じているからだ。私の言い分はまるで無視している。私が用意した、明確で、論理的な言い分を。父は、私自身に偏見があって、私が自分の能力を過大評価していると思い込んでいるのかもしれない。でも、私は自分に何ができるのか、誰よりもよく知っている。その点に関しては、私は世界一の専門家だ。それをもってしても、父は揺るがなかった。

そうなると、私がマリに行っても安全だと父に説得できるのは、果たして誰だろう?

2週間後、まだ私は「両親をうんと言わせる作戦」に取り組んでいた。毎日、手を変え品を変え、申込書に署名をしてくれと頼んだ。両親は、聞かれることに飽き飽きしていた。父も「だめだ」という返事から「まあ様子を見よう」に切り替え、この言い合いをやめさせる手を使おうとした。けれども、その手には乗らない。というのも、私の頑固なところは父親譲りなのだから。

今日、私は違う方面からアプローチすることにした。両親と、buildOnプログラムの顧問を、「ちょっとランチでも」といって招待したのだ。今、みんなでオークランドのアスマラ・レストランに座っている。アスマラはエリトリアの首都だ。その場所を選んだのは、私の次の手のためだ。驚くべからず、両親の好きな食べ物はエリトリア料理なのだから。父は私の左側に、母は父の前に腰かける。私の前にはアビーが座っている。

アビーは、buildOnの旅行を率いるようになってかれこれ数年経つ。ニカラグアやハイチ、ネパールなどに高校生を引率して行くのだ。毎週、私の通っている高校のbuildOnクラブに来てくれて、資金集めの計画を立てたり、マリへの旅行の準備をしたり、地元でのボランティア計画を練ったりする。ある週末は、シニアセンターでパンプキンの飾りを作るボランティアをした。そのボランティアをする前に、アビーと2人だけで率直な話し合いをした。自分の両親がマリは安全でないと心配していることを説明し、ランチを一緒にとりながら、安全であるということを両親に説得してくれないかと頼んだ。アビーは承諾してくれた。その日、私が作ったパンプキンの顔には、満面の笑みが広がっていた。

アスマラ・レストランの店内で、アビーと両親はエリトリアの歴史について話し合っていた。アビーはとても興味を引かれた様子で、両親の話に対して的確な質問をして、2人の経験話を引き出している。私はもくもくと食べながら、三者が打ち解ける時間を最大限にするために、わざと黙っていた。

「アビー、あなたのその食べ方、とてもいいわね！」母が言う。

私はアビーに笑いかける。エリトリア料理を食べたことのない人は、ちょっとした練習がいる。料理はみな、大きな一皿に盛られていて、ふわふわしたインジェラと呼ばれる平たいパンで覆われている。何を注文するかにもよるが、肉入りシチューや野菜カレー、サラダなどが、メインの皿に載っている。食べるときは片手だけを使うのだ。利き手でインジェラを直径2インチ［約5センチメートル］くらいに割き、食べたい肉なり野菜なりをそのパンではさんで、口に運ぶのだ。

「前に、エチオピア料理を食べたことがあるんです」とアビーが言う。

「エリトリアとエチオピア料理はおんなじなのよ」と私が言う。

「違うわ！」母が憤慨する。「同じじゃない、似ているけれども、ちっとも同じじゃないのよ」

「そうだね」父も賛成する。「両者は似ている。料理の名前が違うんだよ。エチオピアではアムハラ語で、エリトリアではティグリニャ語で呼ばれる。食べ方も似ているし、料理の仕方も似ているね」

私はうなずいて、父の外交術に対して笑みを見せる。

「マリでも、すばらしい料理がたくさん食べられますよ」アビーが請け合う。「私たちのために料理人を雇うんです。お米に野菜、豆料理、鶏肉料理なんかをね。ヤギ肉が手に入ることもあります。ハーベンの食事については、心配無用ですよ」

「そうですか」父が小さな声で言う。

しーんとなる。

私は心配しながら両親をちらっと見る。深いところで、みんなこれが単にマリだけの問題ではないとわかっているのだ。マリは単にとば口にすぎない。この後、私が独立していくことを受け入れなくてはならない両親の葛藤は、ここに始まったばかりなのだ。両親が不安だからといって、それが私の人生の行き先を左右する指針になっては困るのだ。私自身の不安ですら、自分で押し込めようと懸命になっているのだから。マリに無事に行ってくることができれば、両親はきっと私を信頼することを覚えてくれるに違いない。

「でもアビー……」母はちょっと間を置いてから言う。「この子が、どうやって学校を建設できるんでしょう」

「お子さんにはできるはずです。私にも具体的にどうするのかはわかりませんが、きっとやり方を見つけられるはずです。オークランドでボランティア活動をしているところを見ています。マリでもきっと大丈夫です」

私の心は感謝の念でいっぱいになる。なんとすばらしく賢明で正直な受け答えをしてくれたことか。

「ギルマ、どう思う?」母が問いかける。

「この子とずっと一緒にいてやれますか?」父が聞く。

「生徒のグループから私が離れることはありません。私の外に3人の教員が引率でついてきて、全員で生徒たちを見守ります。誰かが必ず一緒にいます」

またしても無言。

2人はまた顔をしかめているに違いない。私には感知できないコミュニケーションの方法を使っているなんて、腹が立つ。どういうふうに感じているのか、口に出して言うべきじゃないの。

「そう……ですね」父は口火を切る。「マラリアの心配はないんですか？」

「全員が抗マラリア剤を飲んでいきます。大丈夫ですよ」

私は息をつめた。蛇のことを持ち出しませんように。どうかどうか、蛇のことは話題にしないでください。

「サバ、どう思う？」父が母に聞く。会話の主体を母に渡したわけだ。

「そうねえ、アビーが一緒にいてくれるなら、私は大丈夫だと思います」

「ハーベン、ほんとうに行きたいのか？」父が聞く。

「もちろん、ほんとうに行きたいです」

父はため息をつく。「わかった。それなら、行ってもいいよ」

心がサルサダンスを踊り出す！　いいって言ってくれた！　2人とも、いいって言ってくれた！

辛抱強く、頑固に、頭をめぐらして練り上げた計画――その努力が全て、報われたのだ。

「それはよかった！　ハーベンが一緒に参加できれば、みんな喜ぶわ」アビーが言う。

「ありがとうございます、アビー！」言葉がほとばしり出る。「一緒にランチに来てくださって、ほんとうにありがとう」

第8章

砂漠で水合戦

2004年春
マリ　ケグネ村

マリの太陽は、日陰にいてすら、肌を刺すように容赦ない暑さだ。アビーと私は木陰で休んでいる。ホーインを始めとする他の生徒たちは、砂漠の砂をふるいにかけている。シャベルが砂をすくうたびに、ざあっという耳障りな音がする。

「よくがんばってるわね！」アビーが声をかける。ホーインは私と同じ、高校2年生で、サンフランシスコの学校に通っている子だ。

マリの南にあるケグネ村に着いて2日経った。マリ共和国は、西アフリカに位置する内陸の国で、サハラ砂漠の一部はマリにある。マリ帝国は当時非常に栄えた文明の中心地で、数学や芸術、サハラ砂漠横断交易などが盛んに行われていたが、1892年にフランスの植民地になった。マリが独立したのは1960年のことになる。公用語はフランス語だが、広く使われているのはバンバラ語だ。マリの他の場所と同じく、ケグネ村は主にイスラム教徒が住む農村だった。

誰かが、私たちの休んでいる木のところにやってきた。「水、ちゃんと飲んでますか？」シモーネだった。バークレーの高校に通う2年生の子だ。

アビーは自分の水筒を持ち上げて見せる。「ハーベン、飲みましょうか」眉根をひそめてしまう。もうたくさん飲んでいるのに……でも、まあいいわ。重たい大きな水筒を持ち上げ、ふたを開けて水を飲み始める。脱水症状にならないために、1時間ごとに1リットルの水を飲まなければならない。シモーネは、みんなが忘れないように見回りに来ているらしい。

アメリカから来た私たち高校生のグループには、全部で11人いる。サンフランシスコベイエリアから、トレック・フォア・ナレッジ（Trek for Knowledge）というプログラムに参加して、この村にやってきた。このプログラムに参加すると、言葉を学習したり、文化習俗に慣れる体験をしたり、それからもちろん、学校の建設の手伝いをする。

「ハーベン、準備できた?」アビーが立ち上がる。

「もちろん!」アビーの後について、砂の山へと向かう。

ホーインは、アビーにシャベルを渡して、木陰へと戻って行く。

「シャベルはこれよ」アビーが持ち手を差し出したので、私は右手でそれを持つ。アビーにうなずいてみせ、続けて教えてくれるようにと促す。何年も前に、父がシャベルの使い方を教えてくれたので、要領はわかるはずだ。

「これが、ふるいよ」シャベルでふるいをちょっと叩いてみせ、シャベルの底でその表面をなでる。「幅はだいたい3フィート［約0・9メートル］で、高さは4フィート［約1・2メートル］よ」シャベルとアビーは左側に移動し始める。シャベルの持ち手を持ったまま、私も左側に数歩ずれる。「ここにあるのが、砂の山」アビーはシャベルを大きな砂の山に突っ込む。「ここから砂をすくって、ふるいの上に落とすのよ」

「わかりました」私はもう一度うなずく。

左手でシャベルの柄の部分を持ち、右手で持ち手をつかんで、砂の山からシャベルを引き抜く。手を通して、砂と石の重みがシャベルに載っているのを感じる。右側に移動して、シャベルを平行に移動させて、ふるいに触る。シャベルを右に傾けて、シャベルの上に載っているものをふるいに落とす。

「その調子よ、続けてね！」アビーは木陰に戻り、ホーインの隣に座る。

もう一度、シャベルを砂の山に突っ込む。

これなら、できる。

シャベルの先でふるいに触り、砂を落とす。

今私は、学校を作っているんだ！

シャベルを砂の山に入れて持ち上げ、数歩歩いて、ふるいの上からシャベルの上の砂を落とす。シャベルを再び砂の山に戻し、その作業を繰り返す。心と体が一連の流れにぴったりとはまる。汗の玉がビーズのようになって、顔と背中を転がり落ちていく。

やれるんだ。能力があるんだ。私は今、学校を作っているんだ！

「はい、それで十分よ。では代わりましょう」アビーが声をかける。

木陰に滑り込むのは、なんて気持ちがいいんだろう。肉体労働からくる疲れよりも、暑さのために体力が消耗される方が早い。息が続かなくなるまで、ごくごくと水を飲む。

その後1時間ばかり、アビー、ホーインと私は交代しながら砂をふるいにかけた。

「それじゃ仕事を変わりましょう」アビーが言う。「これからレンガを作る任務に変わります。ここで砂をふるいにかけるのは、別のグループにやってもらいます」

「ここでふるった砂を使ってレンガを作るのですか?」私が聞く。

「その通り」

「わあ、やってみたい! でも水をもっともらってもいいですか? 水筒が空になってしまったので」

「私もです」ホーインも言う。

アビーが大きなテントへと連れて行ってくれる。たくさんの人がテントの下で働いているが、その人たちも動きも、ぼんやりとしか見えない。アビーが小さなテーブルのところまで来て、私の水筒を手に取る。ふたを回して開け、水を注ぎ入れ、またふたを閉めて私に手渡してくれる。次にホーイン、そして自分の水筒にも水をつめる。

「ファティーマのところに行ってくるわね」アビーはテントの下の人の群れへと歩み去る。マリ人のファティーマは、buildOnの現地パートナーで、いろいろな役割を果たしてくれる。通訳でもあり、文化交流のパートナーであり、工事現場監督や、その他いろんな役割を担っている。

数分後、アビーが戻ってくる。「ホーイン、ちょっと一緒に来て」

私はテーブルのそばに立って、次に何をするのかと考えている。私の前には、工事に使う様々な道具がごちゃごちゃと立ち並び、人が立ち働いているのがぼんやりと映っている。後ろには、見渡す限りの砂漠——もちろん、私が見渡せるのは、大した距離ではないけれど。

暑さのために、何枚もの毛糸のセーターを重ね着しているような重さが、肌に感じられる。水筒を持ち上げて、水を飲む。

アビーが急に横にいた。「ハーベン、今日はずいぶん飲んでるみたいね。もしかして飲み助になっちゃった?」

ニコッと笑いがもれる。「この暑さですよ。ずっと飲んでいたくなってしまうの」

「それじゃあなたから目を離さずに見張ってなきゃ」

ついに笑い出す。「次は何をするの?」

「レンガを作りますよ。ついてきて」アビーはテントの奥に向かって歩く。周りの人は叫んだり笑ったりしている。「この人がオマーよ」背の高い男の人を紹介する。「2人で一緒にレンガを作ってね。私はみんなを見て回るから。2人で大丈夫?」

「はい」

「それじゃね」アビーは私の肩を叩く。「しっかりね!」

私はオマーを見上げる。

オマーは何か言っているが、言葉はひとまとまりになって不明瞭に転がるばかりだ。

私は両手を挙げて、「わからない」というジェスチャーをする。

オマーは私の手を取って、棒のところへ持って行く。オマー自身の手も、私の手のすぐ上のところで棒を持っている。棒が動いている。振動が下の方から上へと伝わってくる。手に伝わってくる振動を感じ取ろうと耳をすます。棒は、どろどろした液体の入った、小さな容器に打ちつけられている。

オマーは棒から手を離す。私はそのままかき混ぜ続ける。液体が入っている容器の大きさは、縦1フィート［約30センチメートル］横2フィート［約60センチメートル］の箱だ。かき混ぜながら、ここに入っている液体はなんだろうと思いをめぐらす。砂と水？ セメント？ コンクリート？

オマーが私を呼ぶ。彼の方を向いて、眉を上げる。オマーは棒を横に置き、容器の短い幅の方にしゃがみ込む。わかった！ 私はオマーの向かい側に移りしゃがみ込んで、容器の端をつかむ。容器が持ち上がった。私の手が容器の動きにつれて流れるように動き、オマーが位置を変えて逆向きになるのに合わせる。私たちは太陽のもとでダンスをしながら、容器はオマーの手の延長であるかのように変化する。

レンガを焼く場所に容器を下ろすと、テントへと戻る。オマーは新しい容器の中に、さっきとは違う中身を入れて、私に棒を手渡す。今度は何をすればよいのか、説明されなくてもわかる。混ぜて混ぜて、かき混ぜ続ける。オマーだけでなく、マリ中の人々に、私は手助けしたくてたまらないということを知ってほしい。もちろん、そのやり方をいつも知っているわけではないけれど。でも、かき混ぜることならできる。棒を引っ張ってかき混ぜると、どろどろの液体が容器の中でぐるぐる回る。みんな、私のことを「かき混ぜるアメリカ人」と呼ぶかもしれない……

耳元で急に叫び声がする。「ハーベンったら！」

飛び上がる。棒を持ったまま、声をかけてきた人物の方へと緊張したまま向き直る。

「2回も呼んだのに、無視してるんだもの！ あなたのためを思って言いに来てるのに」シモーネがまた現れた。

エネルギーは、そんな気持ちのために費やしてはならないんだ。

怒りをかき混ぜてなくしてしまうと、棒を握る私の手はリラックスしてくる。もっと謙虚にならなくては。私はサンフランシスコベイエリアで育てられた15歳の子どもにすぎないのだから、砂漠のような環境で脱水症状にならないためにはどうすればよいかなど、知らないことはいろいろある。知らなくても、仕方がない。

目が見えていようが見えていまいが、耳が聞こえなかろうが聞こえようが、めいめいが持っている知識など、世界にあふれる知識に比べたらほんの一部にすぎない。自分は全てを知っているわけではない、と認めることで、このトレック・フォア・ナレッジ［自己の無知を認め学ぼうとし続けることこそ、人生の道のりである、という意味もかけている］を歩み続けることができるのだ。

第9章

アフリカの夜に途方にくれる

2004年春
マリ　ケグネ村

「トランプゲームのゴー・フィッシュ［数人で4枚揃いのカードを集めるゲーム。他のプレーヤーに欲しいカードをリクエストしてカードをもらい、同じ数字のカードを4枚集めてセットを作る。リクエストしたカードがない場合は相手は「ゴー・フィッシュ！」と答える］、うちのホストファミリーと一緒に遊ばない？」私はホーインにたずねた。

「いいよ」ホーインは答える。「でもどうやってやり方を教えたらいいかな？　私たちバンバラ語は話せないし」

ケグネ村に来てから2日目の夜だった。昼間は外で、長いこと立ち働いたにもかかわらず、私は寝つけそうになかった。私たちの泊まっている家は、8フィート［約2・4メートル］四方の大きさで、壁は泥レンガでできていた。私たちが座っているのは、部屋で唯一の家具——大きな木製のベッドで、マットレス代わりに寝袋が敷いてある。夜でも暑くてたまらないので、寝るときは寝袋の上に横たわるのだ。

「バンバラ語の数字なら言えるよ」私が答える。

「そうなんだ、でも数字だけでゲームのやり方伝えられるかな」

「たぶんね。やってみようよ」

「そうね……」

急いでベッドを下りて床にあるダッフルバッグのところにひざまずく。バッグのジッパーを開けながら、ぞくぞくする思いが腕を伝う。ジッパーを閉めておけば、得体のしれない虫なんかが、バッグの中には入らないはず、そうわかってはいても、手を中に入れるときは心配になってしまう。手に触れるのは私のシャツ、パンツ、石けん……そこからカードの入った小さな箱を取り出し、バッグのジッパーを閉める。

「お2人さん、調子はどう?」アビーともう1人の人が、開け放たれた出入り口のところに立っている。出入り口は、私の左側に3フィート［約0・9メートル］ほどのところだ
「大丈夫です」私は手にカードを持ったまま立ち上がった。「子どもたちと一緒にゴー・フィッシュで遊ぼうかと思っていたところです。通訳してくれる人、頼めると思います?」

「イブラヒムがここにきているから、少しのあいだなら手伝ってもらえるわ。その後、他の人も見に行かなきゃならないから、ちょっとだけだけど。カードはもう持ってるみたいだから、行きましょうか」

表に出ると、外は暖かい夜の空気に満ちていた。イブラヒムにたずねる。「ゲームしないかって、みんなに聞いてくれる?」

「いいよ。どこで遊ぶの?」イブラヒムの話す英語のアクセントは、アメリカ大陸の東側に住む親

戚を思い起こさせる。キャンプに来ている人たちのイギリス訛りに比べたら、そのアクセントはずっと聞き取りやすかった。

「こっちよ」家の前に一つある椅子を指し示す。「全員が座れるように、もっと椅子を持ってきてくれって頼んでくれる？」

イブラヒムは10フィート［約3メートル］離れたところにある家に歩いて行く。大きな声が伝わってくる。バンバラ語で話しているに違いないのだが、私の耳では話し言葉はたった二つのカテゴリにしか分けられない。理解できるものと、理解できないものの二つだ。

子どもも大人も私たちの家の前に集まってくる。走り寄るものもいれば、椅子を抱えているものもいる。椅子を、円を描くように置くようにと手まねで示す。ホーイン、子ども4人、そして私は椅子に座る。その他に10人の人々が、子どもたち相手におしゃべりしたり笑ったりしながら、私たちを見下ろしている。

イブラヒムがゲームの説明をするのを通訳してくれるあいだに、カードを配ってしまう。「よし、わかってもらえたよ」イブラヒムは言い、アビーと一緒に立ち去る。

「先に始める？」ホーインにたずねる。

ホーインは手持ちのカードを見ながら言う。「バンバラ語で、9ってどうやって言うの？」

指を折って心の中で数えてみる。ケレン、フィラ、サバ、ナニ、ドゥール、ウォーロ、ウォロンフィラ、セーギン……「コノントン、よ」

「コノントン」ホーインは自分の正面にいる子に向かって言う。「コノントン？」ホーインはその子を指差す。「コノントトン?」カードを持ち上げて指差し、それからその子を指差す。「コノントトン?コノントン、ある?」

面白くて顔がほころびてしまう。ここに座っていると、アスマラで子どもたちと一緒にピアノを弾いていたことを思い出す。「そのカード持っていないのかもよ?」その子に向き直って言う。「ゴー・フィッシュって言うのよ」

「ゴー、フィーッシ!」女の子が叫ぶ。

ホーインが山からカードを1枚引く。

「あなたの番よ。誰に聞いてもいいから」女の子に言う。手まねでゲームに参加している全員を示す。聞き耳を立てて、女の子が何かするかどうかをうかがう。「あなたの番よ」女の子を指差す。

「ウォーロ、」女の子が言う。

ホーインの方をいぶかしげに見る。「誰に言ってる?」

「あなたよ」

私は笑い出す。左手でカードを持っているので、右手の人差し指でカードの左上の角をまさぐり、6のカードを探す。何ヶ月か前に、普通のカードの束を点字タイプライターに挿入して番号を浮き彫りにし、カードの左上の角に点字をつけておいた。家族も友だちも、みんなよくトランプのゲームで遊ぶので、私も左手でカードを扇のように広げて持ち、右手で点字を読む技術はうまくなっていた。もちろん、そのあいだも他のプレーヤーに見えないようにカードをまっすぐにして持っていることができる。

「6のカード出してる」ホーインが言った。「6、持ってる?」

「ウォーロあるよ」自分のカードを出して女の子に渡すと、その子は受け取る。「その子の名前を聞いてみようかな。イトゴ?」

女の子が何か言い、みんな笑った。ホーインにまた目線を送ってたずねる。「なんて言ったの?」

「わからない」ホーインは座ったまま前に身を乗り出す。「イトゴ?」子どもが何人か叫び出す。

「カンジャ……って言ってるみたいだけど」

グループは笑い出す。

「カンジャ、あなたの番よ」にっこりする。グループみんなを手まねで指し示す。「誰に聞いてもいいよ」

カンジャは子どもたちとうれしげに話している。

「ジャックのカードを持ってる」ホーインが言う。

「誰に聞いてるの?」

「あなたよ」

扇のように開いたカードを探って、ジャックを探す。それを取り出して、カンジャに渡す。

子どもたちは私たちの周りでおしゃべりを続ける。カンジャが「ウォロンフィラ」と言うのを聞く。これは7のことだ。

「カンジャは7をくださいって言ってるよ」ホーインが言う。

右手の人差し指でカードを探る。「はい、ウォロンフィラ」とカードをカンジャに渡す。「上手だね！」私は笑いかけ、手をパチンと叩く。

「サバ！」誰かが私の後ろで叫んだのが聞こえる。私の母の名前もサバだ。バンバラ語では、3を意味する。

「サバ！」カンジャが叫ぶ。

私はぐるっと後ろを向く。と、5人ばかり私の後ろに立っていて、肩越しに私のカードを見ているではないか。「やめてよ！」

みんなは笑う。周りで見ているみんなも笑う。

私は立ち上がり、腕を動かしてみんなを追い払う仕草をする。「だめよ！　アイ！　アイ！」5人はちりぢりになり、笑いながらばらばらに去って行く。

座り直し、ホーインに向き直る。「みんな、私の手を読んで、それを声に出して仲間に伝えていたのよ！」私はもう一度、後ろを確認する。「誰かが私の後ろに戻ってきたら、教えてくれる？　今度イブラヒムにあったら、『ずるしてる』ってなんていうのか聞かなくちゃ」

「もう一回、最初から始める？　さっきカンジャが取ったのは得点に入らないよね」

「そうね……」私はまた後ろを振り返る。誰か2人、背後に立っている。「だめよ、アイ！」2人は後ろに下がる。

ほんとうにもう！　やめてくれないなんて！　ゲームのあいだじゅう、後ろを見続けるなんてこと、できないのに。

「そうだ、思ったんだけど」水飲み合戦の応酬のときに感じた怒りを、棒でかき混ぜながら収めたことを思い出しながら、ホーインに言う。「もしかしたら、ゲームの内容をちゃんと伝えきれていなかったのかもしれないよ。通訳のときに、何かが伝わらなかったのかも。それに誰が勝ってもいいじゃない。子どもたちは楽しんでいるし、私も楽しかった。こいつらが出てくるまでは――」そう言いながら私は後ろをさっと振り返り、警告の眼差しを送る。みんなは笑い出す。「これもゲームの一部だと思えばいいのよ。ゴー・フィッシュ・アンド・スパイっていう新しいゲームだと思えば」

「そうねえ……でも私はみんなのカードを見られないよ」

「私だって見られないよ！」私はクスクス笑う。

「サバ！」子どもたちがはやしたてる。「サバ！　サバ！　サバ！」

「3のカードを持ってる」ホーインが言う。

私はおかしさのあまり頭を振って「ほら」と3のカードを差し出す。

こうして、ホーインと私は子どもたちとゲームを続けた。何分かに一度、後ろを振り向いて、スパイたちを追い払うのだ。私が元に戻って前を向くと、みんなは私の肩越しの定位置に戻ってくる。ゲームの結果はもちろん、カンジャの勝ちだ。その後3回ほどゲームを続けて、そのたびに違う子どもたちが勝った。みんなは協力して、情報を集めて分け合ったのだ。子どもたちは、そうやって私たちが教えてあげたゲームに勝利した。

「もう疲れちゃった」ホーインが言う。「もうおしまいにしようって言おうよ」

「カスーヘレ！」おやすみなさい！と子どもたちに告げる。ホーインと私はカードを集める。全部集め終わると、家に入る前に、みんなにさようならと手を振る。「明日また遊びましょうね、イニチェ」ありがとう。

ホーインと私がドアを閉めたと思う間もなく、誰かがノックをする。ホーインがドアを開け、私も続く。そこには大人が2人立っている。「ダンシ」おいで、という意味の言葉だ。

「知ってる人たち?」ホーインにたずねる。

「1人は私たちのホストファミリーのお父さんよ。名前は覚えていないけど」

「ああ、ヨセフね」

「ダンシ」再び彼が言う。「来なさい」と。

ホーインは手を振って、首も横に振る。「いいえ、けっこうです」

「ダンシ」その人は私たちの右の方向を指差し、村へと続く道を指し示す。私も首を横に振り、後ろに一歩下がる。「アイ」

ヨセフは杖を持ち上げて、ギターをかき鳴らすような仕草をしてみせる。「ダンシ!」おいでよ!と、今度は杖を下ろして、その周りを回ってダンスしてみせる。

私の決意がとけていく。「もしかしたら、私たちの友だちがダンスしていると言っているのかもよ。ときどきダンスパーティをやることがあるって、聞いたことがある」

「でもそれならそうとアビーが言ってくれるんじゃないかな」

「ホストファミリーに伝言してくれって頼んだのかもよ。前もって予定してあったものじゃないかもしれないし。私、行ってみたい。ホーインも行く?」

「うーん……それじゃいいよ」

「アウォー」私は「はい」と答える。

ホーインと私は外に出て、ドアを閉めた。2人目の男はいなくなる。ヨセフは右に曲がり、道へと向かう。その道は、私たちはまだ行ったことがなかった。2人でヨセフの横を歩きながら、わくわくしていた。ホーインが持ってきた懐中電灯が、行く手を照らしている。

舗装されていない道は、延々と続いている。私の左手には、背の高い並木が遠くに見える。右手の方は、見晴らせる平野に潅木がある。そよそよと微風が肌に感じられ、気温はちょうどよい。

「ボロ」ヨセフは空を指差す。

「ボロ?」私は天を仰ぐ。暗い夜空には何十億という星々が輝いている。故郷のベイエリアで見る星々よりも、近くに見える。どういうわけか、私の目には星は見える。ヨセフの笑顔は見えないというのに。視覚というのは不思議なものだ。

「ウォロ」ヨセフはまた空を指差す。

「ウォロ?」

「ロロ」

「ロロ?」

「アウォー」ヨセフはうなずく。

「ロロ」私も、星々を指差して言う。「星ね」

ヨセフは何か言うが、何を言ったか聞こえない。

「星」私は繰り返す。

「星」

「アウォー！」私は喜んで笑い声を立てる。

一行は歩き続けている。ホーインは私の右隣にいて、杖を持ったヨセフが私の左にいる。しばらくして、ヨセフが空をまた指差した。「アロ」

「アロ？」私は問いかける。

「マロ」

「マロ？」疲れがどっとやってくる。丸1日、外で働いたのだ。新しい環境に慣れるために努力して、ゴー・フィッシュのルールを子どもたちに教えて、今はヨセフの言うことを聞き取るためにしんどい思いをしている。知らないことばかりの環境で努力を重ねると、エネルギーがどんどん吸い取られていく。

「ヤロ」ヨセフはまた指し示す。

私は肩をすくめて首を振った。

それからは黙って道を歩き続け、村はどんどん遠ざかっていく。この道のりを始めたあたりにあった背の高い並木道は、はるか向こうになっている。ホーインの懐中電灯は、前方に長く伸びている何もない平坦な道を照らしている。それより向こうの暗闇は、重く不確かな存在だ。両親が言ったことが気味悪く思い出される——ライオンやハイエナ、蛇なんかの話だ。

「どこへ連れて行かれるんだろう？」ホーインがたずねる。

喉がきゅっと締まる感じがしたが、つとめてなんでもない様子を装う。「わからない」「ここには誰もいないじゃない！」ホーインの声には不安がにじんでいた。「もう人の住んでいる家もだいぶ見てないよ」

この旅の準備をしているとき、村から子どもを誘拐して、農園で労働を強制するという男たちがいる話を読んだ。胸の鼓動が高くなりパニックを引き起こしそうになる。もしヨセフが誘拐するつもりだったらどうしよう？　農園主からかなりいい金額を引き出せるだろう。そんなことも全て私たちに話して聞かせたとしても、私たちにはちっとも理解できないのだ。ちょうど今、私たちがどこに向かっているかわからないのと同じように。

「ねえ、引き返した方がいいかもしれないよ」私は言ってみる。「このまま来た道を戻ればいいんだもの」

ホーインは立ち止まり、懐中電灯で元来た方を照らし出す。

ヨセフは杖で前を指し示し、まだ先へ行こうと手まねをする。急に、この杖にはまだ他の用途もあるのかもしれないと気づき、息が詰まる。

ホーインはまた振り返り、前の方を照らし出す。「あそこに何か家みたいなのが見える」

そこに見えるのは、ちょうど私たちが泊まっているような、小さな、1部屋だけしかない家々が散在する村へと続く道だった。それが見えたとき、何マイル［1マイルは1・6キロメートル］も続く潅木しかないだだっ広い平野から、私たちを守ってくれるような気がして、少し気が楽になった。ここなら、声を張り上げれば誰かにその声は届くはずだ。

ヨセフは、家が立ち並ぶ、迷路のような道を通り抜けて行く。前方に、大きな光が見える。煙も出ていて、熱い。火が燃えているのだ。その真ん前まで来ると、その焼けつくような炎の周りに、人々が集まっていることに気づいた。そのうちの何人かは立ち上がってヨセフにあいさつをした。その何人かはホーインと私にもあいさつをしているが、私たち2人は後ずさりする。これからどうなるの？この人たちは誰？　私たちに何をしようというの？

男がホーインと私に歩み寄る。火の横にある家を指差す。ヨセフもその家を指差している。そして2人とも、両手を合わせて頭を傾け、合わせた両手に頭を預けている。

恐れが心をわしづかみにする。「ここで寝ろっていうこと？」

「あんなとこで寝ないよ！　いったい誰の家なの？」

「知らないよ！　私だってあんなとこで寝ないよ！」

ホーインは首を振り手を振って言う。「ノー、ノー、ノー！」

私は男のいるところから後ずさる。「ノー！」ヨセフは明らかに行き過ぎだ。言い訳はもはやきかない。文化的な行き違いだの、言葉の障壁だの、言い訳のしようはない。女の子2人に、適当な家を指差して、ここで寝ろと言われて、同意するわけがない。バンバラ語の「ノー」という言葉が自分の中に湧き上がってくる。「アイ！　アイ！」

ドアが開く。

「あら！」誰かが中から声をかける。「ハーベンとホーインじゃないの。こんなとこで何してるの？」

「ザキヤ!」ホーインが喜びの声をあげる。ザキヤもアメリカからきた高校生で、私たちのグループにいる。もしこれがザキヤのホストファミリーの家ならば、ジョセリンもいるはずだ。ここはまだ、ケグネ村だった!

「ホストファミリーのお父さんがここに連れてきたの」ホーインが説明する。「ここが2人の家だなんて、知らなかったのよ。何してた?」

「ジョセリンも私も眠ろうとしてたんだけど、物音がしたので、出てきてみたの」

「起こしちゃってごめんなさい」ホーインは言う。「私たち、家に帰りたいんだけどって、ヨセフに言ってくれない?」

「いいよ!」ザキヤは何語かわからない言葉で話している。バンバラ語かもしれないし、フランス語かもしれない。

ヨセフは私たちを連れて帰ってくれた。またさっきの、家が立ち並ぶ迷路のような道を抜けて。私はヨセフの後をついて重い足を引きずりながら歩く。一足出すごとに、恥ずかしさがこみ上げる。障害のない人々は、障害者についてある種の先入観がある。その先入観のために、私は人生のあらゆる局面において、苦しい思いをしている。それなのに、私は自分自身の先入観をすっかり忘れていた。どんな意味であれ、言葉を翻訳するあいだに失われてしまう可能性はあるのだ。

第10章

村に秘密を知られないように

2004年春
マリ　ケグネ村

工事現場は活気付いていた。容赦ない暑さのもとで、何日もシャベルを使いレンガを作ったりしていたおかげで、私の肌は汗とほこりまみれになっていた。この土地は水が豊富にない。ということは、シャワーを使えるのは1週間に一度だけなのだ。

「どう、元気?」

男の人の声がする。顔を上げてそちらを見る。大きなソンブレロをかぶっているので、余計に背が高く見え、それで誰なのか見当がつく。デニスはベイエリアの高校3年生だ。

「こんにちは、デニス。ええと……」私の頬は恥ずかしさで赤くなる。彼にはこの「事情」を知られたくない。「そうだ、アビー」私はもぞもぞと言う。「アビーを探しているの。どこにいるか、探すのを手伝ってくれる?」

「いいよ、あそこにいる」デニスはアビーを呼びに工事現場のテントの中へと消えてゆく。

この問題は、自分1人で解決したかったが、今となってはアビーに相談しなければならない。マリに来たかった理由の一つに、1人で自分自身の面倒を見られるのだと両親に証明したかったという思いがある。助けを求めることも、自分の面倒を見られることに入るかしら？　助けを求めたとしても、私はまだ、能力があって責任を持てる自立した女性だと言えるよね？

デニスがやってくる。「アビーが来たよ」

「ありがとう」罪の意識にお腹がしぼられるような気になり、デニスの方を向いていた顔をのろのろとアビーに向ける。「2人だけでお話しできますか？」

「2人だけで、ね？」アビーがぐっと近寄る。「秘密があるのね？」

恥ずかしさのあまり、顔が爆発しそうだ。

「ちょっとからかっただけよ！　いいわよ、どこに行って話そうかな」アビーはテントを出て歩き出す。太陽の下で焼かれているレンガの列を通り抜ける。レンガの列から100フィート［約30メートル］ばかり行ったところにある木陰まで来る。「さあ、ここなら誰も聞いてないわよ」

「はい、その……」私はつばを飲み込む。

「どうしたの？　水筒が壊れたのかな？」

「水筒は大丈夫です」私はけげんそうにアビーを見る。

「ごめん、あんまり面白くない冗談だったね」アビーは少し真剣な口調に変わる。「ハーベン、どうしたの？」

深呼吸する。「前に言われましたよね？　持ってくるものは全て、生分解性でないとならないって。石けんやトイレットペーパーも、何もかも。だから、私は気をつけてそうしたんです」そこでまた、一呼吸入れ、あらん限りの勇気を振り絞って、言う。「でも私が持ってきた生分解性のタンポンが、うまくいかないんです」

「うまくいかないの？」

「そうなんです」どうかもうこれ以上質問しないでください、と顔で訴える。

「そうなのね。現地の女の人がどうしてるか、知ってる？」

顔が赤くなる。アビーはそこに立ったまま、待っている。「布切れを使って、終わったら洗ってまた使います。もしどうしてもそうしなければならないなら、それに従いますけれど、できればそうしたくないんです。助けてくれませんか？」

「わかったわ、やってみる」

「ありがとうございます！　どっちでもいいんです。自分の面倒は見られるんですけれど、でも、もし助けてもらえるなら、もし余分の分があるなら、ほんとうに助かります」

「あなたのことはぜんぜん心配していないの。とてもよくやっているから。でもその他の子たちがね……」

急に耳をそばだてる。「ええっ？　誰のことですか？　何をしたんですか？」

アビーは笑い出す。「ハーベンたら！」

「はい？」

「誰のことかは言わないわ。でも信じて、これはどうってことないことよ。必要なもの何か見つけられるか、探してみるね。このまま続けて仕事できる？」

「その前にシャワーが浴びたいんです、もしできるなら」

「よし、それじゃファティーマに聞いてみよう」

アビーはファティーマを探しに行き、2人で話し始める。アビーはどこまでファティーマに話すんだろう？　助けを求めると、状況に対する自分のコントロールがなくなってしまう感じがする。自分だけの秘密だったのに、それがみんなも知っていることになる可能性が高くなるのだ。でも、アビーとファティーマは信頼できる。私と、この2人だけなら、この秘密を守って、他の誰にも知られないようにできる。

ファティーマと私は建物に戻る。工事現場から村の中央まで続く道には、木が何本か植わっている。この木があることで、恐ろしいばかりの酷暑であっても、ここが砂漠ではないのだということが感じられる。

建物に着くと、ファティーマはもう1人の女の人に話をする。その人はそこから立ち去ったかと思うと、バケツを持って戻ってきた。

「水を持ってきたわよ」ファティーマが言う。「シャワーのために使ってね」

「コップか何か、ありますか？　バケツから水を汲んでかけるときに使うための」

「ええ、その中にあるはずよ」

「よかった」私はにっこりする。「みんな、シャワーはどこでするの？」

「バスルームでよ」

バスルーム、というのは天井がなくて、四隅を丈の低い壁で覆った部屋で、地面には穴が空いている。穴からはひどい異臭がしていて、10フィート［約3メートル］以内に近づいた人の鼻を直撃している。バスルームの中に入ると、悪臭は息を止めなくてはならないほどの暴力性を発揮する。

自分が落胆したことを知られたくない。「はい、ここからは1人で大丈夫です。ありがとうファティーマ」そう言って、もう1人の女の人にバンバラ語でありがとう、と言う。「イニチェ」

自分の部屋に戻る。自分の部屋は、ここから家を2棟、行った先だ。さして長い距離ではない。だいたい30フィート［約9メートル］で、もう何度も通い慣れた道だ。たくさん水を飲むということは、それなりの結果になるから。

スニーカーからビーチサンダルに履き替える。ダッフルバッグを探って、きれいな布とタオル、石けん、それから新しくて薄っぺらな、使えない生分解性タンポンを取り出す。このタンポン、男の人がデザインしたに違いない。実際、こんな大切なものをデザインしておきながら、ここまで使えないものを作るなんて、女の人だったらありえない。

道具を全部胸に抱えて、バスルームに戻る。中に入ると、悪臭は体積を持った形となって、物理的に攻撃してきた。息を止める。肺が痛くなる。小さく息を吸って、呼吸を口だけでしようと試みる。この匂いをかぎ続けるのは非常な努力を要した。人間の営みの結果なのだ、と自分に言い聞かせる。持ってきた布と必要な道具を、レンガの壁の上に置く。ここでトイレを使うときは、穴の上にまたがる格好になる。またがる格好で使うスペースなので、壁の高さはたったの5フィート［約1・5メートル］しかない。ということは、シャワーをするときもしゃがんだままの姿勢でなければならないということか。なんというやりにくさ。

外に出て、新鮮な空気を思いっきり吸い込んでから、匂いのきつい部屋へとバケツを運び入れる。

しばらくして、アビーが家に来てくれた。「シャワーどうだった?」

「ええと……水は気持ちよかったです」

「それはよかったわね。布切れを見つけてきたわよ」

がっかりしたあまり、口がへの字に曲がりそうになって、考えを改めようと気を引き締める。郷に入りては郷に従え、だ。

「どうもありがとう」アビーの持ってきてくれたバッグを受け取り、中身を手の上にあける。タンポンだ! 安心して笑い出してしまう。

「これなら大丈夫でしょう。もしだめならまた言って。どうにかするから」

「ありがとうございます!」

「どういたしまして、これでいいかな? 他に何かいるものある?」

「あの、服の洗濯ができればうれしいんですけど」と話す。「洗濯石けんは持ってきてあります。あとはバケツにお水がもらえれば」

「聞いてみるわ。服を手洗いしたことはあるのね?」

「はい、エリトリアで。祖母は洗濯機を持っているのですが、使ったことはないんです。壊れているのかもしれないし、屋根にある水のタンクに十分な水があるときだけ、作動するのかもしれないのです。理由はよく覚えていないのですが、洗濯はいつも手洗いだったことは確かです」

「それじゃプロだわね! 私の洗濯もお願いしようかしら」

顔がふっと温かくなる。「そんな、なんのプロでもないですけど、やり方のコツが知りたいなら、いくつか知ってますから教えてあげられます」

アビーも笑い出す。「冗談よ！　バケツを持ってきましょうね。すぐ戻るわ」

10分後、アビーに連れられて、隣の家の壁近くにあるベンチのところまで歩く。女の人が座っている。

「この人が洗濯をしてくれるって」アビーが説明する。

もしこの人に洗濯してもらったら、私が生理になっているということがわかってしまう。この人が知ってしまったら、村中にその秘密がばれてしまう！

「ノー、アイ」私は断固として首を横に振る。自分を指差し、洗濯物が入ったバッグを指差してみせる。

その人は立ち上がり、アビーと二言三言、話していたと思ったら、立ち去った。

安堵のため息をつく。前に読んだ記事で、村によっては、生理中の女の人を差別すると聞いたことがある。村の中でもある特定の場所に行かされるのだそうだ。私も、そういうところへ追いやられるのだろうか？

「まだ何か必要なものがある？」アビーがたずねる。

「いいえ、もう大丈夫です」

「そう、それじゃあとでね」

バッグからズボンを取り出し、バケツに入れるとさっそく仕事にとりかかる。

こすり洗いをし、水ですすいでしぼる、という一連の動作をするときに、水が腕にはねかかる。冷たくて肌に心地よい、生き返るような感触の水。あきれた考えが頭の中に浮かぶ。洗濯をしながら、それを楽しんでいるなんて！

目で見ないで洗濯をするのは難しくない。その仕事は、システムをちゃんと作り上げることにかかっているからだ。理想的には、2回目にすすぐための三つ目のバケツが欲しいところだが、ホストファミリーの水を無駄遣いしたくはない。

自分の洗濯物を洗い終えると、ベッドのところにひっかけて乾かす。暑さのために洗濯物は一時間もかからずに乾いてしまう。洗濯石けんが生分解性であることがうれしい。

誰かがやってくる。男の人だ。ホストファミリーのうちの誰かだろう。その人にバケツを渡す。その人は、バケツを受け取って立ち去る。5秒ののち、その人はずんずんと戻ってきて、何かどなる。

心臓が飛び上がる。恥ずかしさのあまり足が地面に釘付けになるが、なんとかして怒りの出所を探らなくてはならない。

その人は、バケツを持ったままジェスチャーをする。

私は腕を上げたり下げたりして、「わからない」「ごめんなさい」という意味を込める。「すみません?」大きな声を出されると、私はつい怒られていると思ってしまいがちなのだと考えてみる。これは、単に勘違いかもしれないのだ。

まだ叫びながら、その人は私の顔の前にバケツを突き出す。

首をかしげて、バケツの中をのぞき込む。私の目には何も不審なものは見当たらない。どういうことだろうと、答えを探す。水を捨ててしまったから、この人は怒っているのかな？　それとも洗濯石けんがバケツの色を変えてしまった？　赤いシミが残っていたとか……？

恥ずかしさのあまり体が緊張し、心臓が跳ね上がる。あの人は知ってしまったんだ！　村の人全体が知ってしまう！

生理になったことを隠しておくためあらゆる局面で必死に努力したが、なんの役にも立たない心労を生んでしまう。なぜこの人が怒っているのか、バケツのどこに問題があるのか、どうしてもわからない。世界の中には、月経を汚れとして悪いものと考えるところもあるが、私は月経を受け入れよう。女性であれば、ほぼ全員が月経を経験するのだから。

私は背をしゃんと起こし、その人をまっすぐに見て、力強い声で言う。「これは生分解性です」

第11章

落下式便所

2004年春
マリ　ケグネ村

「こんにちは！」何人か集まっているあたりに向かって声をかける。2人は木陰で休んでいて、もう1人は砂をふるっている。

「あら、ハーベン」一番近くにいる人が応える。「シモーネとエリザベスよ」エリザベスはカリフォルニアのバークレーにある高校で先生をしている。とても思いやり深い人で、私がどんな質問をしても、いつもちゃんと答えを用意してくれる。

みんなの隣の砂地に腰を下ろし、木陰に感謝する。

「ねえ、聞いて？」

「なに？」シモーネが聞く。

「今は、私がみんなの水飲み監督なの。で、お二方はお水を飲んでいますか？」ちょっとからかうような口調を使って、私がこの仕事を引き受けたときの真剣な気持ちがばれないようにする。今日1日は、みんなが脱水症状にならないように気を配り、しかもそれでも私にまだ口をきいてくれるように、と願っている。初日に、シモーネとやりあっていらだちを感じたことを思い出すと、心が痛む。

シモーネとエリザベスは水を飲む。

「明日が最後だなんて、信じられないわね」エリザベスが言う。「ここを離れなければならないなんて、悲しい。みんなと一緒に仕事をしたり、ホストファミリーや、子どもたちと一緒に遊んだことを思い出すと、寂しくなるわ」

「私もです」水筒をクルクルもてあそびながら、私は答える。「ベイエリアに戻ったら、またみんなと会えますか？　帰ってからも？」

「もちろんよ！」シモーネは言う。「あなた、とてもいい人だもの」

私はいぶかしげにシモーネを見る。「なんだか、びっくりしたような言い方ね」

「そんなつもりはなかったのよ。えーとね、たぶん私、圧倒されちゃったんだと思う。ハーベンはすごく頭がいいし、私と友だちになんかなりたくないだろうって思っちゃったの」

「シモーネ、私自分があなたより頭がいいなんて、ちっとも思ってないよ！　どうしてそんなこと思ったの？　私が何かやったり言ったりした？」

「どうかな、わからないの。でもたぶん、ここに来る前のミーティングで、アビーが何か質問すると、ハーベンはいつも答えを知っていたよね」

私はまごついてしまう。「だってそれは、渡されたものを読んだからよ。受け取った資料に書いてあることばっかり、質問されたでしょ」

「それなのよ！　誰もその資料を読んでこなかったよ」

信じられなくて、目が大きくなる。「ほんと？」

「ハーベン、答えを知っていたのはあなた1人だったのよ。他の誰も資料を読んでなかった。あんまりたくさんのことが書いてあったから。私は読むつもりでいたから、読み始めてみたけど、時間がなくて……」

「そうなんだ、ぜんぜん知らなかった」

今知らされたことをなんとか理解しようとしてみる。渡された、盛りだくさんの資料には、いろいろな項目があった。マリの歴史やバンバラ語の基礎、地球にやさしいトラベル用品……あれ？　それじゃ、みんなこの資料を読んでないということは、生分解性の品物を持ってきたのは私1人ってこと？　私が1人でこんなに自分を犠牲にして我慢して苦しんでいたというのに、他の女の子はみんないつもの品物を使っていたのか。もう渡された資料なんか、読まないことにしよう。

シモーネは続ける。「きっと全部読んだんだなって思ったら、自分が悪いことしたんだって思っちゃって、だからきっと私なんか好きにならないだろうって思ったの」

ため息をつく。「私は、みんなみたいに目が見えて耳が聞こえるわけじゃないから、資料を読まなかったら、わからないことが多いのよ。資料を読み込んだのは、チームのために役に立ちたかったから――歩くグーグル先生みたいにね」

「そうだったんだ……そういうことだとは思わなかったよ」

鉄製のシャベルが砂をすくうサラサラという音が、居心地の悪い沈黙のあいだに響いている。

私はのろのろと立ち上がる。「もう仕事に戻らなきゃ……あれ、みんなあっちの方に行くみたいだけど」工事現場の左手の方を指す。「何してるんだろう？」

「わからない」シモーネが答える。「一緒に行こうか?」

「うん」

シモーネはエリザベスに言う。「ハーベンと一緒に行ってもいいですか?」

「もちろん、いいわよ。砂をふるうのは、ジョンと私で代わりばんこにやるから」

シモーネと一緒に、工事現場の左手の方へと歩くと、2フィート〔約60センチメートル〕くらいの高さのレンガの壁が見えてきた。驚きの念に打たれてしまう——あそこにあるレンガは、私の手が作り出したものだ！　シャベルを使い、ふるいにかけ、かき混ぜ、汗を流し、あそこで使われているレンガを作ったのだ。2ヶ月経てば、この村には学校ができ、800人の生徒が学び舎にやってくる。そのあとにも、何千という子どもたちが続く。この、オークランドからやってきた15歳の盲ろうの女の子が、この世界に向けて確かな貢献をしたのだ。そのことに気づいた瞬間、大きな喜びが突き上げてくる。

建設中の学校の建物の土台を通り過ぎ、向こうに立っている人たちのところへとやってくる。シモーネが何人かの人と話しているあいだに、私はあたりを見回して、何かヒントになるものが見えないか、何か聞こえないかを探る。

ファティーマが私の前に立ち現れる。「ハーベン、あなたは?」

「あ、すみません……」

ファティーマは向きを変え、そこにいる人たちに向かって話し出す。「ハーベン、やらない。メイシャ、やらない。シモーネ、やらない。デニスだけ！　なぜ女の子たちはみんな手伝ってくれないの?」

ファティーマを呼び止めてたずねる。「ハーベン、やらない、って、何をやらないんですか?」誰かが私の隣に来る。「ハーベン、アビーよ」

「アビー!」私はわざと叱りつけるような口調でたずねる。「水飲んでますか?」

アビーは笑い出す。「はい! 先生」

「よろしい。それで、ファティーマはなんのことを言っているの?」

「ここに、学校のための落下式便所を作るから、穴を掘るのよ。ファティーマは、それを手伝ってくれる人を集めてるの。今のところ、村の男の人たちとデニスだけなのよ」

「私、手伝います!」

「トイレの穴を掘る手伝いを?」

私はにっこり笑う。「ええ!」

「ファティーマ!」アビーが手を振ると、ファティーマがやってくる。「ハーベンが手伝ってくれるって」

「それはよかった! みんなに言ってくるね」ファティーマは立ち去りながら、バンバラ語で何か言う。

アビーに聞く。「具体的には、何をするの?」

「え、何をするのかわからないのに、やるって言ったの?」

私は笑い出す。「知ってるでしょう、私、なんでもやってみたいんです」

「それはすばらしい。今、下にいるのはデニスなの。つるはしを使って地面を削ってるから、削った土をときどき運び出す人がいるのよ」

アビーは長方形をした穴の際まで私を連れて行く。その穴は、縦10フィート［約3メートル］で横5フィート［約1・5メートル］ほどの長方形だ。

「どのくらい深いんですか?」

「6フィート［約1・8メートル］くらいね。デニス、ハーベンが降りるから手伝ってくれる?」

飛び降りるのに、男の人の手伝いなんか、いらない。私の足はちゃんとしてるもの。穴の際に腰を下ろしてみたが、足はまだ宙に浮いている。穴をのぞき込むと、デニスが反対側で掘っているのがわかった。よし、邪魔者は誰もいないわね。私は地面についた手にぐっと力を込めると、穴の中へと身を躍らせる。

デニスが私を受け止める。私の体を自分の腕の方に傾け、足がつくまで体を下ろしてくれる。こんなに強い力にスピード、筋肉の使い方がうまくできる人がいるということに、驚いてしまう。自分で飛び込める!と思ったやる気をそがれた分を、補って余りある発見だった。

膝がガクガクしながらも、デニスから離れる。

「お水、飲んでる?」

「君が仕事してるあいだに飲むよ」

「よかった。それじゃ何をしたらいいか、教えて」

デニスは反対側へ行き、つるはしを取ってそれを私に渡す。つるはしの持ち手は汚れがこびりついており、私の手にその汚れがつく。長い持ち手をたどっていくと、刃先に触れる。持ち手をくるっと回転させて尖った刃先が下を向くようにすると、持ち手の中央あたりをつかみ直す。

デニスが私の後ろに立ち、後ろから腕を伸ばして、つるはしをつかんでいる私の手のすぐ近くを握る。ゆっくりとつるはしを私の右の肩越しに振り上げ、前に腕を伸ばしながら、前方の地面に下ろす。ここは、私のサルサダンスのテクニックがものをいうところだ。デニスと一緒につるはしを持ち上げ、足を前に出し、腕を前方に伸ばす。デニスは、もう一度つるはしを持ち上げて地面に下ろす。もう一度。

肌の下からざわざわした感じがわきおこり、広がってゆく。呼吸がうまくできなくなる。咳払いをする。「わかった、もういいわ」

デニスは私から離れて、つるはしを私に託す。

肩の上までつるはしを振り上げて、それを目の前に下ろす。つるはしを持っているのは自分だけなので、さっきより楽に振り回すことができる。持ち上げては地面に叩きつける。上へ、下へ、上へ、下へ。酷暑の太陽が照りつける。地面から6フィート下で、風もなく、穴の中はオーブンの中にいるようだ。作業を続けると、玉のような汗が顔を滑り落ちてゆく。上へ、下へ、上へ、下へ。つるはしで一撃するごとに地面が砕け、硬い土の深いところへと、つるはしで掘り続ける。

デニスの方をちらっと見やる。背が高く、大きな帽子をかぶった人影は、3フィート［約0・9メートル］向こうにいる。顔の表情が見られたらいいのに。私の方を見ているのかな？　それとも穴の上にいる人たちの方を見ているのだろうか。誰かが代わりに辛い仕事をしてくれているおかげで休めるのを感謝しているだろうか。女の子と共同で作業してもいいと思ってくれているだろうか。もしかしたら、彼は私を単に障害者だと思っているだけかもしれない。

言うことを聞かない硬い土に向かって、つるはしを叩きつける。全身の力を振り絞ってつるはしを振り下ろす。腕や肩、膝や体幹が、一緒になって体が動き、つるはしを持ち上げては振り下ろす。疲れてくると筋肉が痛み出すが、自分を励まして地面を掘り続けた。

ついに腕の力がなくなり、デニスにつるはしを渡す。デニスはそれを受け取り、反対側へ置く。土の壁を見渡してはしごがないかと探してみる。「どうやってこの穴から出るの?」

腕が伸びてきて私の背中を包み、もう1本が膝の下を包む。デニスが私を持ち上げてくれると、頬が焼けるように熱くなる。デニスはついに自分の頭の上まで私を持ち上げる。地面に手を伸ばし、地上に転がり出る。

笑い声がさざなみのようにわきおこる。アビーがひざまずいてたずねる。「どう、大丈夫?」

「うん」私は穴から這い出て立ち上がる。「1人で出てきたかったんですけど」

「すごく深いからね。みんな持ち上げてもらわないとならないのよ」

「ああ」それを聞いて驚いてしまう。

「とてもよくやったわね」アビーは続ける。「2人のチームワークもばっちりだったじゃないの」

ドクンと鼓動が高なる。「チームワークなら誰とでもよくできます」

「あら、その目つきはなに?」

表情を変えようとしたが、失敗して笑い出す。「アビーの秘密を教えてくれたら、私の秘密も教えます」

「よし、その話乗った！」

第12章

愛の交錯する干渉を乗り越えて

2005年夏
カリフォルニア州オークランド

私の高校生活最後の年が始まる前の8月のある日の午後、私は両親に問い詰められていた。母のサバはベッドに腰かけている私の隣に座り、父のギルマはドアと私の間に椅子を置いてそこに座っている。

「ハーベン、大学はベイエリアにしなさい」母は私の手を握る。「あなたが優秀だってことは知っているけど、他の州の大学へは行かせないよ」

「私なら大丈夫よ、マリにも行ったでしょ」

「サバの言うことを聞きなさい」父は言い渡す。「ミネソタ州にもマサチューセッツ州にも、その他のところにも、親戚はいないんだから。他の州は遠すぎる」

父の方を向いて、「どうか安心して」という意味を精一杯込めてにっこりする。「でもマリには行きました」

「それを言うのはもうやめなさい!」母は、あたかも私の目を覚まさせようとするかのように、握った私の手を揺する。「これはマリとはまったく別の問題なの。いい？　今は大学の話をしているのよ。あなたはオールAの成績優秀な生徒なんだから、バークレーでもスタンフォードでも行けるでしょ。スタンフォードにしましょうよ。毎週、週末に食事を持って行ってあげるわよ。エリトリアの家庭料理」

「あのね、今ちょうどニュージーランドにある、とてもよさそうな学校のことを読んでいたの」

「ハーベン！　おお……」父が立ち上がる。「何も聞いていないのだな」怒りのために深いため息を吐き出す。「またあとで話そう」そう言うと、両親は部屋から出て行く。心配の種を抱えたまま。

私は安堵のため息をつく。もし私が地元に残るなら、自分のエネルギーは全て両親の心配の種をなくすためだけに吸い取られてしまう。私がダンスに行きたいと言っても、両親は丸1日働いて疲れているから、連れて行くために運転することはできないと言うし、それでは1人で公共の交通機関を使って行くからと言えば、「危ないからだめ」と止められる。私の行きたいところへ車で連れて行こうにも、2人は仕事で疲れているからだめ、ということなのだ。父は研究室の検査技師で、母は看護師助手をしている。高校の自立活動教諭が、両親に対して「ハーベンは1人でバスや地下鉄を使うことができます」と説明したにもかかわらず、両親は首を横に振り、いつもの「危ないからだめ」という文言を繰り返すばかり。サルサダンスのレッスンを受けることは夢のまた夢でしかなく、その他のたくさんの夢と同じく、心配する両親がいつも邪魔をするので、叶えられることはない。

でも、一つだけ両親の言うことが正しいところがある。大学は、マリとは違うというところだ。大学に行っても、私と一緒に問題を解決するために知恵をしぼってくれるアビーがいるわけではない。両親の言葉を借りれば、私には「誰一人」側にいないことになる。両親はそれぞれ新しい場所で自分たちが属するコミュニティのないところに住む苦しみを味わっている。私に、その同じ痛みを味わってほしくないと思っているのだ。

大学での生活をどうやって乗り切ろう？　どうやったらうまくいくだろう？

そこで、すばらしいことを思いついた。盲導犬だ！　大学に行く前の夏に、盲導犬を手に入れよう。これでいいはずだ！

ちょうど、そこでコンピュータがピーン！と鳴り、新着メッセージがあることを知らせてくる。メッセージは友人のブルースからだ。ブルースは、全米視覚障害者連合のリーダーをしている大学生だ。盲導犬を手に入れることを相談してみる。

ブルース：自分に自信をつけるために、盲導犬に頼ろうということ？

ハーベン：そう言われると、おかしな感じがするね。

ブルース：盲導犬の学校では、盲導犬を手に入れる前に、申請する人がすでに白杖を使って一人であちこちに行けることができることを条件にしているよ。もし視覚障害者が自分に自信がなければ、盲導犬もその主人も共倒れになるんだよ。自信をつけるために盲導犬を欲しがるのはやめた方がいい。まず、自分に自信をつける方が先決だ。全米視覚障害者連合のトレーニングセンターで、自分のスキルを磨いてごらん。僕は、ルイジアナのセンターに行ったよ。

ハーベン：なぜ、ルイジアナのセンターに行ったの？

ブルース：そこが一番厳しい訓練をしてくれるからだよ。視覚障害者向けのブートキャンプみたいなものなんだ。そこのスタッフはみなとても経験豊富だよ。視覚障害者向けの他の団体でよくあるのは、そこで働くスタッフに対して、要求されるレベルがとても低いという問題なんだ。スタッフへの要求レベルが高いかどうかを調べる基準として、一つ挙げられるのが、インストラクターを務める人物が、実際にレッスンの内容を視覚に頼らずにできるかどうか、というものがある。視覚障害者を教える教師自身が、視覚に頼らずに生きるスキルを持たないまま教えているケースが多い。点字を教える先生なのに、点字を読むときには目で見るだけ、という人のことも聞いたことがある。指で読まないんだって。

ハーベン：へー。

ブルース：生徒にとってはもどかしいよね。白杖で歩き回ることを教える晴眼者の先生なんか、自分が目をつぶったらタイムズスクエアを歩けないから、視覚障害者たちに「ここは危ない」って言う人もいるらしい。

ハーベン：私ならタイムズスクエア、歩けると思うよ。

ブルース：ニューヨーク大学とかコロンビア大学を受験してみたら。

ハーベン：そうね……わからないけど。

ブルース：怖い？

ハーベン：そんなことない！　私はマリにも行ったし。

ブルース：知ってるよ。どういうふうに決めるにせよ、盲導犬を手に入れたからといって、視覚に頼らずに生きるスキルが自動的に手に入るわけじゃないということを覚えておいて。
ハーベン：了解。
ブルース：視覚障害者向けのトレーニングセンターでは、そういうスキルを自分の身につける方法を教えてくれる。自信をつけるには、自分に頼らなきゃ。それは自分の中からしか生まれない。
ハーベン：それはいいことを聞いた！　自信は自分の中からしか生まれない。盲導犬がくれるのではない。白杖がくれるのではない。ボートがくれるわけでもない。飛行機がくれるわけでもない。自分自身の中から生まれる。

トレーニングセンターをいくつか検討した結果、ルイジアナ視覚障害者センターに行くことに決める。ひと夏、ここの視覚障害者向け強化プログラムに参加すれば、一生もののスキルが身につく。視覚障害者がどうすればいろいろな任務をこなすことができるのだろう、と頭をめぐらすことも必要なくなる。

でも、両親はこの計画を気に入らないに違いない。私が自立するためのスキルを身につければ身につけるほど、両親が私に干渉するチャンスは少なくなる一方だからだ。自分たちの庇護のもとに私を置いておけなくなってしまう、という事態は、両親にとって恐ろしいものなのだ。もちろん、両親の名誉のために言っておけば、他の障害児を持つ親たちに比べれば、私の両親はかなり私に自由を与えてくれる方である。障害を持つ女の子の両親のうち、その子をマリに行かせる親は何人いるだろう。

私を愛してくれる両親、居心地よい家を作ろうと努力してくれる両親を持って、私は幸せものだ。ただ、その感謝の気持ちとともに、内なる心臓の響きの「行け、前へ進め、行くのだ」と絶え間ない音が聞こえている。

行け、ダンスをすれば喜びに満ちあふれるのだから。安全だからと、傍に追いやられたままポツンとしているのではなく。進め、たとえそれで毎晩泣き寝入りすることになったとしても。行くのだ、私の家族が体験した話を聞いた後では、見知らぬ広大な世界、希望に満ちた栄光へと到達する気持ちを抑えられないのだから。

両親はきっとわかってくれるだろう。愛すればこそ、干渉せずにはいられない欲求から、私たち両方ともが解き放たれるときがくる。ルイジアナでのこのトレーニングセンターのプログラムに私を行かせてくれるよう、説得することにしよう。少なくとも、ニュージーランドに行くわけではないのだ。まだ、この時点では、というだけの話だが。

第13章

両親に読ませたくない——章

2006年夏
ルイジアナ州ラストン

ルイジアナ視覚障害者センター Louisiana Center for the Blind（LCB）は、ラストンという小さな町にある。高校を卒業すると同時に、ここへ飛行機でやってきた。LCBには、様々な背景を持つ大人15人が、国中から集まっている。その全員が、視覚に頼らずに生きるスキルを磨こうとしている。私のように、何らかの視力が少しでも残っている場合は、アイマスクをつけて、光をさえぎる。授業中にアイマスクをしていると、少しだけ残っている視力に頼ろうとせずに、視覚を必要としないテクニックを学ぼうという意欲が湧く。そうすることで、光が少ない場面や、いずれ残っている視力が失われた場合であっても、自分のやりたいことを達成できると確信できる。

私は、木工のクラスが気に入った。電動工具を使うたびに、女性で視覚障害者とはなんたるか、という定義に挑戦状をつきつけているような気になる。工具が怖いという生徒もいる。私は怖くない。ラジアルアーム丸鋸《まるのこ》？　よーし、やってみようじゃないの。

固いスイッチをパシッと入れると、うなり声をあげてこの暴れ者が動き出す。耳をつんざくような回転刃の音が、他のどんな音もかき消してしまう。指をも切り落としてしまう電動力で、テーブルが

深呼吸して言う。「シモーネ、無視してたんじゃなくて、聞こえなかったのよ」

「それなら『もう1回言って』って言ってよ。聞こえないって、なんで言わないの」

「だって、聞こえなかったんだもの。話しかけてるってぜんぜん知らなかったのよ」

「そうなの」シモーネはまだ疑わしそうだった。「今、水飲む？」

険しい気持ちになり、唇がぐっと引き締まる。棒をオマーに返して水筒を取り上げ、ふたを開けて水を飲み、ふたを閉める。

「まだ飲み足りないわよ」

私はびっくりしてシモーネを見つめる。なぜ私をいじめるのだろう？　怒りで指が硬くなり、またふたを開けて水を一気に飲み、ふたを閉める。水筒を下に置き、シモーネに背を向けて、またかき混ぜる作業に戻る。

「ねえハーベン、私、あなたの手伝いをしてるだけなのよ。アビーに頼まれたの。みんながちゃんと水を十分飲むようにしてねって。さもなければ、脱水症状になるでしょ。喉が渇いたなって思うまで待ってるのではダメなのよ。喉が渇いたと感じるときには、もう脱水症状になってるんだから」

私の手が棒をぐっと握りしめる。「シモーネ、水の飲み方くらい知ってるよ」

「私はただ自分の仕事をやってるだけよ」そう言いながらもう歩み去っている。

かき混ぜるとき、棒が容器の内側に当たる。子どもみたいにいちいち言われなくてもいいのに！　みんな私が無能だと思っているの？

怒りを収めて、自分に言い聞かせた。恐れや恨みの気持ち。この液体をかき混ぜるために使うべき振動する。いや、指より固いものだって、切り落としてしまうだろう。

片手で木片を動かないように押さえ込み、もう一方の手で電鋸《でんのこ》の持ち手をつかむ。電鋸の持ち手を引くと、回転する刃を木片に押し当てていく。手の感触から、木片を通っていく刃の振動の強さを判断する。木くずがあらゆる方向に飛び散り、自立への第一歩を思わせる、木のかぐわしい匂いが鼻腔いっぱいに広がる。

急に、木片の振動がなくなる。切り終えた！

電鋸のスイッチを切り、元の場所に戻す。木片は長さ4インチ［約10センチメートル］、幅2インチ［約5センチメートル］、奥行2インチの大きさだ。ここに6つの穴をドリルであけて、6本の小さな杭を切って作れば、杭を木片に差し込んで点字の文字を作ることができる。

木工クラスのインストラクター、JD先生は、視覚障害者も「危険な」任務をこなすことができる、と私たち生徒に信じてもらいたい、いやむしろ、その考えを完全に自分のものにしてほしい、と思っている。このことに限らず、安全でかつ視覚に頼らないテクニックを身につけていくことは、可能なのだ。

私の父も工具を使うのが好きで、過保護なわりには、私に金づちやネジまわしの使い方を教えてくれた。でも、電鋸は使わせてくれなかった。「これは危ないから」と父は言い、私もそうだろうと思った。

初めて私に電動丸鋸の使い方を教えるときに、JD先生はアイマスクをしていた。教えるために、目が見えていなくても構わないのだ。授業はとても刺激に満ちていて、何度目かの授業の後で、先生も私も、もう私1人でこの道具を使うことができる、と確信した。

木片を持ち、右手には白杖を持ち、中央の作業台に戻る。白杖は5フィート［約1・5メートル］の長さで、手の延長として、前方の床まで伸びている。歩くとき、白杖を左右に振りながら軽く床を確認し、前方に何かがあればそれに対応するのだ。ほどなくして白杖は何か固いものに触れる。これまでの経験から、それが作業台ということが私にはわかっているので、作業台をぐるっと回って、自分の座席に触れる。

作業台で、JD先生が生徒2人と話している声がするが、内容は聞き取れないくぐもり声でしかない。話しているうちの1人はキーシャで、私とアパートをシェアしている。ルイジアナ育ちで、高校を卒業したばかりだ。もう1人はオハイオから来ているルークだ。同じく、高校を卒業したばかり。

クリック・ルールと呼ばれる、チューブの形をした測定道具を使い出す。金属の軸がチューブから抜けていくとき、1インチ［2・54センチメートル］の16分の1ごとにクリック音を出す仕組みだ。軸には先端に突起がついており、測った場所に固定できる。軸についている目印の刻みを触って数え、木片の上にドリルで穴をあける6つの場所を計算する。突錐《とつつい》という、木の上にマークをつけるための鉛筆のような便利な道具を使って、それぞれの場所に刻み目を入れる。6つの穴の場所にマークをつけてしまうと、ボール盤のところへ行く。

全プログラムを終了するまでここにいれば、宝石箱や飾り戸棚、振り子時計、つまりどんなものでも作れるようになる。ここの生徒はほぼ全員、5ヶ月から9ヶ月ここに滞在しており、大作にとりかかるだけに十分の時間がある。キーシャとルークは全プログラムに参加して、大学への進学を遅らせている。でも私はひと夏いるだけなので、宝石箱を作るところまではいかないのだ。調理実習では、ミートローフを作ってクラスメートにふるまう。調理実習の先生は、次の授業までにベジタリアンのレシピを見つけてくると約束してくれた。

点字を読める視覚障害者は、ほんの10パーセントしかいない。テキスト読み上げソフトは、視覚障害者が情報を得る手助けをしてくれるが、識字能力とは違う。読み上げてくれる本だけを頼りに成長した視覚障害者の中には、「once upon a time（むかしむかしあるところに）」をひとつながりの単語だと思い込んでいる子もいる。点字を学習することで、読み書きのスキルが得られ、将来就職できる可能性を広げる。そのため、LCBでは自立するためのトレーニングの一環として、点字学習を重んじている。点字クラスのインストラクターは、私が点字を読むスキルを買ってくれていた。ときどき、他の学生に点字を音読するようにと私を指名する。私のような視覚障害者だって、他の視覚障害者に読み上げることができるのだ、ということを証明するために。

コンピュータのクラスでは、スクリーンリーダーというソフトを使ってインターネットの使い方を習う。スクリーンリーダーとは、画面上に出ている図形や絵などの情報を、音声読み上げと点字データに変換してくれるソフトだ。マウスではなく、キーボードのコマンドを使ってコンピュータを操作する。

その日の最後の授業で、歩行訓練士と一緒にラストンの町なかへと出かける。いろいろなタイプの道や、線路の踏切などを歩こうというのだ。ラストン中を線路が巡っており、線路はLCBの隣にもある。学校のみんなはもう、慣れたものだ。ここでは、様々に異なる環境でも移動できるスキルを身につけるよう、指導される。

授業が盛りだくさんの、長い1日が終わろうとしている。外に出ると、沼地を思わせる、南部特有の湿った暑い空気が、まるで海の高波のように私に襲いかかってくる。

「ねえ！　君、誰？」誰かが私の靴を白杖で触り、声をかける。

私は振り返る。「ハーベンよ」

「ハーベン！　君のミートローフ、最高だったよ」

「ありがとう、ルーク」

「君もアパートに帰るの？」LCBの学生アパートは、センターの本館から20分ほど歩いたところにある。

「そうよ」自分の白杖を振って、歩き出す。

ルークは私の横を歩く。ルークが白杖を左に出したちょうどそのとき、私も白杖を右に出してしまう。カチャン！「ごめん！」ルークは白杖を引っ込め、もう少し右側によけて、2人の間にスペースを作る。

「大丈夫、よくあることだから」そう言って、歩き続ける。

交差点にやってくる。視覚障害者が道を安全に渡るには、その道路を行き来しているものの運行パターンを把握することだ。LCBの先生は、まだ行ったことのない交差点に学生たちを連れて行き、そこがどういうタイプの交差点なのかを判断できるまで、道路の音を聞いてそれを分析させる。信号がついている丁字路なのか、信号がついていなくて全方向一時停止の標識があるところなのか、それとも混雑した駐車場なのか？　目の前の運行パターンが自分と並行に動いているのか、それとも直角に交わって動いているのかによって、音が変わる。信号が青に変わって車が走り出すときの音にも、それぞれ特徴がある。

視覚障害者のうち、私のように他の障害がある場合は、その他のテクニックを使う。音の方向を把握するのは、私にとっては難しいし、音のほとんどは聞こえない。視覚が残っているとはいえ、せいぜい10フィート［約3メートル］くらいの距離まで来ないと、車は認識できない。とはいえ、その視覚があるので、安全な位置の歩道にいながら交差点のタイプを把握するのには事足りる。そこで、そうした自分の視覚と聴覚から得られるヒントを組み合わせて判断している。もし、それがうまくいかない場合は、その場にいる歩行者に助けを求めるか、別の交差点へと歩く。

LCBの角にある交差点は、一時停止の標識がある丁字路だった。私たちの近くを並行して走る車が通り過ぎているので、白杖を先頭に、道を渡り出す。ルークは、私の右側を歩いている。2人の間にスペースを取って、白杖同士がぶつかり合わないように気をつける。

ルークが何かを言っている。道を渡り終わってから、さっき何を聞いたのかとたずねる。「今夜は何をするの？」

線路の踏切の警報機が、大きな音を立てる。

「あっ」私は立ち止まる。ルークも止まる。

「今、僕が言ったこと聞こえた？」ルークがたずねる。

「ええ」今夜は何をするの？って。なんて含みのある質問だろう！　もし私が「別に何も」って言ったら、ルークは私をなんてつまらない人だろうと思うかも。

「それで？」

私は笑い出した。恥ずかしかったから。「たぶん、夜ご飯を食べて、本でも読もうかな」ルークは何かに誘うつもりなのかな。ああ！　なんて気まずいんだろう。「線路まであと少しあるから、このまま歩き続けようか？」

「いいよ」

2人で歩き出す。白杖を前に出して軽く地面を確認しながら。

ルークが何か言う。

「なに？」私は近くに寄る。すると白杖がぶつかってしまう。白杖を引っ込めて、左側に下がる。そうすれば、2人の間は4フィート［約1・2メートル］ほどの距離ができる。これで、歩きながら話しても、白杖がぶつかり合うことはない。

ひどい騒音のために、ルークの声がかき消されてしまう。こらえきれなくて、正しい白杖の持ちかたをやめてしまう。白杖を左側に持ち変え、ルークの方へと寄る。肩を並べて歩きながら、ルークに告げる。「ごめん、今なんて言ったの？」

「僕が聞いたのは」ルークは声のボリュームを上げてたずねる。「大学はどこへ行くのってことだよ」

「ルイス・アンド・クラーク大学よ。オレゴン州のポートランドにある、小さなリベラルアーツの大学なの」

私の白杖は、今や前方の半分のエリアしかカバーしきれていない。前方の180度全体を白杖で確認することができない。左側、真ん中、左側、真ん中、というところまでしか、振ることができないのだ。街灯につまずいて転びたくはない。ルークの白杖にひっかかるのもごめんだ。何か予期せぬことに驚かされたくもない。

ルークが何か答える。

「何?」

左側、真ん中、左側、真ん中。

歩きながら、よく聞こえるようにとルークの方に身を寄せる。

「あのね、」ルークはもう一度言ってくれるが、私はまた聞き取れない。

私は白杖で前方を確認する。左側、真ん中、左側、真ん中。

左を見ると、何か大きな物体がこちらにやってくるのに気づく。

「止まって!」ルークの腕をつかむ。

ルークは前に足を踏み出すが、ぐいっと後ろに揺り戻る。「どうしたの?」

列車がすさまじい風とともにやってきて、肌をビリビリいわせる。列車は地響きを立てながら、私たちの目の前2フィート［約60センチメートル］すれすれのところを通り過ぎて行く。足元で地震が起こっているかのよう。耳をつんざくばかりの轟音。圧倒的な機械を前にして、自分があまりにもはかないと感じる。生き物には死がある、と。

ルークの腕をつかんだまま、数歩後ろに下がる。心臓が肋骨に当たらんばかりにドクンドクンと激しく打ちつけている。目の前の線路を、巨大な列車が1両また1両とものすごいスピードで通り過ぎて行く。

ルークは白杖で地面を打ちならし、遠ざかって行く列車に罵り言葉を投げつける。「もう少しで死ぬところだったぞ！」

「そうよ」私はささやく。指はがっちりと白杖を握って動かない。指を無理やり白杖から引き剝がし、手を振って力を抜こうとする。

「君は命の恩人だ」

私はあっけにとられる。「ちがうよ」

「いや、そうだよ」

「ちがうわよ」だって私は無責任な子どもだったのだから。ヒーローなんかじゃない。「あなただって列車の音や、地面が揺れていることにも気づいたかもしれない。白杖で触って、線路があるってことに気づいたかもしれないよ」

「でもそれじゃ遅すぎたはずだよ」

息が詰まってうまく空気が吸えない。足元の地面が傾いている。神経を安定させようと、なんとかして自分をなだめようとして、冗談を言ってみる。

「いいよ、ルークの勝ち。私はあなたの命の恩人よ」弱々しく笑ってみる。「貸しを作ったよ——すごーく大きな貸しをね。さあ、どうする？」

「うーんとねえ……それじゃすごくおいしいスパゲティを作ってあげるよ」

思いがけない答えにびっくりして大笑いする。「ねえ、自分の命はスパゲティたった一皿ぽっちにしか値しないっていうこと?」

「それにガーリックブレッドもつけるよ」

笑って、頭を振る。「キーシャにも作ってくれる?」

「もちろん」

「やったあ!」きっとおいしい夕食になるだろう。アパートでの夕食。この線路の向こう側にあるアパートで……深呼吸をする。警報機は鳴っていない。私たちと並行して走る自動車も、動いている。

「行きましょうか?」

ルークは白杖を自分の前に振り出す。「うん、そうだね、行こう」

白杖で行く手を確認しながら、歩き出す。白杖が鉄製の線路に触れると、心臓が飛び上がる。回れ右をして戻りたくなる衝動を感じるが、無理やりに前に進む。線路を足の裏に感じ、転ばないようにと言われている気がする。

線路の向こう側の歩道に着いて、立ち止まる。「ねえ、ルーク」

「なに?」ルークも止まる。

「あのとき死にかけたのは、注意力散漫だったからよね」呼吸を整え、できるだけ平静を装う。「列車が来ていることはわかっていた。それを示す兆しはいくつもあった。警報機、列車の音、並行して走る車は止まっている、地面からは震動も感じていた。目が見えないことが問題だったんじゃない。目が見えている人たちだって、注意力がぶれることがある。目が見える人たちだって、列車にひかれて命を落としている。それは注意を払うか否かの問題で、見えないことの問題ではないのよ。そう思わない？」

「うん」

「私がこんなこと言っても気にしない？　お説教するつもりじゃないのよ」

「いいよ」

「よかった。夕食のお誘い、ありがとう。あなたいい人ね」

「僕の父から教わったとびきりのレシピだよ。ぜったいおいしいからね」

ルーク、キーシャと私の3人は、ルークお手製の夕食をたっぷりと楽しんだ。列車のことは、口に出さなかった。ルークも何も言わなかった。

その後、1人で部屋にいるとき、あの恐ろしいシーンの記憶がよみがってきた。もし両親がこのことを知ったら、きっと私に障害があるせいであんなことになったと思うだろう。こんりんざい線路を渡ってはいけない、というかもしれない。もしかしたら道を渡ってもだめだというかもしれないし、自分たちが付き添っていなければ、外出してはいけない、これが最後通牒だ、というかもしれない。この線路のシーンを思い出すたびに、焼けつくような罪の意識に苛まれる。私の一瞬の気のゆるみのために、全ての視覚障害者の自由を謳歌しようとする動きが、何十年も押し戻されてしまいそうだから。目が見えないことを理由にする人は大勢いるが、障害に関する知識を持つ人々なら、障害があるからではなく、不注意であるからこそ、危険に陥るのだということをわかってくれるだろう。

第14章

誰も見ていないかのように遊べ

2006年夏
ルイジアナ州ラストン

私より年配のLCBの学生3人と今、夕食をとっている。先輩たちから少しでも知恵を拝借できないかと、期待しながら。50歳のトムは、ペンシルベニアで運輸関係の会社に勤めている。トムが夕食を作ってくれて、同級生の何人かを自分のアパートに呼んでくれたのだ。アラバマから来たメイソンは、視覚に頼らずに生きるスキルを身につけて尊厳を持って生きることで、退職後の人生を謳歌しようとしている――メイソンはすでに70代だ。3人目はロサ、40代の女性で、アリゾナで先生をしている。17歳の私は、みんなの中で一番若い。

「ちょっと、このイーズ小僧め！」ロサがトムに向かって叫ぶ。

何を言っているのかわからなくて、眉根をひそめてしまう。ロサが何を言っているのかわからないと認めれば、夕食の席での私の立場が注目を浴びることになってしまう。経験不足で洞察力のない子どもであることが。そのリスクを承知で、私は疑問を口にする。「イーズって？」

「イー・ス・ト、だよ」トムは説明する。トムの声は三人のうちで一番聞き取りやすい。メイソンの話は聞き取りにくい。正直、メイソンの話すことは何一つ理解できなかった。

「ああ、イースト小僧ってこと……」それでも、私の声は困惑に満ちている。「それ、どういう意味?」

「調理実習の授業があってからというもの、ロサはずっと私のことをそう呼んでいるんだよ」トムは言う。「イーストがどうやってパンをふくらますのかってロサが聞いたから、私はそれはイースト小僧のおかげだよって教えたんだ」

「トム!」と思わず爆笑する。

「だから、トムのことはイースト小僧って呼んでるのよ。トムはイースト小僧なんだから!」ロサは言う。トムはイースト菌サイズとはまったく反対の大男だ。身長は6フィート半〔約2メートル〕もあり、LCBで一番長いサイズの白杖を使っている。

ロサの方に身を乗り出して、言う。「イースト小僧なんて嘘よ」

トムはテーブルを叩く。「ハーベン、そんなこと言うなよ。イースト小僧はいるんだよ」

ロサは椅子を後ろに引く。「私に嘘をついてたの?」

トムは何か、もごもごと返事をする。

「嘘をついたのね! よーし、思い知らせてやる!」ロサは立ち上がり、テーブルをぐるりと回って、トムに近寄る。

急にテーブルが揺れ出した。誰か大きな人がテーブルの下にもぐりこんだのだ。トムだ!

部屋中が蜂の巣をつついたような騒ぎになった。メイソンは椅子から立ち上がろうともがきながら、ロサと一緒に叫び出す。私は自分の椅子に腰かけたまま、片腹がよじれるほど笑いこけている。目の見えない男の人が、目の見えない女の人から隠れようとして、テーブルの下にもぐりこんでいるなんて！

ロサとメイソンは白熱した議論を繰り広げていたが、ロサが急にどなった。「ハーベン！」

「なあに、ロサ？」

「立って！　イースト小僧を探すのを手伝わなきゃ」

私は手をパチンと打ち合わせた。「わかった！」

「イースト小僧！　どこに行った？」ロサは白杖を手に取る。メイソンも、白杖を手にする。「イースト小僧！　隠れても無駄よ。見つけてやるからね」ロサはテーブルの下全体を白杖で一掃して探る。

トムはいない。ロサは台所へ行き、探し回る。探し回るが……。

「うーん、どこ行っちゃったんだろうトムは」考えにふける。テーブルの下にもぐりこんだとき、トムはリビングの方向に向かっていた。学生用のアパートは全て同じ間取りになっていて、オープンキッチンがリビングにつながっているから、だいたいの感じはつかめる。リビングに行き、あたりを見回す。長方形のソファが、壁に沿って置いてある。トムはいない。部屋の真ん中のアームチェアに近づく。そこにもいない。アームチェアの後ろを見てみるが、やはりいない。

「トム！　ここにいることはわかっているよ！」部屋をぐるりと見回して、部屋の隅に何かを見つける。そこに歩み寄って触ってみるが、引き出しつきの整理たんすだった。たんすの裏側を探してみるが、何もない。

リビングにある家具は、それで全部だった。それじゃベッドルームかバスルームに隠れているのかな？　元来た道をたどりながら、リビングをもう一度歩いてみる。ソファを通り過ぎたとき、ソファの後ろに黒っぽい絵画がかけてあるのに気づく。興味を引かれて、それに近づいてみる。すると、それは絵画ではなかった！　トムが部屋の角に寄りかかる形で、ソファの肘掛けの上に立っているのだった！

口を押さえて、アームチェアまで走っていき、大笑いし始める。

「見つけたの？」ロサがキッチンから声をかける。

「うん！」

ロサとメイソンがリビングに転がり込んでくる。「どこにいるの？」ロサが命令口調で聞く。

「ええっと……」最初に脳裏に浮かんだのは、「もしロサに言わなかったら、今度は私が追いかけられる」ということで、次に浮かんだのは、「もしロサの味方をしたら、トムが私を追いかけるだろう」ということだった。次に、「もし静かに動けば、整理たんすの上に隠れられるだろう」と思いつく。

どうすればいいんだろう？

ロサが問い詰めたことで、このゲームの中での自分の役割をしっかり認識することができた。私の視力は、他の3人よりもまだ使える。ロサはこのことを知っている。私の少し残っている視力を使って、見えない人たちのかくれんぼに参加するのは、不公平だ。視力を使って得た情報をロサにあげるのでは、このゲームの成り立ちそのものを壊してしまう。ロサが自分の力でトムを見つける邪魔をしてしまうし、視覚に頼らないでものを探すスキルを使うことを妨げてしまう。一言で言えば、ずるをしてしまうことになる。

ＬＣＢの先生は、視覚ヒエラルキーに用心せよ、と教えてくれた。視覚を多く持っている方に特権を与えるという社会のシステムのことだ。視覚障害者自身も、視覚ヒエラルキーの考え方を取り入れてしまっていて、全盲の人々が弱視の人々に従い、弱視の人々は障害のない人々に従う、というふうにだ。こうした区分けをすることで、視覚障害者のコミュニティは分断され、私たちに対する弾圧が強まる。ここでのトレーニングプログラムから、こうした抑圧的なシステムをよく見据えて、それに立ち向かうようにと教わっているのだ。

私は、片目の人物が自動的に王様になるような視覚障害者の世界を作りたくない。

ロサは私に手助けを頼んだが、ゲームの残りに私は参加しないことに決める。「トムはこの部屋にいます、どこかにね」顔が赤らむのを感じる。その物言いがどんなに役立たずかよく意識しながら。「テーブル全部、椅子全部、あらゆるところを探してみてね」

ロサはメイソンに何か話し、二手に分かれてリビングの別々のところを探す。「イースト小僧！」ロサが叫ぶ。「どこにいるの？　イースト小僧！」

メイソンがソファに近づく。

私は椅子の上で身を乗り出し、息をひそめる。

メイソンは身をかがめてソファに触り、白杖を持った手ではない方の手でソファを探っている。ソファの端まで移動して、クッションを触り、２歩移動してもう一つのクッションを触る。そうして、行ってしまう。

私は息を吐く。メイソンはトムを見つけられなかった。ゲームはまだ続くのだ！

ロサは白杖で床を確認しながら、ソファに近づいてくる。白杖を床に投げ出し、ソファを両手で探る。ソファの座るところには誰もいないと気づく。

私は、ソファの上に立っている背の高い人物の方をちらっと見やり、喜びの笑いをもらす。けいれんするように、笑いで全身が揺れる。トムの隠れ方は、思いもよらないもので、賢く見事なやり方だった！　これなら、見える人たちのかくれんぼだって、見えない人たちのかくれんぼには、かなうまい。やりがいがあって、わくわくするし、もっと楽しめる。見える人たちにアイマスクを渡して、どうやってやるか教えてあげられる。

トムは教養がある。責任感もあって、仕事を持つ立派な大人だが、それでも人生において楽しく遊ぶ時間を見つけている。私も50歳になったとき、こんなふうにかくれんぼをすぐに始められるくらい、溌剌な気持ちを持ち続けたい。

「ハーベン、こっちに来て」ロサが命ずる。

ロサとメイソンがいる玄関まで歩いて行く。「来たわ」

「もう帰らなくちゃ。私たち、もう行くからね。さようなら、イースト小僧！」ロサは玄関のドアを開けて、白杖を何度かどんどんと叩きつけ、それから耳をすます。

私は唇をかみしめ、だんまりを決め込もうと努力する。

3分くらい経っただろうか、ロサはドアを閉める。「トムはここにいないね」ロサはメイソンに言う。

「いるのよ！　トムはすごくこっそりと隠れているの。椅子全部、テーブル全部、あらゆるところを探してみて！」私はまた赤面する。こうやって介入することに罪の意識を感じながら。

メイソンとロサはアパート内をくまなく探し始める。私はまたアームチェアに深々と腰かける。ロサは椅子に気がつき、私を触り始める。

「ロサ、私よ、ハーベンよ！」

ロサは私の膝を軽く叩く。「あら、ごめんなさいね」ロサはアームチェアから離れて、ソファに向かう。「イースト小僧！　ああ、このイースト小僧！」一つ目のクッションを両手で触り、クッションの下を点検する。背もたれのクッションも確認する。その他のクッションも一つ一つ、入念に点検して、ソファを全て確認してしまう。

ロサは叫び声をあげる。

トムがソファから飛び降りだのだ。ロサはトムの足を白杖でピシャっと叩く。「イースト小僧！ついに見つけたわよ」ロサは再びトムを白杖で叩く。

「ぜんぜん見つけられなかったな」トムはソファに座る。

「家具の上に座るなんて、反則よ！」ロサはトムをもう一度打ちつける。

メイソンもソファにやってきて、3人でわいわい話し出す。

「ねえ、みんなが聞こえないよ！」私は椅子を近くに寄せる。

トムは声のボリュームをあげる。「ロサ！　静かにして、ハーベンが私の話が聞こえないって」

「いいわよ！」ロサは言い返す。「あなたの言うことは全て嘘なのね」

「私が言ってたように、」トムは咳払いをする。「隠れるのにもってこいの場所といえば、誰もが予想しない場所だ。ソファの座るところはみんなが探すだろ。だけど誰も肘掛けのところは探さないんだよ。隠れるには、みんなの裏をかかなきゃ」

「それはすてきね」私は言う。「それに面白い。でも、そこから得られる教訓は何なの？　その理論をどこかに応用できるかって言ったら難しそう」

「教訓はだね……明日、視覚障害のある先生から隠れようと思ったら、やり方はわかったはずだということだよ」

私ははっと息を飲み、クスクス笑いを始める。

「ハーベン、何も無理にいつも教訓を読み取ろうとしなくてもいいんだよ。ただ、楽しんでいるだけなんだから。もし真剣になるなら、ゲームで使ったスキルだって仕事に応用できるだろう。かくれんぼだって、探索のスキルや位置確認のスキル、耳で情報を集めるスキルを発達させるために役立つ。ロサ、もっと聞き耳を立てればよかったんだよ」

「でもすごく静かにしてたじゃない！」ロサは反論する。

「練習すればするほど、いろんな音が耳に入るのさ。呼吸音なんかがね。視覚障害を持つ子どもたちはみな、かくれんぼをするべきだね」トムは言う。

「視覚障害を持つ大人たちもね」私は付け加える。

トムはクスクス笑う。「ああ、その通りだね！」

その後しばらくして、私たちは別れを告げる。ロサ、メイソン、私はそれぞれ自分のアパートへと帰って行く。

あのとき、ロサに自分でトムを探してもらえるよう、私は手を引いてよかったと心から思う。トムを見つけるスリルを自分で味わうべきなのだ。目の見える人に囲まれて、見えない人間として育ってくるあいだに、心やさしい目の見える人たちが、私からそのスリルを期せずして奪ってしまうことが、何度もあった。私たちは、いつ助けの手を差し出すべきか、いつ手を引いて「あらゆるところを探してみてね」と言うべきかを、知らなければならない。

第15章

盲目を積極的に捉えるポリシー

2006年夏
ルイジアナ州ラストン

LCB所長のパムは、社会全体で視覚障害者の置かれている立場を検証するセミナーを開いて、意識向上を図る活動を行っている。世の中の多数派は、エイブリズムを奨励している。エイブリズムとは、障害を持たない人々に比べて、障害を持つ人々は劣っているとする考え方だ。エイブリズムが身にしみていると、例えばこういう前提でものを考えるようになる。障害を持っているのは悲劇であるとか、障害を持つ人々に何かを教えることはできないとか、障害があるくらいなら死んだ方がましだ、という考えだ。LCBは、こうしたエイブリズムの前提を取り入れないようにと教えてくれる。まずはそうした前提を見出し、かつ取り除いてから初めて、盲目を積極的に捉えるポリシーを広める土台作りを始めることができる。そのポリシーとは、「盲目とは、単に視覚がないということ、それ以上でもそれ以下でもない」ということだ。

生徒たちは図書館で輪になって座り、パムの方を向いている。パムはシャツにマイクをクリップでとめ、ワイヤレスでその声が私のレシーバーとヘッドフォンに送信される。実は、この補聴システムを大学でも使おうと考えている。

「これからある物語を読みます」パムは言う。「この物語は、マッキンレー・カンターの書いたもので、『目のない男』というタイトルです」

パムは膝の上に置いた本の点字を読み始める。盲目の物乞いが紳士に近寄って行く。物乞いはタバコ用のライターを紳士の手に押し付け、1ドル札をせがむ。紳士は、自分はタバコを吸わないと言うが、物乞いは1ドルを手に入れるまでまとわりつく。物乞いは、紳士がもっと金を持っているとふんで、自分が目の光を失ったのは、ある工場での爆発が原因だったと言い、ドラマチックに話に尾ひれをつけて語り出す。するとその紳士は、そのときに自分も同じ工場で働いていたと言い、爆発が起こったときに物乞いと一緒にいたと告白する。

「盲目の男はその場に長いあいだ立ち尽くし、かすれ声を飲み込みながら、あえいだ。『そういうお前は……パーソンズじゃないか？　神にかけて、神に……！　俺はお前が……』それから男はひどい声で叫び出した。『そうさ、そうかもしれない。そうかもしれないぞ。でも俺は目が見えない！　目が見えないんだぞ！　そしてお前はそこに立って、俺にべらべら昔話を言わせているんじゃないか！　そのくせ、そのあいだずっと俺を嗤っているんだ！　俺は目が見えないんだ』

道行く人は何事かと、振り返って男を見ている。

『お前は無事だったかもしれないが、俺は目が見えなくなったんだ！　わかるか？』

『そうか、』とパーソンズ氏は言った。『そんなことで騒ぐなよ、マークワード……俺だって目が見えないんだ』」

部屋はしーんと静まりかえる。

「ハーベン」パムは私を指名する。「この話の感想を聞かせて」

「とても気に入りました！　パーソンズさんも目が見えないと知ったときの物乞いの驚きを想像すると、なんとも言えません。金持ちならば目が見える人のはずだと、物乞いは勝手に思い込んでいたのです」

「ありがとう、ハーベン。盲目の物乞い、というイメージは私たちの文化の中にあまりに深く根ざしているので、目が見えない人が成功するというイメージを持つことができないのですね。この話はパンチが効いていますね。というのもほとんどの人は、社会で成功している人が、実は目の見えない人だとわかったときには、必ず驚くからですね。いつか、目が見えない人たちが成功を収める例がたくさん出てきて、社会の認識が変わって、私たちが成功することにもはや驚かなくなる未来になることを期待しています。私たちの文化は変わるし、社会の認識も変わって、古い思い込みはなくなります。皆さん全員の力で、視覚障害とは何かという意味を変えていってほしいのです」

LCBでは、視覚障害というのは単に視覚が限られている、ということにすぎないと理解している人々に囲まれている。必要なツールを使いこなしてトレーニングを積めば、目の見えない人たちも、見える人たちと肩を並べて競争することができる。LCBのような施設があることで、見えない人たちはそうしたツールを手に入れトレーニングを積むことができる。残念なことに、私たちの考える「視覚障害」という意味は、いったんこの施設を出てしまえば、少数派にすぎない。来週から通う大学で出会うほとんどの人たちは、きっとこの話の中に出てくる盲目の物乞いと同じ考え方を持っているだろう。ここに留まることもできるよ、ともう1人の私がささやいている。でも、ここにいれば調理実習が必須なんだった、と思い出す。

障害があることがバリアなのではない、と信じる人たちのコミュニティを作っていこう、たとえどんなことが待ち受けていようとも。大きなバリアにどんなものがあるかといえば、社会的、物理的、またデジタル上のバリアだ。ＬＣＢで教わったことを、世界に広めていけるための強さとスキルを持たなければならない。

でもまずは、大学だ。

第16章

唯一、信じられるおとぎ話

2006年秋
オレゴン州ポートランド

ルイス・アンド・クラーク大学は、オレゴン州ポートランドの郊外に、美しいキャンパスを持つ大学だ。障害者サービス所長のデールが、オリエンテーションのときにキャンパスツアーをしてくれた。学生支援サービスの事務所の棚を示して、ここに私が読むための点字教科書がある、と教えてくれた。テンプルトン・キャンパスセンターへの入り口はいくつもあるので、その全てを案内してくれた。私の寄宿舎のある道の向かい側にあるガラスのドアを通る入り口、郵便物が届く部屋の脇にある階段を上ってたどり着く入り口、トレイル・ルーム食堂の横の広い芝生を横切ったところにある入り口、そして小川や森を抜けたところにある入り口。デールがとても詳しく教えてくれたので、今ではキャンパスを自由自在に歩ける自信がある。

実は、今夜は3人の学生と一緒にオフキャンパスに遊びに出かける予定だ。寄宿舎のホールで、私は学生2人と一緒に待っている。私たちの寄宿舎は、「エイキン」という名前で、2階建ての小さな建物だ。多様性を大切にする学生たちが住んでいる。

エイキンにいれば、障害を前向きに受け止める人たちに出会うチャンスが高くなるはずだ。友情を育むには時間がかかるが、私のルームメートのキャリーは新しい友だちになれる可能性がありそうだ。キャリーはダンスと旅行、それにチョコレートが大好きだと言う。私たち、完璧じゃない?

キャリーが走ってくる。「ああ、やっと準備できた。あ、ちょっと待って、ハーベン、ちょっといい?」

「うん」グループから離れるキャリーについてゆく。

キャリーは、建物の階段の前で止まる。「私たち、キャンパスの外に行くのよ」

「知ってる」

「バスで行くんじゃないの、自然の中の小道を行くのよ」

「大丈夫よ」

「坂道なのよ。怪我したら大変よ」

にっこりと微笑む。「ほんとうに、私は大丈夫。ハイキングは何度もしたことがあるし、白杖で小道を感じながら歩くから、石があってもすぐに白杖でわかるから」

「私はお勧めしないわ。もしかしたら、滑りやすいところがあるかもしれない。あなたに怪我をしてほしくないのよ。もしあなたに何かあったら、私が責任を感じてしまう」

今度はまじめな顔をしてみせる。「ねえ、あなたは私に責任を負ってはいないのよ。もし私の身に何かあっても、あなたのせいじゃない。それは、わかる?」

「でも私、責任を感じるのよ。自分で自分が許せない。私ってそういう人なの。ね、お願い、あなたが一緒に来なければ、私ずっと気持ちが楽になるんだけど」

キャリーの言葉は、大学に入りたての私のナイーブな心にナイフのように突き刺さった。それでも胸をぐっと張って、言う。「わかった」

「ありがとう！　それじゃ、あとでね」そう言うと、キャリーはグループに戻り、みんなは夜の中へと消えてゆく。

白杖のカチャンという音が、エイキンの階段に響く。いらだたしげに足を踏みならしてホールを横切り自室に戻り、ドアをバタンと閉める。氷のように、冷淡で冷酷な大学という世界のドアを。これからどうやってあんな人と同室でやっていけるだろう？　お腹がきゅうんと痛くなる。これからまる1年、私が無能だと考える人と一緒に過ごすかと思うと。自分の部屋にいるエイブリズムの権化に、どうやって抵抗していけばいいのだろう。

悲しい気持ちの重さを感じながら、ベッドに倒れ込む。キャリーが私を見下したことで、大学のルームメートが親友になるという夢は打ち砕かれてしまった。その穴をどうやって埋めろというのか。キャリーのベッドは私のところから7フィート［約2・1メートル］離れている。勉強机も向かい側にある。部屋の真ん中に見えない線があって、ここは実は二つの部屋なのだ、と思い込むこともできる。これから絶え間ない緊張の中で暮らさなければならないのだろうか。争いにつぐ争いの様相を呈しながら。それとも、ばらばらの生活をするのだろうか。用事があるときは、礼儀正しくて、でも無関心なやりとりをするのだ。そんなのは寂しすぎる。ぎこちないし、くたびれる。それに、この世界には私が無能だと思い込む人たちが必ずいる、ということを常に思い知らされる。無能と思うのでなければ、私のことが好きではない人たちが。

こめかみをマッサージして、痛みを和らげようとしてみる。そのとき、昔の記憶が心をよぎった。ずっと昔にある友だちが話してくれたおとぎ話だ。

ソフィアはおばあちゃんの隣にどすんと座ると、ため息をついた。

「どの男の子もだめ。理想の相手なんて、見つかりっこないわ」

「だから言ったでしょ」おばあちゃんは、戸棚からジャスミンティーを出した。

「理想の相手に出会いたいのであれば、まず自分が理想の自分にならなきゃ」

ソフィアはおばあちゃんにしかめっ面してみせた。

おばあちゃんはお茶を淹れながら、どうすればいいのかを話し始める。

「私が夕食デートをセッティングしてあげるから、そこで相手の話を聞いて、恐れずに相手にほんとうの自分を見せて、ソフィアには理解力があるとわかってもらう、その練習をやってみよう」

「あとで、そのデートの反省会をして、また来週に次のデートをする、という繰り返しをしよう。そうやって、理想の相手を見つけるのよ」

ソフィアの額に汗がにじむ。それをソフィアは軽く拭った。

「おばあちゃん、おばあちゃんは好きだけど……私の理想のタイプがどんなだか、知らないでしょう」

「それこそが言いたいことなのよ！」おばあちゃんは、我慢できないといったふうに、手を空に放り上げる。

「靴やら髪型やら、人をそんなところで判断するのをやめなきゃ」

お茶に手を伸ばし、ソフィアはその温かく豊かなうっとりする香りを胸いっぱいに吸った。

湯気の立つカップからお茶をひとくちすする。「うん……まあ、そうだね」

ソフィアは、地元の人にも外国の人にも会ってみた。

漁師にも、消防士にも会ってみた。

男が、種をまくにはどんな土壌が最適なのかを説明したとき、ソフィアのまぶたはどんどん落ちてきた。

スウェーデンの税制について長々しい説明をした男の前では、あくびをかみ殺した。

練習と反省会を積んで、ソフィアは人の話を聞く能力がどんどん向上してきた。

自分の計画や夢を話すにつれて、自信もどんどんついてきた。

台北から来た投資家に、橋の設計についての考えを語った。

同一賃金の重要性について、ビジネスマンを啓蒙した。

ソフィアの話を、夕食の相手とそのウェイターたちは喜んで聞いた。

あるときなど、夕食相手の弁護士を笑わせることにまで成功した！

39回目の夕食で、ソフィアは電撃に打たれたようになった。

ソフィアはその相手ともう一度デートの約束を取り付けた。そのままおつきあいを続けた
2人は、ダイアモンドやお金のために関係を築き上げたのではなく、おいしい食事と、人と

強く結びつくためのスキルをもとに、一緒になった。

この話を聞いたとき、思わず笑って頭を振った。ばかげた話だとは思うが、ある種の学びは得られる。もしソフィアのやり方で彼氏彼女を見つけることができるなら、それは友人を見つけるためにも役立つに違いない。

白杖を手に、私は部屋の外に出てドアを閉める。ドアは青と白のストライプに、黄色い太陽が隅っこについたデザインをしている。これは、ウルグアイの国旗だ。この寄宿舎のどのドアにも、様々な国の国旗がついていて、エイキン寄宿舎の中に暖かみをかもしだしている。歩きながら、目をこらして色とりどりのドアを見ながら、どの国の旗なのかを見極めようとする。

廊下の先の方でドアが開き、誰かが廊下に出てくる。

「こんにちは、私はハーベンよ」私は白杖を左手に持ち替え、握手しようと右手を差し出した。その手は大きかった。「あなたのお名前は?」

「エドだよ」

「はじめまして、エド」

「こちらこそ、はじめまして」

「時間ある? トランプか何かして遊ばない?」

「うん、また今度ね」

「そう、それじゃそのときは声かけてね。私はウルグアイの国旗の部屋よ」後ろを指差す。「あの、青と白のストライプに黄色い太陽が端っこについているところ、部屋番号101号室だから」

「わかった」エドは向きを変えて廊下を歩いて行く。

廊下に出て友だちを探す第一歩は、うまくいかなかった。けれどもそんなことで私の楽観主義は揺らがない。まだまだ会っていない人は大勢いる。その中に、1人ぐらいは私と気が合う人がいるだろう。

それから4週間かけて、たくさんの人に会って話しかけてみた。思いやりを持って人の話を聞き、ユーモアのセンスがあることを示してみせた。もし相手が「ええっと、もう私たち会ったことがあるよね」ともじもじし始めたときには、自分をからかって笑い物にする私のセンスが役に立つ。

学生たちは、カフェテリアで出会うのがほとんどだ。カフェテリアは「ボン（Bon）」と呼ばれている。「ボン（Bone）」と同じ発音だ。というのも、「ボン・アペティート（Bon Appetit）」社が運営しているからだ。長方形の広い部屋の3方向はパノラマの景色が楽しめる窓になっており、ポートランドの雨の多い気候を堪能できる。窓のない壁一面は各種の食べ物が用意されていて、セルフサービスになっている。目が見える学生は、印刷されたメニューを見てから、お目当ての食べ物があるフードステーションへ行けばよい。ところが私はメニューが読めないのだ。私が読める形式で提供されていない、つまりアクセシビリティが確保されていないために。

フードステーションの1番に、長い列ができている。さぞかしおいしいものが提供されているのだろうと見当をつけ、その列に並ぶ。料理の匂いは部屋中にうずまき、全部が混ざって全体として「カフェテリアの匂い」をかもしだす。今日の食べ物はそうではないが、中には臆面もなくその匂いの分子を空気中にばらまき、絶対に混ざるものか！とそれだけで目立つ匂いを放つ食べ物もある。パンケーキやフレンチフライ、ピザのたぐいだ。「来て来て、私を食べて！」と言わんばかりのコーラスを全力で歌っている。

列に並ぶこと15分、ついにカウンターまで到達する。「ここにあるのは、なんですか？」カウンターの向こう側の人に聞いてみる。カフェテリアの騒音が大きすぎて、その人の答えはかき消されてしまう。「ごめんなさい、聞き取れないんですけど」その人はまた何か叫ぶが、やはり聞こえない。くたびれきってお腹も空いてきた。しかたなく、そのままお皿を受け取る。

テーブル席がある方へと行くと、何百人もの学生がしゃべっている声が四方の壁に響き、絶え間ない咆哮のようになって、私の方へ押し寄せてくる。いくつもの丸テーブルが連なり、腹ぺこの学生たちが座っている。狭くて混み合った通路を抜けながら、目をこらして近くの席を見る。ついに、空いている席を発見する。背もたれを手で触り、確かに誰も座っていないことを確認する。

その席の隣には、両方とも誰かが座っている。私の左隣の人に笑顔を向ける。「こんにちは、私はハーベンよ。あなたの名前は？」

ボソボソ、ボソボソ、ボソボソ。

「私よく聞こえないの。こういうふうに、騒がしい場所だと特に。名前をもう一度教えてくれる？」

今度は聞き取れるようにと、左に体を寄せる。

「パム」

「パム？」

今度はもう少し大きな声がする。「アン」

「アン、ね。ランチはおいしい？」

アンは顔をこちらに向け、私の質問に答えようとしていることがわかるが、周りのおしゃべりが轟音となって、その言葉をかき消してしまう。轟音のために、私たち2人の間にガラスの壁があるかのよう。私はその壁のこちら側にいて、アンとその他の人たちは向こう側にいる。

ソフィアのおばあちゃんは、まず人の話を聞くことが大事なスキルだと教えてくれたが、この状態ではそれができない。私にとっての世界は、この目の前のちっぽけなお皿だけにしゅるしゅると縮んでいってしまう。ここでは友だちを作ることはできないと気づいてしまったからだ。

フォークを取り上げ、お皿の上のいろいろな場所をつつきながら、触感を確かめる。フォークの先が、骨つきの肉に当たる。思わず肩を落としてしまう。ベジタリアンのランチが欲しかったのだ。さらに調査を続ける。右側に、何か柔らかいものを発見、ちょっぴりすくって味見をしてみる。マッシュポテトだ。もうひとくち。なめらかなポテトの感触が口の中でとける。うん、悪くない。

フードステーションの方へと目を向ける。他のステーションには、何かもっとおいしいものがあるに違いない。グリーンとチーズのサグカレーとジャスミンライス。スモークゴーダチーズのパニーニ。魂の渇きをいやしてくれる食べ物も友情も、みんなあそこにあるんだ。私の手の届かないガラスの壁の向こう側に。

「それじゃまたね」アンが座っている方を向いてボソボソと言いながら、立ち上がる。

＊＊＊

カフェテリアとは違い、障害者サービスの事務室にある情報はアクセシビリティが確保されていて、私がわかるフォーマットで提供されている。所長のデール、その同僚のレベッカやバーバラと初めて会ったのは4月のことだった。点字を読む生徒は私が初めてだったが、そんなことでサービス事務室の人たちはまったく動じなかった。点字プリンターや点字翻訳ソフトウェアを購入し、夏中かけて点字本の作り方を練習した。知らないことを恐れる人たちではないのだ。知らないことは学び、研究し、見出していく。そうした努力は、サービスを利用する学生たちのためであると同時に、自分たちが向上するためでもあるのだ。ルイス・アンド・クラーク大学が誇りにする、パイオニア精神を体現している。

レベッカはリーディングスペシャリストなので、新たに点字も担当できるようにとスキルを磨いた。私が取る予定の科目を担当する教授から、シラバスを全て連絡してもらい、ナショナル・ブライユ・アンド・トーキング・ブックライブラリ（National Braille and Talking Book Library）や、ブックシェア（Bookshare）といったところに、点字本を注文した。点字本が発売されていない場合には、その本のデジタルコピーを出版社に注文して、それを自分で点字プリンターを使って印刷する。点字プリンターとは、点字用の紙に穴をあけていく大型プリンターのことだ。ジャックハンマーのようなすごい音がするので、レベッカは印刷機を大きなクローゼットの中にしまっている。

「ちょうどよかった！」レベッカは点字印刷物をどさっと手渡す。「これ、たった今印刷し終わったところ。今朝、トマスはかんしゃくを起こしたものだから、お仕置きに謹慎させたところなの」

なんのこと?・という表情をしながら言う。「トマスって誰?」

「点字プリンターのことよ。あんまり長いこと一緒にいるものだから、トマスって呼び始めたの」

笑顔になる。「かわいいですね。トマスがおりこうさんでいますように」

「そう願いたいわね。でなきゃ、メーカーにねじ込んでやらなくちゃならないから」

レベッカとバーブ、デールは、私が授業に参加するにあたってバリアとなるもの全てを取り除いてくれるので、私は勉強だけしていればよい。他の大学では、視覚障害のある学生は、自分の貴重な時間を費やして、授業の教材を自分が使えるような形に改造しなければならない。教材を自分用に改造する時間と実際に勉強する時間とをやりくりすることで疲れてしまい、視覚障害のある学生たちは勉学の進度がどうしても遅れてしまう。私は自己研鑽のために目一杯自分の力を使い切り、図書館に長いことこもって時間を過ごすが、それはつまり、大学の障害者サービスチームが私のために、成功に向けて手助けをしてくれているからこそ、できることなのだ。

その夜、カフェテリアのボンで、私は誰も座っていないテーブルを見つけた。その席が私を呼んでいる。ここに来て！　ここに座って！　誰かとつながり合おうとして無駄な努力を払わなくてもいいんだから、どうせ聞こえないんだし。耳が聞こえないんでしょう?　ここへ来て座れば、心安らかにいられるよ！

その隅っこは、穏やかな隠れ家の様相を呈していた。そこに座ると、後ろ側と右側の壁が、騒々しい周りの音を吸収してくれる。食べ物も、そこで食べるとよりいっそうおいしく感じる。今はただ、ピザの味に集中できて、誰かの話を聞こうと無理に耳をすます必要はないのだ。

誰かが私のテーブルにやってきたが、私はそのまま食べ続ける。その人はそこに立ったまま、何かを待っているかのようだ。「何か言った?」

「ここに座っていい?」

「どうぞ」もうひとくち、ピザをかじる。

その男の人はテーブルに自分のトレイを置くと、私の向かい側に座る。ボソボソ、ボソボソ、ボソボソ。

「私、ほとんど聞こえないの。少し大きめの声で、ゆっくりはっきり話してくれると助かるんだけど」

「これでいい?」

「うん。それでも聞き取れないところがあると思うけど。さっきなんて言ったの?」

「君の名前を聞いたんだよ」

「ああ!」私は笑い出す。「私の名前はハーベンよ。あなたは?」

「ジャスティンだよ。ここの4年生で歴史を専攻してるんだ」

「私は1年生よ。まだ専攻は決めてない。コンピュータサイエンスか、国際関係か……いろんな授業を取ってみて、どれにしようか決めるつもりなの」

「それはいい考えだね。いろんな科目を取ってみれば、そのうちこれだという専門が見つかるよ。それが見つかれば、その専門を勉強するためなら自動的に図書館にこもりたくなるっていう寸法だよ。

ところで、そのピザ、どう?」

「うん、とてもおいしい」

「そうか、おいしそうだもんね。僕ももらってこよう」ジャスティンはフードステーションに戻っていく。少しして、お皿2枚を手に戻ってくる。

「何をもらったの?」

「そのピザと、ブラウニーだよ。そこを通り過ぎたときにブラウニーに呼ばれたんだ。だからこれは食べなくちゃと思って、戻ったんだよ」

はっと息を飲む。「ブラウニーがあるなんて!」テーブルの下から白杖を取り出す。「ちょっと行ってくるね」

デザートステーションにずんずんと進み、ガラスの壁の下からブラウニーをつかみ取る。戦利品を持ち帰るまで、白杖を露払いにして歩く。

「うわ、君の目が見えないなんて知らなかったよ」私が椅子に座るとジャスティンは言う。「別に大したことじゃないけど、君が白杖を取り出すまで、それに気づかなかった」

「それは変ね。ここにいるほとんどの人は知っているよ」私は急に意気消沈する。おそらくジャスティンの頭の中には今、目の見えない人のイメージがわきおこっているのだろう。侮辱的なエイブリズムのコメントを聞くことを予想して、身構えする。「目が見えないっていうのは、単に視覚が欠けているだけなの。必要なツールを使いこなしてトレーニングを積めば、目が見えない人たちだってなんでもできるのよ。例えば、私は旅行やロッククライミングもするし、コミュニティでボランティアもする。ただ、私には別なテクニックが必要なだけ」

「そうだよね。知ってるよ。僕の母は特殊教育の先生なんだ」

驚きで目が丸くなる。初めて人に会うときは、たいていエイブリズムの偏見を取り除くところから始めなければならないのに、こうして障害に関する知識を持つ人と出会えるなんて、奇跡に近い。

「それはすごい。お母さんの教えている生徒さんたちは、どんな障害があるの?」

「学習障害がほとんどだね。おっ、元気?」

困惑して、ジャスティンを見る。ほどなく、もう1人がテーブルに加わる。ボソボソ、ボソボソ、ボソボソ。2人だけで話し始めたので、私はブラウニーを食べ始める。

「ハーベン、こいつはゴードンだよ。ゴードン、こちらはハーベン」

「こんにちは」私はゴードンと握手する。

「名前をもう一度発音してくれる?」

「ハー、ベン」

ボソボソ、ボソボソ。

「私、耳が聞こえないの。少し大きめの声で、ゆっくりはっきり話してくれると助かるんだけど」

ゴードンは声のボリュームをあげる。「その名前、初めて聞いたよ。君の家族はどこ出身なの?」

「エリトリアよ。アフリカの東北部にあるの。ハーベンというのは、ティグリニャ語なのよ。エリトリアで話されている言葉の」

「ティグリニャ語で、ハーベンというのはどういう意味なの?」

息が詰まってうまく空気が吸えない。ああ、この人は純粋に私の話を聞こうとしている。ほとんどの人は、ティグリニャとかエリトリアというような聞いたことのない名前を耳にするだけで、興味を失ってしまうのに。自分たちのわからないことをどう処理していいかわからず、みなたいていは話題を変えてしまうのに。でもこの人は、わからないことから逃げ出そうとしていない。「エリトリアは1993年に独立した国なの。それまで30年間、隣の大国エチオピアと戦争状態にあったのよ。両親は、国が自由と独立のために立ち上がった国の誇りという意味を込めて、私を命名したの。ハーベンというのはティグリニャ語で『誇り』という意味なのよ」

「それはすばらしい。エリトリアのこと、調べてみなくちゃ」

ボソボソ、ボソボソ。ジャスティンとゴードンは2人だけの会話に戻っていき、毎度おなじみのガラスの壁が、私たちを隔てている。

ブラウニーを食べ終わる。「2人で何を話していたの?」

「ゴードンも歴史を専攻しようとしているから、歴史学の教授のことを聞いてきたんだ」ジャスティンが言う。

「ジャスティンに、ヒリヤー教授の教え方はどんなのか、聞いていたんだ」

「彼は何を教えているの?」私が聞く。

「ヒリヤー教授は女性だよ」ゴードンが言う。

私は赤面して、恥ずかしくなる。でも、実はゴードンが間違いを正してくれたことをありがたく思っているのだ。障害がある人たちの間違いを大目に見る人たちがほとんどだから。私たちは傷つきやすいから、と思い込んでいるために。「彼女は何を教えているの？」

「南北戦争の歴史クラスを受け持っていて、それを取ろうかと考えてるんだ」

ゴードンはまたジャスティンと、私が聞き取れない会話に戻っていく。周りのウワーンという騒音が轟音となってせり上がり、またあのガラスの壁が降りてくる。

私は立ち上がる。「ここはうるさすぎるから、もう外へ行くわね」

「僕も行くところだったんだ」ジャスティンは立ち上がり、ゴードンも付いてくる。

カフェテリア・ボンの隅にある食器下げコーナーにトレイを戻すと、みんなで出口へと向かう。外へ出ても、ジャスティンとゴードンが私の横を歩いている。なんだか一緒に帰るみたいだけど、これはただの偶然かもしれない。キャリーとの間にあった出来事を境に、私の期待は深く海の底まで沈んでしまっているのだ。

歩道へと歩いて行くと、心地よい静寂《しじま》が私たちを包んでいる。きりっとした秋の空気を吸い込んで、その空気に微かなタバコの煙を感じ取って、鼻にしわを寄せる。

黙りこくっていると、気まずさが広がっていく。ジャスティンとゴードンを見ながら、さようならと言うべきかなと考える。ふいに、ソフィアとおばあちゃんのことを思い出す。カフェテリアの中では、私の聞き取り能力には限りがある、でもここでなら……

「私はエイキン寄宿舎にいるの」そう言いながら目の前の低い建物を指差す。

「そこって、国際寄宿舎じゃない？」ゴードンが聞く。

「マルチカルチャーのところ。もし興味があるなら、ツアーをしてあげるよ」

「そりゃいいね。ジャスティン、君は?」

「うん、もちろんだ」ジャスティンは何かを地面に投げ捨て、それを靴で踏みつける。

白杖で道を確かめる。「それじゃ、私についてきて」

それから、エイキン寄宿舎のリビングに案内する。リビングには、座り心地のいいソファや、パノラマの景色が楽しめる窓、さらにピアノまで置いてある。リビングにつながる小さな台所では、毎週誰かが料理に失敗して焦がしているので、火災報知器が鳴るのだ。廊下に出て、万国の国旗がついているドアを見せてあげる。「それじゃ地下階へ参ります!」階段を下りて暗い廊下へ出て、暗い部屋へ到達する。手で探って電気のスイッチを入れる。

「いいねえ!」ジャスティンはゲームルームに足を踏み入れる。「ビリヤード、やろうよ。そんなにうまくないけど、でも面白いよ」ジャスティンはテーブルの周りからキューを集めて周り、ポケットに入っているボールを回収する。

「どういうルールだっけ?」妹と一緒にビリヤードのボールを打ち合ったおぼろげな記憶を引っ張り出そうとする。

ゴードンがテーブルのそばに立つ。「白いボールを打って他のボールに当てて、それをポケットに落とすんだと思うよ」

ジャスティンがキューを取り上げる。「そう、そんな感じだよね。ボールを一番たくさんポケットに落とした人が勝つんだ。じゃ、僕から始めるね」ジャスティンは狙いを定めて、ショットを放つ。

コン! ボールがテーブルの上でぶつかり合う音。

で猛スピードで転がり合う。ポケットを探ってみる。「ボール、入ったかな」

「一つ入ったよ」ジャスティンが教えてくれる。

「わあ！」小さな勝利を収めたことで、競争心に火がつく。その後も、触感というテクニックを使ってゲームを続ける。最終的に勝ったのは私、次がジャスティンで、最後がゴードンだった。うれしくて、私は白杖を高々と掲げる。「目の見えない［Blind］女の子が勝ったぞ！」

「『黒人の［Black］女の子が勝ったぞ！』って言った？」ジャスティンが聞く。

「そっちでもいいよ！」私は笑う。「私は『目の見えない女の子が勝ったぞ！』って言ったの。あなたのアイデンティティはなに？」

「目は見えるけど、メガネをかけているよ」

私はしかめっ面をしてみせる。「そういう意味じゃなくて――」

「知ってるよ、何が聞きたいのか。僕は白人だよ。母はコネチカット州出身で、父はジョージア州だ」

「それじゃあなたは半分は南部人で、半分は北部出身のヤンキーなのね」

ジャスティンは笑い出す。「そうだね、でもほとんどは北部出身と言えるかな。コネチカット州で育ったんだ」

「あなたは？ ゴードン」

「白人だよ。僕はアラスカ州の南東部で育った」

「ほんとう？」私はからかいの調子で続ける。「イグルーに住んでたの？」

「ちがうよ！　うちはちゃんとした近代的な家だったよ。イグルーに住んでる人なんていないよ」私は笑いをかみ殺しながら言う。「そうなんだ、イグルーじゃないのね。それじゃ、ハスキー犬がそりを引っ張ってくれたの？」

「おいおい、ちがうよ。犬ぞりなんて、やらないよ。でも家ではサモエドを飼ってた。大きくて毛が長い種類の犬で、ピンと尖った耳のやつ、ハスキー犬に似てるかな。でもなんで？　どうしてそんなこと聞くの？」

私は、にやっと笑う。「ビリヤードで私がボールに触るたびになんだかんだ言ったから、そのお返しよ」

「そうかい、それじゃ君がずるしてたっていうのを知らないふりをするよ」

「あれは、ずるじゃないって言ったでしょ」ため息をつく。「ねえ、アラスカのことからかう冗談を続けてほしいの？」

「そろそろ宿題をやらなくちゃ」ジャスティンはテーブルの上にキューを置く。「でも僕もアラスカの冗談を考えておくことにするよ」

「ちょっと！　僕の味方じゃなかったの？」ゴードンはバックパックをぐいっと肩にかける。

「ジャスティンありがとう！」私は先頭になって階段を上がる。「ねえ、ゴードン、アラスカの人たちは何を読むの？」

ジャスティンが言う。「え、アラスカの人たちも読み書きできるの？」

「ああ、読めるさ！　ブルルルルレイユ〔ブライユは点字のこと。ブルルッと寒さに震える様子とブライユ＝

点字をひっかけた冗談」をね！」

ゴードンはわざとらしいため息を大げさにつく。

ジャスティンかゴードンがカフェテリア・ボンで私を見かけると、私に近寄ってきて、広いカフェテリアのどこに自分たちが座っているかを教えてくれる。幼稚園から高校まで、誰1人として私をテーブルに呼んでくれる人はいなかった。だから、誰かが一緒に座ろうと誘ってくれるとくすぐったいような、すてきな気持ちだった。それは砂漠に住んでいる人が、水を確保できたような気持ちだ。

3人はなるべく早い時間にカフェテリアに行くことにしている。その時間が、騒音が一番少ないからだ。壁がすぐ横にあるテーブルは、音響が最高だった。そういう席を確保できたら、特にそれが角のテーブルだったら、小さな勝利を収めたような気持ちになる。

カフェテリア・ボンはエリトリアやエチオピアの食べ物を出してくれないし、ジャスティンもゴードンも、これまでに食べたことはなかった。今、ゴードンと一緒にキャンパスセンターのコンピュータ室でレストランを検索している。ポートランドにあるエチオピアレストランのブルー・ナイルへの行き方を検索しながら、ゴードンはモニターをのぞき込んでいる。

コンピュータ上の、視覚が使える世界へと埋没しているゴードンの横で、黙って座って待っていると、永遠にその時間が続くような気がする。時間は耐え難いまでにのろのろと進む。そのあいだ、ゴードンは私には見えないスクリーンと黙ってやりとりしている。それは、また新たなガラスの壁となって立ちはだかっている。もうこうなったら、私にも使えるコンピュータのある部屋に戻って、自分で行き方を検索しようかと思う。

テーブルの上で指をコツコツと鳴らす。「メキシコへの行き方を探してるの？」

目はスクリーンに据えたままゴードンが言う。「この地図は北米しか見られないよ」

「メキシコは北米よ」

「ちがうよ、南米だよ」

私は笑い出す。「メキシコは北米にあるよ。探してみて！」

「なんだって？」ゴードンは猛烈な勢いでタイプする。

胸郭全体が笑いで揺れ出す。全身が、それどころか私の座っている椅子が、お腹がひくひくいうくらいの大きな笑いで揺れ始め、体全体が波のように揺れる。波がやっと収まった頃に言う。「どこの学校に行ってたの？　アラスカ？」

「いいよもう、君の勝ちだ。メキシコは北米にある」

「言ったじゃない！」またしても、椅子まで揺れるヒステリックな笑いに包まれる。

「もう、やめろよ！　少なくとも、僕は教授が男だとかばかげた思い込みはしてないぞ」

性差別的な自分の発言を思い出し、急に笑いがやむ。

私たちの後ろから、女の人の声がする。「そんな言い方はやめて！　ハーベンはバカじゃない！頭もいいのよ。やさしくしてあげなくちゃ」

体が硬直する。この、体じゅうの血管をかけめぐる気持ちはなんだろう？　恐れ？　怒り？　それとも絶望？

エイブリズムに直面したとき感じるのは、汚れた泥の穴をくぐっていくような気持ちだ。エイブリズムは、私たちの社会に深く根を張っているために、エイブリズム主義者はほとんどの場合、自分の言動がエイブリズムだとは気づかない。エイブリズムを甘いコーティングで包んでしまい、自分たちの「善行」が褒めたたえられることをすまして待っている。そうした「善行」に隠れたエイブリズムを指摘しようとすると、神経質だとか、怒りっぽいとか、恩知らずだとか思われて、その指摘は無視されるのだ。

咳払いをしながら、神経が逆なでされるのを感じる。「私たち、ただ冗談を言ってたの。私のために怒らなくていいのよ」

その女の人は、部屋から荒々しく出て行った。

「今の、誰?」こそこそ聞く。

「キャリーといっつも一緒にいる子」

「アニカだ」

「そうだね。アニカもキャリーも、いつも君を見下した物言いをするよね。それってすごく上から目線だよ」

「気づいてたの」夏の日のような心地よい暖かさが、体じゅうに広がる。体がふわっと浮いているような、ブランコをこいでいて一番高いところに来たときのような気持ち。「誰も気づいてないかと思ってた、そのこと。いつもあの人たちは私を見下していて、それをみんなは『やさしくしている』と思っているとばかり」

驚きと安堵の両方がごっちゃになって、体じゅうがどくどくと脈打っている。この人にはわかるんだ。ほんとうに、そのことがよくわかっているんだ。もう、ひとりぼっちでエイブリズムに立ち向かわなくてもいいんだ。

第17章

エイブリズムのこと、目を使わずにピーナツバター&ジェリーのサンドイッチを作ること

2006年秋
カリフォルニア州オークランド

ルイス・アンド・クラーク大学は、感謝祭の週末はお休みになるので、オークランドに飛行機で飛んで、実家に戻る。そしてエリトリア料理をたっぷり堪能するのだ。スパイシーなほうれん草炒め、スパイシーなひよこ豆カレー、スパイシーポテトにニンジン、それと必ず一緒に添えられているのは、インジェラというふわふわした平たい円形のパンで、おいしいおかずをくるんで食べる。エリトリア料理を食べるのは感謝祭の日、その次のブラックフライデーの日、その翌日の土曜日も、実家ではまたパーティをするのだが、そこでももちろん、エリトリア料理だ。

そして、嫌が応にもポートランドへ戻る支度をしなければならない。「明日のフライトで食べるサンドイッチを作るね」と母に言う。

「いいけど、ヤフェットに見つからないようにね」母は釘を刺す。

ヤフェットは私の年下の従弟で、私の妹TTと私が食べているものならなんでも欲しがることで、愛情を表現しようとしている。TTがケーキを食べていたら、自分ももっとケーキを食べたいと言い張る。それがもう4つもケーキを平らげた後であっても。私がバナナを食べていたら、自分にも1本

くれと頼む。たとえお腹がいっぱいであろうがお構いなしだ。私たちが食べているものなんでも欲しがって、お腹を壊している。もし私たちが「あんたはもうお腹いっぱいのはずよ」とでも言おうものなら、かんしゃくを起こして、私たちの両親が「頼むからヤフェットにあげて」と言わなければならない羽目になる。このこしゃくな小僧は、いつも自分の思い通りにしてしまう。

私はこっそりと台所に忍び込む。よかった、誰もいない。キャビネットからピーナツバターを持ってきて、冷蔵庫からいちごジャムを取り出す。次に、カウンターにお皿を置いて、バターナイフもそこに置く。パンを2枚お皿に取り出すと、ピーナツバターのふたを開ける。

ヤフェットが、ぴょこんと私の隣に来る。ドキンと心臓が跳ねる。背丈が低くてまだ頭がカウンターの高さに届かないのだが、ヤフェットの声が台所に響き渡る。「何してるの?」

「ピーナツバター&ジェリーのサンドイッチを作っているの」ボソボソと言う。「これは明日のランチにするのよ」

「へえ」ヤフェットはそこに立ったまま私のすることを見ている。「僕にも作って」そう言って、一瞬待ってからこう続ける。「ねえ、もし作ってくれなかったらサバおばさんに言いつけるからね。そしたらきっとおばさんはハーベンに『作ってあげなさい』って言うに決まってるんだから、今作った方がいいよ」

ヤフェットは正しい。大人はいつも、ヤフェットの味方だ。年下の従弟の脅迫から逃れたかったら、急いで何か思いもよらないことを考え出さなければ。

私はまじめな風を装って聞く。「目が見えない人は、ピーナツバターとジェリーのサンドイッチを作ることができるかな?」

ヤフェットは少し考えて答える。「できない」

静かに、平坦な声色を崩さずに言う。「私は目が見えない?」

「うん」

「それじゃ、もし目が見えない人がサンドイッチを作ることができないんだったら、私は作ってあげられないってことよね」

ヤフェットはそこに立っている。私がサンドイッチを作るのを見ている。私は瓶のふたを閉める。

「ああ!」台所から駆け出しながら、叫んでいる。「サバおばさん! ハーベンが言うんだ……ハーベンが……」少ししてから、かけもどってくる。「ハーベン」命令するような口調だ。「サバおばさんが、僕にサンドイッチを作らなきゃダメだって」

私は片方の眉をつり上げる。「でもさっき、目が見えない人は、サンドイッチを作れないって言ったよね? それなら、私はどうやってあんたにサンドイッチを作ってあげられるの?」

「でも僕、見たんだよ!」泣き叫びながらヤフェットは言う。

ヤフェットが自身の目で見たことが、社会から学んだ「真実」と矛盾しているのだ。その社会では、目の見えない人は能力がないと考えているからだ。考えが矛盾するとき、人はストレスを感じる。そこで、矛盾する考えのうちの一方をなかったことにして、調和を保とうとする。これが認知的不協和理論だ。たいていの場合、人はエイブリズムを支持しようとする。それを否定しようとすると、つまり大多数が支持する考え方に逆らおうとすると、意識的な努力をしなければならないからだ。私はヤフェットに、エイブリズムを否定してほしいのだ。もしヤフェットが、目が見えない人もサンドイッチを作ることができる、と言えば、私は作ってあげようと思う。

「私がサンドイッチを作るのを見たでしょ？　それは面白いよね。ちょっと考えてみない？　ということは、目が見えない人もサンドイッチを作れるってことになる？」

ヤフェットは少し考えて、こう答える。「作れない」

「それじゃ、私はサンドイッチを作ってあげられないな。ごめんね」

ヤフェットは足を踏みならして、台所から駆け出していった。

目が見えない人も実はサンドイッチを作れるのだ、という認識を受け入れるところまで、もう少しでたどり着いたのに。でもある日、ヤフェットがもう少し大きくなったら、きっと勇気を持って、エイブリズムを認めない、自分が見たものの方が正しいと言えるはずだ。

私だって、サンドイッチくらい作れるのよ。でもほら、「作ってください、お願いします」くらい言ってもらわなくちゃね。

第18章

決して、クマに背を向けて走り去るべからず

２００６年秋
オレゴン州ポートランド

タッパー容器をジャスティンとゴードンに差し出す。「母がこの感謝祭のお休みのあいだに作ってくれたの。キチャフィトフィトは、うす焼きパンを細かく割いたもので、ベルベレというエリトリアの辛いスパイスで味付けしてバターで焼いてあるのよ」

２人は手を伸ばして一つつまむ。バターとベルベレの入り混じった、エリトリアの香辛料の効いたいい匂いが、小さな部屋にふんわりとただよっている。エイキン寄宿舎の学習室には青いソファが壁の一方にあり、青いアームチェアが二つ、それから本やゲームがぎっしり詰まった高い本棚がある。ここなら、周りの騒音に邪魔されずに会話ができる。

「すごく辛いね」ジャスティンが少し咳き込みながら言う。「僕はたいていの人より辛いものは好きだけど、それにしてもこれは辛い」

私は眉を片方上げる。「たいていの人？　たいていのアメリカ人てことね。エリトリアの人にとっては、こんなの辛いなんてうちに入らないよ」

「そうだね」ジャスティンはもう一つつまむ。「ある意味、これって今日カフェテリア・ボンで出し

てた揚げパンみたいな感じだよね、これはベルベレの辛さがあるけど」

ああ、がっかりだ。「今日、揚げパンがあったの？」

「あったよ、ランチにね。メニューをもらえないの？」ゴードンが聞く。

「点字にもなっていないからわからないのよ。だから、列が長いところのおしまいに並んで、ここのはおいしいものかなあって予想してるだけなの」

ジャスティンがキチャに手を伸ばす。「それじゃ全部のステーションから一皿ずつもらってきて、ひとくち食べてみて、おいしいと思ったのだけ食べれば？」

私は顔をしかめる。「そんな食べ物を粗末にするようなこと！　それに、ランチのあいだずっと長い列に並ばなくちゃならなくて、つまらないし疲れるし、お腹が空いちゃうよ」

「ジャスティン、そしたらステーションの匂いをかいで判断すればいいじゃないかって言うんだろ？」ゴードンが言う。

私はタッパー容器をさっと引っ込める。「それを私に聞こうっていうの、ジャスティン？　それともゴードンが聞く？」ゴードンを「こらっ」という目でにらみつける。

「でも実際、君の嗅覚は僕のよりずっといいよ」ジャスティンは言う。「それは君が目が見えないからじゃなくて、僕はタバコを吸ってて年じゅう煙突みたいに煙を吐き出すもんで、匂いに敏感じゃないからだけど」

「ふうん」今度は当て付けがましくゴードンを見る。

「もっとキチャフィトフィトもらってもいい？」

「だめ」

「冗談を言ったんだよ。目が見えない人は全員嗅覚が優れているって思ってるわけじゃないよ」

ゴードンは言う。「それに、カフェテリアはいろんな料理を同時に作って出しているし、ステーションはすぐ隣り合っているだろう。匂いなんか全部混ざってるはずだよ」

タッパー容器を2人の方へと戻す。「いい回答だったわね。もしかしたら、人間とハスキーの違いがわかっていないんじゃないかと思ったけど」

ジャスティンが割って入る。「いつぞやなんか、こいつが僕を追っかけてきたことがあったから、僕はムース［アラスカに広く分布する世界最大のシカ。和名ヘラジカ］じゃないんだって説明しなきゃならなかったんだ」

私はジャスティンに向かって腕を挙げ、2人は手のひらをパチンと合わせてハイタッチをする。

ゴードンは腕を組む。「君たち南方の48州の人間は、いつだってそうなんだ。アラスカはムースとイグルーしかないと思ってるんだろう。たぶん、イグルーの中にムースがいるって思ってるんだろうな」

クスクス笑いの発作が止まらない。「ところでさ、49州でしょ？　ハワイ忘れてるわよ」

「そうだよ」ジャスティンも言う。「ハワイもアラスカから見れば南方だろ。なぜアラスカの人たちは、合衆国のその他の地域を指すときに、南方の49州って言わないの？」

「わからないな……」ゴードンはキチャフィトフィトを食べながら言う。「合衆国本土のことを指しているんだと思う。祖母は実際、49の星しかない国旗を持っていたよ。アラスカが合衆国に組み込まれて、ハワイが州になるあいだに作られた、貴重な国旗なんだ」

「へえ、すごいな！　その国旗、見てみたいよ」ジャスティンが言う。

キチャに手を伸ばす。「カフェテリア・ボンに、メニューのこと相談してみるわ」


次の日、ゴードンと一緒に、テンプルトン・キャンパスセンターの中にあるボン・アペティートの事務所へと向かう。

ドアのところに誰かが立っているのが見える。「すみません、クロードさんを探しているんですが」とその人たちに告げる。クロードはボンの支配人で、オリエンテーションのときにデールが紹介してくれた。

「クロードならデスクのところにいるよ」誰かが言う。その人についていき、隅のデスクへと行く。

「何かご用ですか？」デスクの向こうから男の人が言う。

「クロードさんですか？」

「そうですよ」

「私はハーベンです。オリエンテーションのときに、デールと一緒にお会いしたことがありますよね。メニューのことなんですけど、印刷されたメニューはカフェテリアの壁に貼ってありますが、私は目が見えないのでそれが読めないんです。目が見えない人でも読めるように、メニューを点字にしてくれませんか？」

「私たちがメニューを読んであげましょう。この事務所の誰かがやってくれますよ」

「私は耳も聞こえないんです。カフェテリアは騒音がひどいので、何を言われてもほとんど聞き取れません。でも騒音があっても点字メニューさえあれば問題ありません。学生支援サービスの事務所には点字プリンターがありますから、メニューを予め送ってくれれば、そこで点字に印刷してくれます」

「うーん、それはどうかな。メニューは直前に変更になることもありますから」

「そうですか」別の方法を考えてみる。「メニューを印刷しているということは、デジタルデータになっているということですよね？　そしたら、そのメニューをコピー&ペーストして、私にメールで送ってくれますか？　メールなら読めます。コンピュータに入っているスクリーンリーダーというソフトで、テキストを点字データに変換できるんです」

「それじゃ、メニューをメールで送るだけですか？　他に特別なことをしなくてもいいんですね？」

「そうですよ。ただ、内容をコピー&ペーストしてメールしてくだされば、私の方では読めますから」

「ずいぶん簡単なんですね」

「とても簡単ですよ。私のメールアドレスを書きましょうか？　ペンを貸してください」

それからの2、3ヶ月、クロードと私が話をしたメニューのメールは、ボンの事務所からときどき送られてくるだけだった。メールが来ると、人生バラ色だった。まっすぐベジタリアンのステーションへと直行し、時間も無駄にしないし、苦労も何もない。でもほとんどの日は、メールが来ないのだ。

そういう日は、当てずっぽうでステーションを選ぶしかない。もはや、数え切れないくらいの確率で、食べ物の載った皿を運び、テーブルを見つけ、ひとくち食べてみて、がっかりさせられてしまうので、そんな日を数えるのをやめている。

もう一度、私がボン・アペティートの事務所と直談判をするときに、ゴードンは付き添ってくれた。「メニューが読めないんです」クロードに話す。「ステーションにどんな食べ物があるのかわからないと、もどかしくストレスを感じます」

「誰かにメニューを読んでもらいましょう」クロードは申し出る。

「カフェテリアでは話が聞き取れないんです。でも、メニューをメールで送ってもらえれば、私のコンピュータで読めます。そうすれば、どのステーションに何があるか、よくわかりますから」

「ここの仕事はとても忙しいんです。何百人もの学生がいますよね。誰かにメニューを読んでもらうように頼みますから。それなら喜んでお手伝いします」

もどかしさが最高潮に達し、肺から空気がしぼり出されるような気がする。「そこが問題なんです――メニューを読んでもらっても聞こえないんです。耳が聞こえないから。だから、メニューをメールで送ってくれませんかと頼んでいるんです」

「ちょっと相談してみます」クロードはドアへと歩いて行く。「仕事に戻らなければなりませんので」それだけ言うと、私との会見を終わりにしてしまう。

ゴードンと一緒にセンターを出たとき、土砂降りの雨に殴られる。

傘を取り出すと、ゴードンに差し出す。「あなたの方が背が高いから、これ持ってくれる?」ゴードンは傘を2人の頭上にさし、叩きつけるような雨の中、シェルターの下を歩く。「ねえ、どう思う?」私が聞く。

「ひどいやつだ」

風のせいで雨が斜めから吹きつけ、傘をさしていてもほとんど無意味だった。コートをきっちり体に巻きつける。「最初に話したときは、クロードもいい人だったのに、でも今は……」

「あのカフェテリアはほんとにいやだね。寄宿舎に住んでいる学生の場合は、食事プラン込みだから、カフェテリア・ボンで食べなかったとしても、支払わされてることになるんだよ。それにカフェテリアで食べたとしても、すごく混んでるし、品切れになっちゃうんだから。運営がまるでなっちゃいない」

「僕だって料理が好きではないけど、カフェテリア・ボンで食べるくらいなら、料理をしたいよ。許可が出たらすぐにキャンパスの外に引っ越すんだ。確か規定では、学生は2年間はキャンパス内に住まなければいけないということだったよね」

「私もキャンパスの外に住みたい」

白杖で段を確認しながら、階段を下りて行く。「ね、覚えてる? ジャスティンとあなたに白杖を使って目を閉じて階段を下りてみてって言ったときのこと?」

「ジャスティンはびっくりするほど上手だったな。いろんな震動の調子を感じることで周りにあるものを感じることができるんだね」

「うん、あれは面白かったよね」

ゴードンは図書館の前で止まる。「それで、これからどうするつもり?」

途方にくれて、深いため息をつく。「レポートの締め切りが2本あって、それに試験が一つあるの。次の食事のことを心配している場合じゃないのよ」傘をぐいっと引っ張る。「授業に行かなくちゃ。クロードのところに行くのにつきあってくれて、どうもありがとう」

「もちろんだよ。1人でカフェテリア・ボンとやりあわなくちゃいけないなんてことはない」ゴードンは傘を返してくれる。でもゴードンの言葉こそが、その連体感を分かち合う大切な言葉こそが、このひどい天気から私をかばってくれたのだ。図書館から無理やり自分を引き離し、雨に濡れた靴を引きずりながら重い足取りで、授業へと向かう。

カフェテリアのこのひどいサービスを受け入れてしまえばいいのかもしれない。少なくとも、食べ物はあるのだから。世界中で、飢えに苦しむ人は何百万人といる。今の私と同じ年頃の母は、スーダンの難民だった。それに引き換え、私は奨学金全額で学費をまかなってもらいながら、優秀なアメリカの大学に通っている。どんな文句を言えた身分だというのだ? 他の大学に通う、視覚障害のある学生たちは、授業のための教材が自分たちの使えない形式なので、大変な苦労をしている。それに対して、ルイス・アンド・クラーク大学では、私のために教材を点字にするというすばらしい仕事をこなしてくれている。クロードの態度は、「あっちへ行きな、もう文句を言わずに、自分が享受しているものをありがたく思え」と言っているようだった。クロードが正しいのかもしれない。もっと感謝の念を持つべきなのかもしれない。

その夜、カフェテリア・ボンは私に夕食メニューのメールを送ってくれなかった。翌日の朝食メニューも送られていない。

「ランチメニューは？」ゴードンが聞く。２人で、エイキン寄宿舎の学習室で宿題をしているところだった。

「うん、ランチメニューは送ってくれた」そこで眉を上げてみせる。「ランチの後になってからね」

「えっ、なにそれ？　ランチが終わってからランチメニューを送ってよこしたの？」

うなずく。

「なんてこった。もう２００７年なんだよ！　メールを送るなんて、これ以上簡単なことはないはずなのに。なまけてるだけなんだな」

「私、食料補給がままならない村で暮らしたことがあるのよ。たとえ食事が十分でない状況下でも生きていけと言われれば、そうするわ。でも、ボンには食料が不足しているわけじゃない」

「なんとかして状況を変えなきゃ。どうすればいいんだろう」

私は肩をすくめる。「わからない。クロードにメールで聞いてみる、どうしてこんなにたまにしかメニューを送ってくれないのかって」

「そうだね。どんな返事が来るかな」

週末にかけても、メニュー送信の頻度は変わらない。月曜日に、クロードからついに返事が来たので、その午後、ゴードンと一緒に図書館のコンピュータ室に行き、メールの内容を見せる。

ハーベンさんへ

ランチの前に事務所にいなかったのですが、3時には戻ってメールをチェックしました。おそらく今回起こったことは（そして過去にも起こったことだと思います）、担当者がちゃんとメールを作成したのにもかかわらず、送信ボタンを押さなかったのです。それで、私が戻って新しいメールを取得するまで、送信用ボックスに入ったままになっていたのです。ご迷惑をかけて、ほんとうに申し訳ありません。ハーベンさんの言う通り、ちゃんと時間をかけて入力してメールを作成したのに、送信しないなんて、おかしなことはありません。何か手違いがあったのでしょう。

どうかご理解いただきたいのですが、私たちは、ハーベンさんを手助けしようとしていることは確かです。ただ、このサービスは私たちが提供しなければならない項目として契約内容に含まれてはおらず、大学当局とは違い、私たちのところでは、特別支援が必要な学生のためのスタッフを揃えておりません。できる限り、ハーベンさんをお手伝いしようとは思いますが、私たちが要請されていないことをきちんとやってくれると期待するのは合理的ではありません（そうした要請に応えられる、もしくは応えようとする、応えようと確約する、と表明したことはありません）。また、そうした支援が滞りなく得られるものと期待するのも、理不尽です。朝昼晩のメニューのどれかが送信されないこともあるし、メールが遅れて到着することもあるのです。ハーベンさんを個人的に支援するだけのスタッフが揃っていないのです。

テーブルに近づく。「何個か入った?」

「二つ入ったよ。ほら」ジャスティンは私にキューを手渡す。キューを手にした感覚はなんだか懐かしい。あ、白杖のいとこみたいなんだな。「次にやる?」

何週間ものあいだ、ずっとのけものにされていたのだ。こんなふうに、ささいなことだが、仲間にならない?という誘いを受けると、それだけで目が回りそうになる。「うん……白いボールはどこ?」

ジャスティンは、テーブルの左側を指差す。私はそちらへ歩いて行き、緑色のテーブルに近づいてのぞき込む。私の視界にはボールが三つ、ゆらめいて見える。ただ、ボールの正確な場所まではわからず、だいたいテーブルの左側にあるのだなというところまでしか把握できない。私は手を伸ばして正確な位置を図ろうとする。

「ハーベンがずるしようとしてるぞ!」ゴードンが私の手を指差す。

「ボールを動かそうとしてるんじゃないよ、どこにあるのかを触って理解しようとしてるの」私はボールを触り続ける。

「知ってるよ。からかっただけだよ」

私は姿勢を起こして彼に向き合い、キューを手のひらにポンポンと軽く跳ねさせながら言う。「それはあんまり賢い選択じゃなかったわね。スティックを持った誰かさんにけんかを売るなんて」

「気をつけろよ、ゴードン!」ジャスティンが笑いながら声を張り上げる。

「見てるからな」ゴードンはテーブルから少し離れた。

もう一度、ボールのありかを確認し、白いボールに狙いを定める。コン! ボールがテーブルの上

1000人以上もの学生を対象に1日3食の食事をまかなうために、日夜努力しているわけですから、サービスの全てに関して生じる、様々な問題に対処しなければならないことを理解してほしいのです。その中で、可能な限りの支援をハーベンさんに割いているのです。

大学当局の関係者の何人かと話しましたが、ハーベンさんにとっては満足いかないことかもしれませんが、学内でどなたか常に手助けしてくれる方を自分で見つけるようにお勧めします。

敬具

クロード

「なんていやなやつだ!」ゴードンはコンピュータ画面をもう一度のぞき込む。「障害者向けの魔法みたいな解決方法が、大学のどこからか出てくるもんだと思い込んでやがる。そう思い込んで、自分は障害者のことを考えなくてもいいと決めつけてるんだ。メニューを持ってるのはこいつじゃないか、学生支援サービスじゃないんだぞ」

「それに、学生支援サービスの方からもクロードにメニューを私に送るようにと頼んでいるのよ。デールが点字にしてくれるって言ったんだけど、そうするためにはボンの事務所がメニューを送ってくれないことには何もできない。さて、どうしようか……」そこで言葉を切って考えをまとめる。

「メールの最初の方に、入力するって書いてあるわね。メニューは印刷して、入り口近くの壁に貼ってあるんでしょ?」

「そうだよ。マイクロソフトのワードで入力して印刷し、壁に貼ってるみたいだ。だったら、メニューをもう一度わざわざ入力しなければならない理由はないよ。ファイルからテキストをコピーして、それをメール文書にペーストすればいいだけだ。あとは、送信ボタンを押すのを忘れなければよし、と」

「そうよ」半笑いの顔になる。「おかしいよね。メールをうまく送れないんだ、って内容を、メールで送ってきてるんだから!」首を横に振る。「ここだけじゃなくて他のところでもそうなのよ。障害のことを考えたくないものだから、障害者の便宜を図りたくないって拒否するの。障害者にサービスを提供することを、やってもやらなくてもいい、慈善事業みたいなものだと思っているのよ。私たちの『特別支援ニーズ』ってやつは、障害者の専門家だけができることだと、頭から決めてかかってる。その用語って、とても屈辱的だよ。食べることは万人に共通のニーズでしょ、何も『特別』なニーズってわけじゃない」

「障害のある学生にサービスを提供しなければならないって、法律で決まっているんじゃないの?」

「アメリカ障害者法（Americans with Disabilities Act：ADA）を読んでみなくちゃ。私のコンピュータ、返してくれる?」ゴードンは自分が座っている車輪のついた椅子を滑らせて、自分のラップトップの置いてある机へと戻り、私は自分のコンピュータを使うために椅子を近づける。それから1時間かけて、アメリカ障害者法の内容に熱中する。中には読んでいて心強く感じるところもあったが、よくわからないところもあった。それから、クロードへの返事を下書きし始める。

クロードさんへ

ボン・アペティート社は、障害者がそのサービスにアクセスできるようにするための、アメリカ障害者法に基づく法的な義務があります。

御社に対し、アクセシビリティを確保し、私が利用できる形でメニューを提供してくれるようにと、これまで依頼してきました。私は盲ろう者であるため、印刷されたメニューは読めませんし、騒音レベルの高いカフェテリアで誰かがメニューを読み上げてくれても聞こえないからです。私のコンピュータには画面上のテキストを点字データに変換するソフトウェアが入っていて、御社がメニューをメールで送ってくれれば、私はメニューにアクセスしてそれを理解することができます。

ご理解いただきたいのですが、私は個人的なお願いごとをしているのではなく、御社に法律を遵守していただきたいと言っているのです。アメリカ障害者法の第3編は、御社のような公共施設に関するものですが、障害者を差別することを禁じています。もし、私のアクセシビリティを拒否し続けるのであれば、法的手段を取ります。

御社は今後、私がメニューを利用するためのアクセシビリティを確保するよう、一貫した努力を払ってくださいますか？

敬具

ハーベン

メールをもう一度見直して、ボン・アペティート社の経営幹部のメールアドレスを探して、CC欄にそのアドレスを入力する。学生生活課の課長と、学生支援サービスのデールのアドレスも入れる。メールをもう一度見直して、これでいいと満足して送信ボタンを押す。

あれ、ちょっと待って。訴訟はどうやって起こすんだっけ？　障害者権利の弁護士なんて知らない。弁護士を雇うお金なんてないし。新しい疑問がどんどん生まれ、疑惑が増えていく。クロードが返事をくれるまで、どのくらい待つのだろう？　もしクロードが私に同意したとして、彼が本気でそれを言っているとは、どうやったらわかるだろう？

でもこの大学は、こうした未知なるものにとりかかるにはうってつけの場所なのだ。ルイス・アンド・クラーク大学は、アメリカ開拓者の伝統を重んじている。なんといっても、この大学の中央には、サカジャウェアの銅像が据えられている。サカジャウェアは、メリウェザー・ルイスとウィリアム・クラークの探検隊の通訳として活躍した、アメリカ先住民の女性である。大学のフットボールチームはパイオニアという名前だし、大学新聞も『パイオニア・ログ』と名付けられている。学内を走るシャトルは「パイオニア・エクスプレス」だし、シャトルの終点はもちろん、「パイオニア広場」だ。

大学の建学精神たる開拓者魂が、この方向で努力をし続けるべきだ、と私を奮い立たせる。学内で相談をした誰もが、学生支援サービスから学生生活課の課長補佐まで、ボン・アペティート社に対し、メニューへのアクセシビリティを確保するようにと頼んでくれた。どうやって説得すればよいかわからないが、私は努力し続けると決めたのだ。あのメールを送るところから始めたのは、よかったと思う。それに、アメリカ障害者法について学ぶのは、長い目で見て私のためになるはずだ。またこの後も、障害者が利用可能な便宜を図ることを拒否するという、似たような場合があるに違いないが、そのときはどうすればよいか、もう知っている。

次の日のランチで、ゴードンと一緒にカフェテリアの隅のテーブルに座っている。私たちの後ろの二方の壁が、周りの騒音を吸収してくれる。

「クロードから何か連絡あった?」ゴードンが聞く。

「まだなんにも」チーズとマッシュルームのケサディーヤをぱくっとかじる。

「それはそうだろうね」ゴードンも自分のケサディーヤを食べる。「今朝、母から電話があったんだ。ガレージにクマがいたって」

「ええっ?」息を飲む。「今、お母さんがガレージにクマを見つけたって言ったの?」

「うん、クマはガレージのドアを開けて中に入り込んだんだね」

心配そうな顔を向ける。「それで、家族みんなは大丈夫だったの?」

「うん、みんな大丈夫。クマは母屋の方まで来なかったんだ」

「ああよかった！　アラスカには住めないなあ、私。ねえ、クマに出会ってしまったら、どうすればいいの？」

「大事なことは、走って逃げてはいけないということだよ。決して、クマに背を向けて走り去るべからず。あ、クロードが来たよ」

大柄な男の人が私の隣にやってきて椅子を引く。「こんにちは、今日の調子はどう？」

不安のあまり体が緊張する。声がよく出ない。「はい、おかげさまで。クロードさんは？」

「いいですよ。ところで、メニューのことですが、ほんとうに申し訳ありませんでしたね。やり直ししましょう。関係者全員に話をつけたので、これからはもっとよくなりますよ」

これまでクロードとかわした会話の記憶がよみがえり、深い疑惑に包まれる。「それでは、メールを時間通りに毎回送ってもらえますか？」

「そうですよ。これがとても重要なことだということは、事務所の全員が理解しています」

深く息を吸う。「どうもありがとうございます――感謝します」時間が経てば、クロードが約束を守るかどうかは判明するはずだ。

「よかった」クロードは立ち上がり、何かをテーブルの上に置く。「チョコレートチップクッキー、召し上がってください」

私は手を膝の上に置いたまま、うなずいてみせた。

「他に何かしてほしいことがあれば、また連絡ください」クロードは行ってしまう。

ゴードンが私の方に体を寄せる。「誰かが尻をけとばしたんだな」

「どうやらそのようね。でも、向こうが約束を守るってどうすればわかるんだろう?」クッキーを一枚、自分の方に引き寄せる。「これって、オリーブの枝［和平を申し出る象徴］かな、それとも口封じのクッキー?」

「ハーベン!」

私は笑い出し、緊張を吹き飛ばす。「食べようかどうしようか、迷ってるのよ」プラスチックの包み紙に覆われた大きめのクッキーは、柔らかくてまだ温かい。オーブンから出てきたばかりの焼きたてみたいだ。手に持って裏側にひっくり返したりして、どうしようか考えあぐねてしまう。包み紙をはがすと、温かいチョコレートの匂いが充満し、思わずつばを飲み込む。「もう一度、チャンスをあげてみるね。お手並み拝見といこう」

1年後、ボン・アペティート社はまるで変わった。クロードは約束を守ったし、事務所はアクセシビリティを実現するメニューをちゃんと送ってくれている。メニューを知っていると、不協和音に満ちたカフェテリアに入るときのストレスは格段に減る。ちゃんとベジタリアンを選んで食べられる。障害者のアクセシビリティを阻むバリアは、慈善事業ではなく、公民権の問題であると規定したことが、カフェテリア文化を変えたのだ。

メニューには、第2ステーションにチーズ・トルテッリーニがあると書いてあるので、まっすぐそこへ向かう。「チーズ・トルテッリーニください」自分の番が来たとき、係の人に告げる。係の人は、私のトレイにお皿を載せてくれる。「ありがとう」

壁際のテーブルの方が静かなので、そちらへと向かう。テーブルに近づき、歩みを落として、空席がないかどうか、目をこらして見る。最後のテーブルまで来てみたが、そこも満席だ。

女の人が私の隣に来る。「お友だちを探しているの?」

戸惑って、その人の方を見る。「ええ……」

その人は歩き出し、私は後をついてゆく。壁際の二つ目のテーブルで足を止める。「ほら、彼はここよ」

テーブルに座ったその人のところへ行くと、長い白杖がその人の傍に置いてあるのが目に留まる。

「ビル! こんにちは」

「ハーベンだね、こんにちは」ビルはニューメキシコから来た1年生で、同じく目が見えない。みんなはビルに大きな声で話そうとするので、そのたびに自分はハーベンではないと説明しなければならないそうだ。

女の人が立ち去るときに、私は謝意を述べる。それから椅子に座る。「あのね、席を探して歩いてたんだけど、そしたらさっきの人が近寄ってきて『お友だちを探してるの?』って聞くのよ」

「それで君を僕のとこに連れてきたっていうわけ?」

「そうそう!」

「だって、目が見えない人同士は、全員お友だちのはずだから、かな」

「そうらしいわね!」笑いながら、食欲をそそられる熱いチーズソースのかかったパスタへとフォークを突っ込む。「ねえ、ビル、カフェテリア・ボンはビルにもメニューをメールしてくれる?」

「うん、とっても助かってるよ」

「そう、ちょっと聞いてみたかったの。でも耳が聞こえるでしょ？　誰かにメニューを読んでもらうこともできるじゃない」

「ときどきはね。でもカフェテリアはすごくうるさいところだし、僕にとっても話す声はよく聞こえない。だからメールでもらえると、とても助かるんだよ」

「そうだったんだ。耳が聞こえる人でもここは聞こえにくいって、知らなかった。メニュー送ってもらって、よかったね」

ビルから答えが返ってきて、びっくりするようなことに気づかされた。私が権利擁護をした結果、私たちのコミュニティ全体に影響を及ぼしたのだ。現状を変えるように努力した結果、私だけではなく、視覚障害のある、ルイス・アンド・クラーク大学にこれから入学する未来の学生たちのためにも、アクセシビリティが確保されることになったのだ。私が利用できる形でメニューを提供してもらうために、こんなにまで努力して時間を費やすべきなのか……とそのときは思っていた。しかも、このまま我慢するべきなのかもしれない、とまで考えたときもあった。しかし、問題に背を向けて逃げ出しても、その問題はなくならない。クマから逃げ出せば、そいつは追いかけてくるのだ。自分の立ち位置をしっかり守って立ち向かわなかったとしたら、この問題は大学在学の4年間、ずっとついて回ったかもしれない。

ビルと話した後、オンラインで全国の法科大学院を調べ始めた。ほんのちょっとした、好奇心が生まれたのだ。

第19章

冷酷な真実をつきつけるアラスカ

2008年夏
アラスカ州ジュノー

「あなたを雇うべきではありませんでした」その事務所の所長さんの言葉で、背中に氷河のような冷水を浴びせられたような気がする。

大学の2年目が終わってすぐに、アラスカのジュノーに飛んだ。州議会議事堂のツアーガイドをする、とてもいい仕事をつかんだと思い込んで。私を雇ってくれた担当者は、私の耳が聞こえないと知っていた。ツアーのあいだの質問やコメントは、補助器具のテクノロジーを使うということで、同意していたはずだった。私の人種もちゃんと知っていた。申請書には、アフリカ系アメリカ人というところにチェックマークを入れたから。ただ一つだけ、私が州議会議事堂に着くまで、先方が知らないことがあったのだ。今日の午前中にオリエンテーションに行くと、所長が私を呼び止めた。所長室は狭く、窒息しそうな思いがする。向き合って座ると、もう膝と膝がくっつきそうだ。私は口を開く前に、背筋を伸ばす。「私の目が見えないから、雇ってもらえないのですか？」

「そうではなくて、あなたがカリフォルニア出身だからですよ。こうした仕事は、アラスカ州民に回すべきものなんです」

気持ちがどすんと落ち込み、座った姿勢のまま言葉も出ない。その最初のショックは、次第に不当な仕打ちであるという認識に切り替わる。「申込書には、私がカリフォルニア出身であることが書いてありました。私がここの住人でないからこそ、面接は電話で行ったのです。そのことは、何週間もご存知でしたよね。もしこの仕事がアラスカ州民だけのものであれば、なぜ私を雇ったのですか?」

「手違いだったのです。申し訳ありません」

外に出ると、ジュノーの町にはしとしとと雨が降っていた。寒さがコートの中にまで忍び込み、お腹にぽっかりあいた大きな穴に、不安をいや増してくれる。誰も私を雇ってくれないんだ。

ゴードンにはツアー会社のアルバイトがある。ゴードンの妹も、別のツアー会社で働いている。弟は子ども向けサマーキャンプの引率の仕事がある。ゴードンのお父さんは、自然と野生動物を撮影するツアーを率いている。ゴードンの実家に居候している別の友だちは、非行や虐待から青少年を救うための仕事をしている。ゴードンのお母さんのローリーは、音楽の先生だ。仕事がないのは、私1人。

州議会議事堂まで迎えに来てくれたローリーは、家までの道のりのあいだずっと、私を解雇した事務所を非難し続けた。「もっといい仕事がきっと見つかるよ、ハーベン。ジュノーは夏の仕事ってたくさんあるから」

私はただ、うなずいた。気落ちのあまり、言葉は出なかった。

森の中の居心地よさそうな家に着くと、まっすぐコンピュータに向かう。クレイグスリスト［求人広告や不用品売買のサイト］には、求人広告がたくさん出ている。ローリーの言っていることは、正しかった。ジュノーでは、公的機関の仕事の次に、観光産業の仕事が多かった。目を見張るような景色や野生動物の数々、そして壮大なメンデンホール氷河をお目当てに、毎年夏になると、百万人を超える観光客がジュノーを訪れる。そのために夏のあいだ、ジュノーは南方48州の州民からのアルバイト人員に頼ることになる。もちろん、求人広告にはジュノーの長雨のことなど、どこにも書いていない。

それから何週間も、私は無数の求人申込書を送りまくった。私の得意のパブリック・スピーキングが活かせるアルバイトだけに焦点をしぼる。マリで学校を建設する手伝いをしてからというもの、その体験をいろいろな場所で話していた。小さなグループから大勢の聴衆までを対象に、そうした経験があったからこそ、ジュノーの州議会議事堂の人事課の担当者は、アラスカ州民ではない私を選んでくれたのだ。少なくとも、私が白杖を手に事務所にやってくるまでは。申込書を送ると面接に呼ばれるが、面接の後には決まって不採用の通知が来る。クレイグスリストに戻り、応募する対象を広げてみる。読み書きに分析スキルが必要な求人にも応募してみることにするのだ。しかしその後のパターンは同じだった。求人に応募し、そこから面接に挑戦するも、あえなく不採用となる。そこでまた戦略を変えて、もう職種を選ばず手当たり次第に応募する。土産物屋での商品陳列、ベーカリーでケーキを焼く仕事、ホテルで洗濯物をたたむ仕事……。それでも、不採用の嵐に見舞われるのだ。

障害者相談の相談員からは言われていたのだ。人一倍、努力しなければ、仕事は見つからないよ、と。視覚障害者の70パーセントは無職だ。私は学校でも一生懸命勉強し、高校では卒業生総代を務めた。ルイジアナ視覚障害者センター（Louisiana Center for the Blind）でひと夏過ごし、自立するためのスキルを身につけた。大学のＧＰＡ〔Grade Point Average の略。主としてアメリカの大学入学選抜方式として用いられる、学生の成績評価の値〕も申し分ない。履歴書には、ボランティアの経験も書いてある。それでも、視覚障害者の70パーセントが無職という事実は、私にも当てはまるのだ。しかも、ここジュノーでは仕事があり余っているというのに。

あらゆる努力を払っているにもかかわらず、そのたびごとに社会に押しつぶされると、お腹をねじられるような、差し込まれるかのような痛みを感じる。努力すれば報われる、という世間一般の考え方を疑いたくなる。

ゴードンは励ましてくれるが、それを聞きたい気持ちにならない。夜は10時まで日が沈まないという、すばらしいアラスカの長い夏の日を喧伝したのは、ゴードンなのだ。ここなら、夏のあいだのアルバイトが必ず見つかる、と約束してくれたのに、私は雇用差別を味わっている。

目が見えないということは、単に視覚が欠けているということにすぎない。それなのに世間は、障害があるということを不条理なまでに拡大解釈するのだ。障害者は無能であるとか、知能が劣っているとか、別の方法を用いて貢献することもできないと考えてしまう。この考えこそが、長年のあいだ助長されてきた、障害者は障害のない人々に比べて劣っているとする考え方だ。どこへ行こうと、私がどんなに努力しても、このようなエイブリズムにからめとられてしまう。

ローリーはチョコレートマカロンを焼いてくれる。コンピュータに向かう手を休めて、温かいチョコレートの香りに誘われる。ほんの少しのあいだだけ。みんなが仕事をしているあいだ、ローリーは坂道の急なパーサヴィアランス・トレイルに滝を見に行くハイキングに誘ってくれる。暖かい太陽の光を顔に浴び、草や木々のあいだを流れる森林の川からの匂いを胸に吸い込むと、私が無職である――もしかしたら一生――ということを忘れられる。

ローリーは、友人のレイチェルに私を推薦してくれた。地元のフィットネスジムの所長をしている人だ。レイチェルは私の履歴書を見て面接に呼び、受付担当のパートタイムアルバイトとして雇ってくれた。ジムを説明してくれるとき、レイチェルはマシーンの動かし方や更衣室の掃除、受付でのレジの使い方を教えてくれた。私が白杖を持っていても、まったく動じなかった。仕事をきちんとこなすことさえできれば、そのために視覚を用いようが視覚を使わないテクニックを用いようが、構うことはなかった。

ある日、女性のお客さんが受付にやってきた。「ランニングマシーンが動かないのよ」

「見てみましょう。どのマシーンですか?」その人について、マシーンが並んでいるところまで行くと、その人は二つ目のマシーンのところで立ち止まる。白杖を床に置き、マシーンに乗ってボタンを押してみる。動かない。パネルにある、もう一つのボタンを押してみるが、やはり動かない。両手を使って、上から下までマシーンを触って確かめる。台の下の方に、スイッチを見つける。それをパチンと入れると、ブウンという音を立ててマシーンは動き出した。

「あら、ありがとう! よかったわ。そんなとこにスイッチがあるなんて、見えなかった」その人は言う。

私の唇は、面白そうにニコッと上向きになる。「私にだって、見えませんでしたよ」

2人で、面白そうに笑う。ほっとするような、魂を浄化するような笑い。

視覚に頼るテクニックよりも、触覚に頼る方が勝ることもある。いつの日か、障害のある人たちにも才能があるのだ、とみなが気づく日が来るのだ。

第20章

地震を起こす、ちっちゃな犬

2009年夏
ニュージャージー州モリスタウン

「マキシーンを信頼しなくてはだめだよ」指導員が告げる。指導員のジョージと私は、ニュージャージー州モリスタウンのダウンタウンにある、歩道に立っている。この夏休みは、雇用差別と闘うのを諦め、盲導犬とのトレーニングをすることに決めたのだ。「ハーネスを通して、マキシーンが何をしようとしているのかを感じるように」

私はうなずく。マキシーンは、シーイング・アイ社（The Seeing Eye）で高度な訓練を受けた盲導犬だ。生まれてからの2年間をこの施設で過ごしている。同社は、アメリカで最も由緒ある盲導犬訓練センターだ。これまでの何ヶ月ものあいだ、ジョージはマキシーンを訓練して、盲導犬として役立つように準備しておいてくれた。

「マキシーンが間違ったことをしたら、『ノー』と言って直してあげるんだよ。もしその間違いが重大なミスだった場合は、『フーイ』と怖い声で発音して」と言われる。「フーイ」とは、ドイツ語で「とても不愉快である」という意味を表す。「でも、褒めてあげる方が大事。だからたくさん褒めて励ましてあげるんだよ。マキシーンが盲導犬として誘導してあげたいと、自分から思うように仕向けてあげるんだ」

　マキシーンの目線と同じ高さになるように膝をつき、毛並みをなでてやる。「いい子ね、マキシーン」

　ジャーマンシェパードにしては、マキシーンの体格は小さい方だった。体重は50ポンド［約22・7キログラム］しかなく、並みのシェパードの半分くらいだったが、そのサイズは私にぴったりなのだ。なめらかな黒と褐色の毛並みを持ち、かわいらしい耳のところの毛はふわふわしている。とんがったかわいい鼻先を私の手に押し当て、もっとなでてくれと要求する。1日一緒にいただけで、私はマキシーンに夢中になった。

「マキシーンを連れて、この辺をぐるっと一回りしてみよう。まずは次の四つ角まで行こうか」

「はい」立ち上がり、体勢を整える。シーイング・アイ社特製の綱とハーネスを、左手で持つ。柔らかな革のストラップが犬の背中と胸、前の方に巻きついている。バックルを使って長さの調節ができるので、ちょうどいい具合に犬にフィットさせられる。ストラップにつながっているのが軽い持ち手で、マキシーンの背中あたりに位置している。左手で持ち手を握り、右手でジェスチャーをする。

「マキシーン、ストレート、ゴー」

　マキシーンは前進し、私の腕はぐいっと引っ張られる。ついて行くために駆け足になる。しばらくして、ダンスの経験を思い出し、つながっている部分が多少ピンと張っている方が、リードする方にしてみればやりやすい、ということに気づく。ハーネスの持ち手がピンと張っているのを感じながら、駆け足から少しスピードを落として、早足で歩く方に切り替える。重心を真ん中に置くように気をつけながら、４本足で早歩きのマキシーンに歩調を合わせるべく、長めの歩幅を取って早足になる。と、歩道の割れ目に左足が取られ、あっとつまずくが体勢を立て直して、そのまま歩き続ける。マキシーンは歩き続けている。靴の中で、足指にぐっと力を入れて上向かせ、つまずかないよう気をつける。その後も、でこぼこした歩道に誘導されるが、今度はなんとか体勢を立て直すことができた。歩道がなくなるところまで来ると、マキシーンは止まる。

「グッド！」私は耳をなでてやる。

「どうだった？」ジョージが聞く。

「とてもよかったです」

「早足すぎなかった？」

「いいえ、とても面白かったですよ」

「そうか。もし歩くのが早すぎたら、もう少し遅くなるように伝えることもできるよ」

「わかりました」

「左に曲がって、このブロックの終わりまで歩くようにマキシーンに伝えて」

「マキシーン、レフト」マキシーンは左に曲がる。「マキシーン、ストレート、ゴー」

マキシーンは歩み始め、私は大股で歩きながら追いついていく。息を深く吸いながら、重心を真ん中に保つように意識する。でこぼこした路上を足が滑るように動いていく。次の四つ角でマキシーンはちゃんと止まる。

「グッド！　マキシーン、グッド！」私はしゃがんでマキシーンの首をなでてやる。

「今の、とてもよかったよ」ジョージが言う。「続けていこう」

私は立ち上がる。「マキシーン、レフト」方向を転換してから、マキシーンに再び前に進むように指示を出す。

左手が強くぐいっと引っ張られるのを感じ、それに合わせてすぐに歩き始める。早足の大股で歩きながら、全身の神経をマキシーンにつながっている革のハーネスに集中させる。マキシーンが足を前に出すたびごとに、その振動がハーネスから持ち手へと伝わり、小さな揺れを感じる。左、右、左、右。ハーネスの持ち手から伝わってくる感覚の豊かなことに、驚いている。

足が何かに激突する。あっ、転びそうだ。手足をバタバタさせて、最後のところで完全に転ぶ前にふみとどまる。体勢を立て直しながら、足が震える。

ジョージが追いつく。「フーイ、と言って」

声が喉の奥につっかかっている。深く息を吸って、「フーイ」という断固たる声をしぼり出す。

マキシーンは後ろに戻り、立腹したそぶりを見せる。私だって、腹が立っている。マキシーンのせいで、植木鉢へと激突するところだったのだ。

「怪我をした?」ジョージが聞く。

私、怪我をしたかな?と少し考えてみる。「いいえ」

「よかった。それじゃ、右に曲がってまっすぐ行き、歩道に戻ろう。それからまたこのあたりを回って歩こう」

少しためらい、小さな犬を見下ろす。私をつまずかせたんだ、この子が！　シーイング・アイ社の犬が、私を転ばせようとしたんだ。

綱とハーネスを正しく調節し直す。「マキシーン、ストレート、ゴー」マキシーンは2歩だけ進んで、止まる。私は声色に命令口調を込める。「ストレート、ゴー」マキシーンは歩き始める。「マキシーン、レフト」何歩か進んだ後、マキシーンは左に曲がる。歩道に戻ると、マキシーンは歩みを早める。またしても転びそうになり、つまずかないようにつま先を上向ける。四つ角まで来て、歩みを止める。

「褒めてあげて」ジョージが言う。

疑わしい気持ちを込めてジョージを見る。「でもマキシーンのせいで転んだんです」

「それはさっきのことでしょう。間違いをしたときに、もう直したはずだよ。何か正しい行いをしたとき、マキシーンは褒められると思っている。君をこの四つ角まで案内してあげたのだから、マキシーンを褒めてあげて」

「わかりました」かがんでマキシーンの耳をなでてやる。「グッド！　マキシーン、グッド」立ち上がる。「なぜマキシーンは私をつまずかせたんですか？　ジョージさんがちゃんと訓練したはずなのに」

「犬と人間との間に関係性を築き上げるには、時間がかかるんだよ。1日目から何もかもうまくいくようなら、3週間半のトレーニングプログラムなんていらないはずだよね。だから我慢して、時間がかかることを忘れないで」

疑わしげに渋面を作ってしまう。まだもやもやした気持ちが収まらない。

「中に戻ろう」ジョージが先に立って、トレーニングセンターへと戻る。ソファやアームチェアがしつらえてあり、生徒や指導員が集まっている大きな部屋へと入る。

空いているソファを見つけ、そこに腰を下ろす。「マキシーン、シット」そう言ったのに、マキシーンは無視したので、やさしく腰を押してやる。「グッド」

「ハーベン、こんにちは！」ソファのもう一方から、女の人が声をかける。「お散歩はどうだった？」ケイアナはシカゴから来ている人で、3頭目の盲導犬を訓練しに来ているところだった。初心者の私の質問を嫌がらずに受けてくれる。

ケイアナの方へ近寄って、座り直す。「マキシーンが私を殺そうとしたの」

「なんですって？　何があったの？」

事の成り行きをケイアナに説明すると、ケイアナは笑う。「ハーベン、それは誰にでも起こるのよ。トレーニングのあいだ、犬は失敗するものなの。あなたの犬を信頼してあげて」

「信頼していたら、そのせいでつまずいたんですよ！」

「あら、でもわざとじゃないわよ」

ボソボソした声で不平を言う。「うん、まあ、そうですけど」

ケイアナはくっくっと笑う。「ねえ、いい？　これからは必ずよくなっていくから。デートみたいなものよ。最初のデートの日はぎこちないけど、時間が経つにつれて、2人の絆は強くなっていくの」

私の足元で、長々と寝そべっている犬を見下ろす。「きっとそうなんでしょうね」私が立ち上がると、マキシーンもさっと立ち上がる。笑みがこぼれる。「何か読むものを取ってくるね」かがみこんでハーネスをつかむ。「マキシーン、ストレート、ゴー」マキシーンを先頭に、部屋の真ん中を通る。と、マキシーンが立ち止まる。のぞき込むと、マキシーンはしゃがみ込み頭は下に折り曲げられ、尻尾がまっすぐピンと立っている。なんだかわからず、ただそこで見ているうちに気づく。あ！　おしっこをしているんだ！　室内でおしっこするなんて！　北極の風に吹かれたかのように、手足が硬直して動かない。そのとき、ジョージのアドバイスが氷の隙間から入ってくる。マキシーンの耳に近づき、「フーイ！」と言う。マキシーンはおしっこをやめない。自分のできる限りの怖い声音を出す。

「フーイ！」

「よくできました、間違いを直したのね」別の指導員、ペギーがやってくる。「大丈夫よ、後で掃除をしておくから」

そうはいっても、ためらってしまう。私の犬の失態なのだから、私が掃除するべきではないだろうか？　でも、指導員の方から申し出てくれたのだ。「ありがとうございます」と言い、マキシーンに歩き続けるよう、手を振る。「ストレート、ゴー」点字雑誌を手にソファに戻り、文句を言う。「マキシーンが、さっき室内でおしっこしちゃったの」

「ボブの犬もさっきここでしてたわよ。トレーニングの最中って、お行儀よくできないことがよくあるの」ケイアナが説明する。

私は首を振る。「みんなよく訓練されてると思ったのに」

「訓練されてるわよ。でも言ったでしょ、絆を強くするのには時間がかかるの」

膝の上で雑誌を広げてつぶやく。「最初のデートはおしっこくさい、ってとこかな」

その晩の9時になり、寝る支度をする。シーイング・アイ社は生徒1人ずつに1部屋、寄宿舎をあてがってくれる。マキシーンを犬用のベッドにつなぎ、自分はその横にある人間用のベッドに上る。マキシーンは私のベッドの横におすわりをしている。「グッド、マキシーン!」体をなでてやる。なでるのをやめると、マキシーンは鼻で私を押す。「いい子だから、もう寝ようね」そう言って、掛け布団を頭まで引っ張り上げる。マキシーンは長い鼻を突き出して、掛け布団の上から私の腕を押すが、無視を決め込んだ。するとマキシーンは両前足で私を引っかく。「こら、ダウン!」言うことを聞かず、マキシーンは私のベッドに頭をもたれかける。ベッドから降りてマキシーンの横にひざまずく。「シット」今度は言うことを聞く。「マキシーン! よしよし、おりこうさんね」耳をかいてやると、私の手にもたれかかってくる。首や肩、背中をマッサージしてやる。「ダウン」マキシーンは犬用のベッドに横たわり、私はそのままなで続けてやる。「マキシーン、おりこうさんね! よくやってくれたわよ、マキシーン。おやすみなさい、マキシーン」そう言うと立ち上がるが、マキシーンも立ち上がる。「もうおしまいよ」ベッドの向こう側に歩いて行き、マキシーンのいる方とは反対の方からベッドに入る。

疲れ切って、私は寝入った。眠りの世界は、イマジネーションが支配する世界だ。よく使われている五感は、もはや関係なくなる。私の視覚と聴覚は、現実世界とまったく同じだ。夢の世界でも、私は盲ろうなのだが、いつものように苦労をしなくても、欲しい情報が手に入る。誰が誰かを見分けたりメッセージを得たりいろいろなことを体験するのがいとも簡単になる。知識はあたかも初めからそこにあったかのように、私の中から生まれ出る。今、私はカリフォルニアの家にいることを夢に見ているのだ。妹とリビングに座っていて、母のいれてくれたシナモンティーをすすっている。すると、家が揺れ始める。地震だ！

ベッドの上で飛び起きる。心臓がドクンドクンと胸に当たるのが感じられる。地震は本物のように感じられた。ニュージャージーにも地震はあるんだっけ？

ちょうどそのとき、ベッドがまた揺れ始める。

地震だ！

揺れは、私の右側の方が強いらしい。掛け布団をはねのけ、右側に這い寄っていく。そこで私はふと動きをやめる。マキシーンの上半身がベッドの上に載っている。困惑して、マキシーンが届かないくらいの位置で待ってみる。マキシーンも、私を見ている。すると、マキシーンは突然マットレスを光のスピードで引っかき始める。まるで、穴を掘っているようだ。ベッド全体が揺れ出す。

「あなただったのね、地震を起こしたのは！」笑い出し、マキシーンをなで始めると、マキシーンは頭を手に押し付けてくる。ベッドから降りて、マキシーンの横にひざまずく。マキシーンはベッドから降り、今度は鼻を押し付けてくる。「シーイング・アイ社から言われてるの、犬はベッドに上げないでくださいって。ごめんね」何か具合の悪いところでもあるのかと、手で頬を触っていると、マキシーンは顔で私を押したりこすりつけたりする。「大丈夫、どこも悪くないよ。ダウン」マキシーンは伏せに戻り、ごろんと横になる。お腹をさすってやり、「おりこうさんね、マキシーン。おやすみなさい、マキシーン」私が立ち上がると、マキシーンも立ち上がる。ベッドにはい上り、掛け布団を引っ張り上げる。ベッドがまた揺れ始めるが、それ以上取り合わず、そのまま眠りへと落ちていく。

その次の週まで、マキシーンと一緒に訓練を何時間もこなした。ジョージは、私たちが歩道を歩くところや道を渡るところ、お店の中を移動するところなどを見ていてくれる。マキシーンのせいで私が何かに衝突しそうになると、だめだよと私は教えてあげる。何かよいことをしたときは、マキシーンを褒めてあげる。マキシーンはたくさん褒めてもらえた。道路の状況をチェックするときは、特に優秀だった。マキシーンと道を渡っているとき、指導官がわざと車で通りかかり私たちをひくふりをするが、マキシーンはちゃんとそこから私を安全に連れ出してくれるのだ。

マキシーンと訓練をしていないときは、私は法科大学院入学試験（LSAT）の受験勉強をしている。点字の模擬試験や、受験勉強用教材のデジタルコピーをラップトップに入れて持ってきていた。デジタルコピーは、スクリーンリーダーで読むことができる。

机に向かって、テーマと制限時間つきの小論文を書いているとき、マキシーンが前足を私の足にかけてきた。キーボードから手を離し、マキシーンをなで始める。「ダウン」マキシーンが伏せの姿勢になるのでなでて続ける。「おりこうさんね、休んでていいのよ」

手をキーボードに戻し、再びタイプし始める。初めてLSATの小論文を書いてみたとき、頭の中が真っ白になった。正解は何百マイル［1マイルは1・6キロメートル］も遠いところにあるような気がしたが、それでもやりとげるんだ、と自分に言い聞かせた。正しかろうが間違っていようが、どこから手をつけなければならない。無理やりに最初の文章をひねり出した。最初の小論文に対するフィードバックをもらうと、あとは一つまた一つと、小論文を書くごとに容易になっていった。もう今では、何を書くべきかわからないと思い悩むことはない。指はなめらかにキーボードの上を滑り、次の文章を入力する。

マキシーンの前足が私の足にかかる。私は入力し続ける。すると、前足がまた足を揺する。私は手をキーボードの上から離さない。今度は、マキシーンは長い鼻を私の左手首の下にぐいっと入れ、手をキーボードからどけてしまう。

私は笑い出す。「ちょっと、ずいぶんとしつこいじゃないの！」なでてやると、私の手に体を預けてくる。「勉強しないと、大学院に入れないのよ。ダウン。おりこうさんね、レスト」

椅子に座り直し、入力を続ける。数秒後、マキシーンは鼻を使って私の腕をキーボードからどけてしまう。左腕に力を取り戻し、キーボードに戻す。筋肉にぐっと力を込め、次の攻撃を待つ。またしても鼻で腕を押されたが、今度はふみとどまった。それでもマキシーンは諦めず、腕がキーボードから2インチ［約5センチメートル］ほど浮いた。

「ノー」やさしくたしなめる。「越えてはならない一線があるのよ。私が勉強をしているあいだは、そのことをわかってね。あとで一緒に遊んであげるから」そう言うと、コンピュータに戻る。

マキシーンはその後2回、鼻先を突き出して邪魔しようとするのだが、何もしてもらえないとわかって、床に寝そべる。私はずっと勉強をし続ける。

次に入ってきた邪魔は、館内放送だった。ランチの時間！

マキシーンと一緒に廊下に出る。左手で綱とハーネスを持ち、「ストレート、ゴー」と言う。マキシーンは廊下を歩き始め、立ち並ぶ部屋を過ぎていく。少し速く歩くように促す。「ゴーゴー」と言うと、マキシーンは前進するスピードを倍速にする。「グッド!」廊下を走り抜け、左にカーブして小さなロビーに出て、滑り込みでストップする。「グッド!」片足を出してみて、階段の最初の段に触れる。「ストレート、ゴー」一緒になって弾むように階段を下りる。「グッド! ストレート、ゴー」マキシーンは廊下を歩き始める。「ゴーゴー」とせかし、歩調を早める。廊下を飛ぶように行く2人、マキシーンと私。他の学生さんたちをびゅーんと追い越してゆく。「グッド、マキシーン、ゴー!」

「ハーベン!」

私は立ち止まり、マキシーンも止まる。

ジョージが歩いてくる。「もっとゆっくり歩かないと」

「なぜですか?」

「そんなに早足だと、マキシーンは考える余裕がなくなってしまうからだよ。それに、他にも生徒さんたちがいるだろう。目の見えない人同士がそんなスピードで歩いていたら、どっかーん!だよ」

私はニコッと笑う。「わかりました、それじゃ混み合っている場所ではゆっくり歩きます」それから、ダイニングルームの方へ手を振って、「マキシーン、ストレート、ゴー」と言う。

マキシーンは数フィート〔1フィートは30・48センチメートル〕歩き、立ち止まる。あの日と同じように、頭を前に曲げて尻尾をまっすぐピンと立て、座る姿勢になる。

私は足を踏みならすが、マキシーンはおしっこをし続けている。怒りの気持ちをこの一言に込めて

「フーイ！」と言う。マキシーンは立ち上がる。そのまままっすぐジョージのところへ行く。「たった今、マキシーンはおしっこしたんです！　先週、ダウンタウンのトレーニングセンターにいたときもしました。どうしてこんなこと、するんですか？　トイレのしつけはされていると思ったのに」

「今朝は外に出してやった？」

「はい、2回も行きました」

「私がトレーニングをしていたときは、こんなことはなかったのに」

私は疑わしげな視線を向ける。「それはどういう意味ですか？」

「マキシーンは、トイレのしつけは済んでいるはずだよ。もう少し、様子を見てあげて。君たち2人はとてもよくやっていると思うから、心配しないで――これは掃除しておくよ。ランチに行っておいで」

マキシーンと一緒にダイニングルームに入る。生徒たちはもう長テーブルの席についていて、それぞれの犬が足元に座っている。マキシーンを誘導してテーブルの端の方で壁に近い方へと行く。そちらの方が、少しは静かなのだ。肩までの黒髪を伸ばした女性が椅子の端に座っており、足元には黒いラブラドール犬がいる。

「こんにちは」その人の隣に腰を下ろす。

「こんにちは、ハーベン！」

「ステーシーね？」ステーシーはウィスコンシンから来ていて、盲導犬の扱いには慣れた熟練者だ。

「ええ」ステーシーはテーブルの下をのぞき込み、自分の盲導犬ロンドンをチェックする。マキシーンの背中は私の靴にもたれている。マキシーンが昼寝できるようにと、できるだけ足を動かさないようにする。「午前中はどうでした？」

「ああ、ひどかったわ」

目を見開いてしまう。「いったい何があったのですか？」

「あのねえ……何もかもひどかったのよ」

「何もかも？」その言葉を吐き出すときに、思わず声のトーンが上がる。

「そう」ステーシーは笑い出す。「でもそれは全部私のせいなのよ。私が間違えたの」

マキシーンは立ち上がり、向きを変え、また寝そべる。片足を私の右の靴にもたせかけている。

「それで、何があったの？」ステーシーにたずねる。

「駐車場で、迷子になったの」

「そんな！」

「出口を探して10分もかかったかな」ステーシーの声の調子には、面白がる調子と不満げな調子が入り混じっている。「でも最終的には、道がわかったのよ」

「それはよかったですね」その話を少しのあいだ考えてみる。「でも、どうしてそもそも駐車場なんかに行ったのですか？」

その質問に対し、ステーシーは決まり悪そうな小さな声で答える。「それがね、ロンドンのせいなのよ」

「こいつらったら！」私は笑う。「マキシーンも、ずいぶんと問題を起こしてるんです。今日なんか廊下でおしっこしちゃったし、先週もダウンタウンのトレーニングセンターでおしっこしたの。それから真夜中に起こしたりするから、いつもぐっすり眠れないし。まるで赤ん坊の面倒を見てるみたい」

「だとしても、私たちは犬を愛してるでしょ、どうあっても。そのおかげで自由に、人の手を借りないで生活できるのだから」

テーブルの上の水が入ったコップに手を伸ばし、その発言に対して抱いた思いは飲み込んでしまう。私が人の手を借りずに独立した自由な生活を送っているのは、私自身のおかげなのだ。自分自身への自信は、私の中から生まれ出ている。盲導犬を取り入れるという選択肢を、取らなくてもよかったのだ。白杖に比べて、よいとか悪いとかではない。ただ、両者は違っているというだけ。白杖を使っていても、道路に植木鉢が並んでいればそれを知ることができるし、つまずかなくて済む。白杖だったら、夜中に私が夢を見ている最中に地震を起こして眠りを妨げたりもしない。白杖はおしっこもしない。こんなシンプルな道具なのに、はっとさせられるほどの優雅さを備えている。白杖を使うだけにしておいた方がいいのかもしれない。

でも、盲導犬と歩くのはすばらしい気持ちだ。マキシーンは流れに乗って歩き、障害物もらくらくと避けてくれる。白杖を使って障害物を避けるには、まず白杖でそれを触ってみなければならない。それにハーネスを長いあいだ持っていても、白杖を持ち歩くときのように腕が疲れることはない。もう一つの目と耳があることで、周囲の状況に関するフィードバックがもっと得られる。道を渡るにも安心だし、この世界を探検するときも安全だ。

白杖を使うのではなく、盲導犬と一緒に歩きたいと思う。ただ、室内でおしっこをされるのだけは勘弁してほしい。私はこれから大学院の授業や法廷に行かなければならない。法科大学院や法律事務所に行くのだから。こうしたところでは、プロとしての自覚を持ってふるまわなければならない。そこで犬におしっこを許すわけにはいかないのだ。マキシーンはとてもかわいい犬だが、このくせがこれからも続くようならば、白杖だけの生活に戻らなければならない。


その日の長いトレーニングが終わり、寝る前にマキシーンと一緒に学生用ラウンジに行く。「こんにちは」誰もいないようだ。ソファに座り、iPhoneを取り出す。アップル社はつい最近、ボイスオーバー（VoiceOver）というスクリーンリーダーソフトを導入した。画面上のグラフィックデータを合成音声で読み上げてくれるソフトだ。これは、私が聞くことができる初めての合成音声ソフトだ。高周波の音声は、私がようやく聞き取れる範囲に収まるし、音声を直接私の耳に届けるようにイヤホンが使える。このボイスオーバー（VoiceOver）のおかげで、iPhoneというパワフルなツールがどこにいても使えるようになったのだ。GPSに電子メール、本やインターネットなどが、場所を問わずに利用できる。友だちにショートメールを送ることができる、というだけでも、私にとっては感動ものなのだ。

マキシーンが飛び上がる。目を上げると、何人かが部屋に入ってくるのに気づく。みんな仲間同士でしゃべっている。私には聞こえないので、そのままiPhoneの画面に目を落とす。

「何してるの?」誰かの声が聞く。

隣に座った人をよく観察する。私と同じくらいの背丈で、黒いラブラドール犬を連れている。「あら、カントリーキッド」

そう言った私の声に反応して、ソファの反対側に座った女の人が、はやしたてる。ケイアナだ!その人に、そのニックネームをつけたのは、ケイアナだ。テキサスの田舎の話でケイアナを楽しませたその人は、ピーターだった。

「僕の質問に答えてくれる?」ピーターは聞く。

「今ショートメール書いてるの」

「誰に?」しつこく聞いてくる。

「ゴードンよ。アラスカの人なの」

「へえ。サラ・ペイリンみたいなアクセントのある話し方する人?」

「知らない。聞いてみるね」それを聞いたときのゴードンの反応を想像して、笑い出す。

右側にいる男の人が呼びかける。「誰かの犬が、私の足をなめてるんだけど」セバスチャンはフロリダから来た宗教指導者で、黒いローブを着ている。指導員によるとセバスチャンの司祭平服にマッチするように、盲導犬は黒いラブラドール犬が選ばれたそうだ。

マキシーンの鼻を探ると、セバスチャンの足にゆきついた。「いい子ね、でもそれはプロのやることじゃないわ。おいで、こっちに少しだけおいで。マキシーン、おりこうさんね」マキシーンは反対の方向を向いて、床に寝そべり直す。

「マキシーンにやさしい話し方をするね」

「それは私がドイツ語で話していないからよ」

セバスチャンはくっくっと笑う。それから「コモ テ リャマス?［スペイン語］」お名前は?と聞く。

私はびっくりする。このトレーニングに来てからもう3週間半も経つのだ。「メ リャモ ハーベン」私の名前はハーベンです。

「ヘブン? コモ シエロ?」ヘブン、って天国のこと?

高校のときに習ったスペイン語の知識を総動員して考えてみる。ようやく意味を思い出し、笑いをこらえようと苦労しながら言う。「いいえ、コモ シエロではないですよ。私の名前はハーベン、でも私、ヘブンリー［美しい］ですけれどもね」

部屋中が、笑いに包まれる。その声で、私の心は躍り出した。人を笑わせることができると、障害を持つことから来る気まずさを蹴散らすことができる。ユーモアのおかげで人はひきつけられ、お互いが結びつけ合う。子どもだった頃、みんなを笑わせることができれば、人はパッと明るい気持ちになるということに、あるとき気づいてからというもの、私はずっとユーモアのセンスを磨いてきたのだ。

セバスチャンは英語に戻る。「ハーベン、ピーターが呼んでるよ」

「あら」後ろを振り向いて、ピーターの方を向く。「何か言った?」

「うん。何か飲み物を持ってきて、って頼んだんだ」

「ええ、いいわよ。でも自分でやってみる練習した方がいいかもね」

「ええ〜！」嘆きの声をあげる。「そんな不親切なのって、ないよ〜」

「それじゃ今回だけよ」立ち上がり、マキシーンに合図を送る。「マキシーン、ストレート、ゴー。おりこうさんね！」部屋の真ん中まで来ると、マキシーンはまたおしっこをしてしまい、私の血が逆流する。「フーイ！　フーイ！」息を深く吸って、気を落ち着かせようとする。「ケイアナ、マキシーンがまたおしっこしちゃった！」

「大丈夫よ。まだ訓練中なんだからマキシーンは。赤ちゃんたちはときどき失敗するでしょ」

ずんずんと歩いて戸棚に掃除用具を取りに行く。ペーパータオルと掃除用洗剤を取り出し、じゅうたんのところへ戻る。ペーパータオルを何枚か取って折りたたみ、それを持ってじゅうたんの上の濡れているところを探す。マキシーンが私の腕をそっと押す。「シット。レスト」ちょっと迷ってから、小さな声でつぶやく。「おりこうさんね」

掃除をしてから手を洗い、部屋のみんなに告げる。「もう寝ます、おやすみなさい」

「怒ってるの？」ケイアナが聞く。

「ええ、そうです」ケイアナの方に歩いて行くと、マキシーンがついてくる。「ここに来てから3週間にもなるのに、マキシーンはまだ粗相してるのよ」

「時間が経てばきっとよくなる。それを信じて。トレーニングのあいだは、犬たちは失敗するものなの。でもそれが終われば何もかもうまくいく。犬に腹を立てたままで眠りについたりしないで」

ため息をつき、立ち上がる。「もしかしたらマキシーンは盲導犬に向いていないのかもしれない」

その言葉は私の胸をしめつける。別れの予感で心が痛い。喉に何かがつっかえたまま、部屋に戻る。

次の日、ジョージに話がしたいと申し出る。学生のための部屋で、ジョージと向かい合って座る。

「マキシーンは失敗が多すぎるんです」と切り出す。「あんまりにもしょっちゅう起こるので、それは『失敗』と呼ぶべき範囲を超えていると思います。トレーニングを卒業する資格はないと思います。トイレトレーニングされていない犬を連れて帰るわけにはいかないんです」

「マキシーンが好き?」ジョージが聞く。

私たちのあいだに座っている犬を見る。マキシーンは聞き耳をピンと立て、一語一句を聞き逃すまいとしている。「とても好きです。賢いし、かわいいし。とてもかわいらしい犬です。でも問題はそこではないんです」

「マキシーンに誘導してもらって歩くときはどう?」そう続けるジョージは、私の懸念をかわそうとしているように見える。

頭痛がして、こめかみが脈動している。「歩くときの誘導に文句を言っているわけではないんです。マキシーンはその点はとても優秀です。毎日よくなっていっています。でも室内でおしっこするのを止めてくれないです。そこが問題なんですよ」

「マキシーンはとても優秀な犬だよ。これまで訓練してきた中でもピカイチだ。私が訓練していたときは、そういう失敗はしなかった。外に連れ出しておしっこさせるようにしている?」

いらだちのあまり、声には出さずただうなずいた。

「それで、外に連れ出してやると、ちゃんとおしっこに行く?」

またうなずく。

「それならやるべきことはやっているから大丈夫。これからもちゃんと外に連れ出してやればいいんだよ」

「わかってもらえないんですか。もう3週間にもなるのに、まだ失敗してるんですよ。訓練ももうすぐ終わります。室内でおしっこする犬を連れて帰れません」

「連れて帰らなくてもいいよ。ここに置いていっても構わない。君が決めることだ。でも、もし私が君の立場だったら、連れて帰るね。これまで見た中でも、特に優秀な犬なんだよ。賢くて、ご主人様を喜ばせることが大好きだ。君たち2人の絆もできてきている。マキシーンは君がほんとうに好きだよ」

目にじわりと涙が浮かぶ。涙の粒がこぼれ落ちる前に、ぐっと我慢をする。「私もマキシーンが好きです。でも室内でおしっこされるのだけは困ります。これから法科大学院に行って、弁護士になるつもりなんです。しょっちゅう失敗をするような犬を連れて回るのは、プロとして失格です。それがあるまじきことだっていうことは、おわかりですよね?」

「もちろんだよ。君の言う通りだ。でもマキシーンはトイレトレーニングが済んでいるんだ。ジャーマンシェパードは、特に変化に対して敏感で、なかなか慣れようとしない。今は新しいことに慣れようとしている移行期間なんだ。少し時間がかかるんだよ」

「いつ失敗をしなくなるんですか?」

「はっきりした時期はわからない。マキシーンを連れて帰らなくてもいいんだよ。誰も強制はしない。でもマキシーンはすばらしい犬だ。もう少し時間をあげて」

どう心を決めようかと考えあぐねて、マキシーンの体をなでてやる。マキシーンはすてきな犬だ。心はマキシーンに奪われている。でも、ここに来た目的は、かわいい犬を探すためではない——盲導犬を探しにきたのだ。その盲導犬が、一日おきに失敗をしてしまうのでは、お話にならない。

どうすればいいんだろう？

大学の秋学期が始まるまで、あと2、3週間ある。9月までにトイレトレーニングができていなければ、シーイング・アイ社にマキシーンを返せばいいんだ。つばを飲み込み、喉につっかえたかたまりを飲み込んでしまおうとする。「わかりました、もう少し様子を見ます」

「よかった。それがいい。他に何か気になることはある？」

首を横に振り、マキシーンをなで続ける。

ジョージは立ち上がり、ドアへと向かう。「君たち2人はとてもよくやっているよ。あと少しのがんばりだ」部屋の外に出て、ドアを閉める。

マキシーンの柔らかい毛に手を滑らせ、判決を言い渡す。「かわいこちゃん。汝に、執行猶予を言い渡す」

マキシーンは大学で私が取っている授業の教室への行き方を全部覚えたが、一番のお気に入りは、家路へと向かう道だ。帰るよ、と合図をすると4本の足はとたんに倍速で動き、ほとんど走り出す格好になる。マキシーンがわくわくしているのがハーネスを通じて私の腕へと伝わり、私は笑顔になってしまう。マキシーンの優雅な動きは、出会った誰をも魅了した。同級生も教授も、みながマキシーンが完璧なことを認めざるを得なかった。私はマキシーンをなで、よいことをしたら褒めてやるが、ときにはたしなめることもある。でも、みんなが正しいのだ。マキシーンは完璧だ。

シーイング・アイ社から帰ってから3ヶ月、今まで一度も失敗をしたことがない。オレゴン州へと戻る8時間のあいだですら、そうだった。今のマキシーンを見ていると、2歳児の頃におむつ離れをしようと苦労していた人を思い出している大人を見るような思いがする。

トレーニングのあいだマキシーンは、私を安全に守ったりじゅうたんを汚さないようにできるほど、私のことを大切に思ってくれてはいなかった。愛を育むのには時間が必要だ。愛が形作られるには、心からの感謝の気持ちや確固たる線引き、相手を許す気持ちと互いへの尊敬の念がいる。時が経つにつれ、ともに体験したことがらが編まれ、2人の存在が強く結びついて行く。時をともにし、同じ体験をすることで信頼が生まれ、2人をさらに近づけて行く。お互いをよくわかり合うことができ、その理解が深まってゆく。

もう一つ、大きく変わったことがある。マキシーンは、もう地震を起こすことはない。このごろ、マキシーンは私のベッドの上で寝ているのだ。シーイング・アイ社にはないしょよ、とマキシーンには口止めしてある。

第21章

氷山の上までついてくるほどの、愛

2010年冬
アラスカ州ジュノー

分厚い手袋をしているのに、私の指は凍えて感触を失っている。氷山を両手両足を使ってよじ登ろうとしているのだ。今、私はメンデンホール氷河から半マイル［約0・8キロメートル］ほどのところにある氷山に来ている。

アラスカ州ジュノーにあるメンデンホール氷河は、地球上で最も壮大な景色の一つだ。氷河からはときおり氷山が落ちてきて、その足元にある大きな湖に落ちて行く。ゴードンとその友だちのサム、そして私の3人は、凍った湖の上を氷河の方へ歩いていたが、そのときこの上なくすばらしい氷山を見つけた。氷山中の氷山とも言うべきそれは、まるで夢の中からそのまま飛び出してきたかのようだった。一方はなだらかな丘、もう一方は、そりすべりに絶好の形をしている。

そうなったらもうこれは、登って滑り降りるしかない。さっき、サムが一番最初に登って滑り降りた。今、ゴードンと私は険しい崖を登っているところだ。腕がぶるぶる震えている。つるっと滑ってしまうかもしれない。氷河が分離することだってあるだろう。湖が割れてしまったり、今よじ登っている氷山が割れて落ちてしまうかもしれない。恐れをなだめて、どんな冒険にも危険はつきものだと自分に言い聞かせる。それに、サムとゴードンはこの湖で遊びながら大きくなったのだ。アラスカに入りては、アラスカ人に従え、である。

「ノー！」私の後ろから、マキシーンが氷山を登ろうとしている。声にできる限りの威厳を込めて、「ノー！」と発音する。それでもマキシーンは登り続ける。怖さのあまり血がたぎる思いがする。「フーイ！」もう、地面から7フィート〔約2・1メートル〕のところにいる私のところにまで氷山を登ってきてしまっている。「私を追いかけてきてはダメなの、いい子だからマキシーンちゃん、危ないでしょ。下に降りなきゃ」

氷山の上の方にいるゴードンに呼びかける。「待ってて！　マキシーンを下ろしてくるから。すぐ戻るね」

後ろ向きのまま、慎重に地面に向かって下りていく。「カム、マキシーン！」マキシーンは私についてくる。「おりこうさんね！　カム！」足がなめらかな表面に触れる。湖だ。湖面に立つ。「かわいいマキシーンちゃん、大丈夫、できるよ」マキシーンは氷山から飛び降り、私の足元に着地する。「いい子ね！　もうあんなこと、しないのよ」

サムの方へと歩いて行く。サムはジュノーに住んでおり、小学校時代からのゴードンの親友だ。「ねえ、マキシーンを見ててくれない？」マキシーンの綱をサムに手渡す。

「うん、いいよ」

「ありがとうサム！　それじゃね、マキシーン、おりこうにしてるのよ」背中をなでてやると、手袋をはめているから直接触るのと違って、変な感じがする。今は、大学4年の冬休みだ。アラスカに遊びに来たのは数日前だが、いつも手袋をはめていなくてはならないことに、まだ慣れない。

ゆっくりと氷の丘を登り始める。氷山は5フィート［約1・5メートル］ほど登ると勾配がきつくなっていて、そこからは四つん這いで登る。手袋で氷を払ってから、体の重みを手にかける。足には分厚い毛糸の靴下と冬物のブーツを履いていて、全体重をかける前に足場を確かめる。表面はつるつるしたところと、ごつごつしたところがあり、ごつごつしたところは丘から氷の塊が突き出ている。また、氷や雪の小さな粒がばらばらに散らばっているところもある。

上に手を伸ばすと、新しい発見がある。あ、突き出たところがあるぞ、ここを握ろう。氷にあいた穴がある、ここに足をかけよう。ブーツを履いた足で斜めの丘を探っても、たいていは足がつるっと滑ってしまうのだが、なんとかして次の足場を見つけていく。

何歩か進むごとに、ゴードンの着ている赤と黒のパーカーを探す。その色合いは、氷の白によく映えて、私が追いつくのを待ってくれているゴードンの姿が見つけやすい。サムは私より3倍ものスピードで、このつるつる滑る丘を登っていくことができる。ゴードンも早く登れるが、競争するつもりで登っているのではない。この輝かしい冬の王国を、私に案内してくれるために来たのだ。

どんどん登っていくと、赤と黒のパーカーが次第に近くになってくる。すると丘が平らになり、頂上まで登ったのだ、と急に気づく。腕を上げて体のバランスを取りながら慎重に向きを変え、ゴードンの隣に腰を下ろす。かじかむ寒さが伝わってくる氷の表面に腰を下ろすのは心地よいものではないが、腕と足は安堵のため息をついている。たった今、征服したばかりの世界を見下ろしてみる。まばゆいばかりの青みがかった白い氷の世界。これが全て水なのだ、と思うと驚嘆せざるを得ない。水の上を歩いて、水を登って、水の上に腰を下ろしているんだ……

急にゴードンの声がしてびっくりする。「さてさて、カリフォルニアの子がこんなとこで何やってんのかねえ？　あ、さては氷を盗みに来たな？」

「協力を惜しまないなら、氷山の半分を分け前としてやろうじゃない」我が氷の玉座から下界を見下ろすと、遠くに黒い斑点のようなものが確認できる。サムとマキシーンに違いない。「私たち、どのくらいの高さにいるの？」

「だいたい20フィート〔約6メートル〕ってとこかな。それはそうと、マキシーンがないてるよ」

罪の意識で心が痛む。「大丈夫よ、マキシーン！　心配しないで、すぐ戻るからね」かわいそうなマキシーン。今日、ここに登るとわかっていたら、マキシーンは連れてこなかった。私と離れるのをとても嫌がるのだ。何かが私たち2人の間に入ると、それはそれは悲しげななき声をあげる。私がスキーに行くと、なき声をあげる。スケートに行ってもないてしまう。シャワーに行くだけでも、なく。マキシーンはなんであろうと2人の間に入るものが嫌いなのだ。たとえそれがトイレのドアだったとしても。

「耳をピンと立てて君を見てるよ。サムが綱を握っていなければ、たぶんここまで登ってくるだろうね」

恐ろしさのあまり身震いする。そんなことをしたら、マキシーンは滑ってしまうかもしれない。高いところから落ちてしまうかもしれない。「サム、マキシーンを見ててくれてありがとう！」

サムが何か叫ぶ。

ゴードンがサムの言ったことを教えてくれる。「僕の座っているところに大きな亀裂があるぞって言ってるんだ。嘘だけど」

氷が粉々になり、私たちが奈落の底へと落ちてゆく映像が脳裏をよぎる。「もう行きましょう。どこから滑り降りるの?」

ゴードンは四つん這いになり、右側に数フィート〔1フィートは30・48センチメートル〕移動する。

「こっちだよ、でも僕の右側にいるんだよ」

腕がぶるぶる震えるのを感じながら、氷の壁に沿って這い寄り、ゴードンの隣に行く。

ゴードンは私の手を取って4フィート〔約1・2メートル〕左へ動かす。「ここが端っこだ。だいたい20フィート〔約6メートル〕の高さがある」今度は、手を反対側の右に持ってくる。「こっち側には壁がある。端っこと壁のちょうど間の真ん中にいれば、安全だよ」

サムが何か叫ぶ。

「応援してるんだよ」ゴードンが説明する。

私は笑顔になる。いつもたいていの人は「君にはできない! やっちゃいけない! できっこない!」と大合唱する。でもサムとゴードンはまるで反対だ。自分たちのアラスカの遊び場に連れてきてくれるだけでなく、私を応援までしてくれる。マキシーンですら、私を止めることはできないんだ。マキシーンはただ、私のそばにいたいだけなんだから。

「もう、いいかい?」ゴードンがたずねる。

「まだ」恥ずかしさで赤くなる。「何か他に知っておくべきことはない? 何か、説明してないところがあるかな?」

「うーん、いや、特にないよ。左側にある端っこに近づかなければ、大丈夫」

前に数インチ[1インチは2・54センチメートル]動いて、また止まる。お腹がよじれるように痛い。縁起の悪いことばかりが心に浮かぶ。氷の上でコントロールを失ってしまったら、どうしよう? もし滑り降りる道筋が曲がっているのに、私にはそれが見えなくて曲がれなかったら? 体じゅうの細胞が、未知に向かって滑り降りるなんてことはよせ、と言っている。「他に説明できることはないの?」声がかすれている。落ち着いた声にしようと試みながらもう一度聞く。「他に知らなければならないことは、ないの?」

「マキシーンがまだじっと君を見てるよ。ママに早く戻ってきてほしいって」

ああ、マキシーンはママが氷の崖から落っこちるところを目撃しなくてはならないのだ。私は後ずさりながら言う。「先に行ってくれる? そしたら、あなたについてゆけるから」

「いいよ」ゴードンは私の前に来て腰を下ろし、勢いをつけて前に滑る。初めはゆっくり、それからだんだんとスピードを増して、赤と黒のパーカーはびゅうんと見えなくなっていく。

私は手を左の方に伸ばして端っこを触る。危ないのは左の方だ、と自分に言い聞かせる。前方ににじり寄り、右側に壁があるのを感じ取る。両足は前方に伸ばし、氷山を滑り降りる準備が整っている。底なしの恐怖の感覚が、脊椎を走る。落ち着くんだ、と自分に言い聞かせる。怖がるのはもうよせ。崖や滑り下りる丘、湖全体が一体となって白く光り輝いている。丘の端は見えない。いつもなら未知のものを前にしても、私はさして恐れることはない。マキシーンと道を歩いていて、道の前方が見えないからと言って、私は怖がらない。これっぽっちも怖いとは思わないのだ。歩道を歩いていてつまずいたり転んだりしても、すぐに起き上がることができると思うから。でもここでは、つるつる滑る氷に囲まれて、私の動きが制限されてしまう。私自身の持つ盲ろうという障害に加えて、肢体不自由とでもいうべき障害が加わってしまう。もし私が誤って滑ったら、20フィート［約6メートル］もまっさかさまだ。

下から誰かの叫び声がする。

もしかしたら、応援してくれているのかもしれない。私は微笑む。

もう一度、叫び声がする。

あれ？　もしかして警告してくれているのかな？　だったらどうしよう。氷山が割れているんだとしたら？　心臓がバクバクいっている。端の方をのぞき込む。何もおかしいところはない。できる限り耳をすましてみる。何もおかしいことは聞こえない。

両手でふんばって、体を前に押し出す。スピードが速くなり、どんどんと滑り出す。壁に右手を押し当て、体を右の方に倒しながら滑ってゆく。その壁は、かつては巨大な氷河の一部だったものだ。左手はパーに開いて滑り降りる丘を感じながら、左側にある端の方に近寄らないように舵を取る。と、氷が平らになり、滑り下りていた体が止まる。

マキシーンが走ってくる。サムがすぐ後ろにいる。

「私のマキシーンちゃん！　ね、言ったでしょ？　心配しなくてもいいんだって」そう言いながら、耳の後ろをかいてやる。

サムが近寄る。「滑らないで、って言ったの、聞こえなかった?」「聞こえなかったよ」それを聞いてパニックで息ができなくなり、どんな恐ろしいことを言われるのかと、身構える。

「滑るとこをゴードンがビデオに撮るから、まだ待ってって言ったんだよ」

その意味を理解して、安心すると同時に、「ああ……」という安堵のため息が長々と出る。なあんだ、ビデオを撮りたかっただけか。このすごい氷の丘を滑るところを撮ったビデオを。「それはいい考えだね! そしたら、この場所を父と母に見せることができるし」氷山の方に目を向ける。凍てつく湖から高くそびえ立つ氷の砦、あの氷山は、あれほど恐ろしげだったのに、私はもうそれを登って下りる道を知っている。「もう一回滑ってこようか? 今度はビデオに撮れるように」

「もう暗くなってきたよ」ゴードンが言う。「ビデオ、すごく撮りたい?」

マキシーンが、鼻で私の手を軽く押す。手を頭にやって首のあたりをなでてやると、体を押し付けてくる。マキシーンが私を追って氷山にまで登ってきてくれたことを思い出すと、心が温まるのを感じると同時に、怖くなる。もう一度登ったら、きっとまた私についてこようとするだろう。でも、この子にそんな危険を冒させることはできない。

そのとき、急に新しい視点が開けた。この感覚こそが、私が氷山を登っているところを見たときの、私の両親の感覚なんだ。私がマリに行きたい、と言ったときにも、こんなふうに感じたんだ。自分たちはアフリカ大陸での道のりを経てきたとは言え、私が行くのは止めたかったんだ。そして今、私も自分への心配はさておいて、何よりマキシーンが危なくないようにと心配している。マキシーンがいることで、私も両親の愛情を理解し始めたのだ。また、愛するものに対しては厳しく要求するくせに、自分はリスクを負ってもいいと思っているという、一見矛盾した状況をも、理解し始めている。

「そうね、もう帰りましょう。ビデオはまた別の日にして」それからマキシーンに向かって話すと、声にうれしさが混じった。「よし、そろそろ行こうね。準備はいい？」

マキシーンは飛び上がってクルクル踊り、尻尾を振る。もう、私から離れるという苦しみを味わわなくてもいいのだ。少なくとも、私が次にトイレに行くまでは。

第22章

ハーバード大学法科大学院初の盲ろう学生

2010年秋
マサチューセッツ州ケンブリッジ

「聞こえますか？」

イヤホンから聞こえる大きな声は、雑音混じりだ。イヤホンはFMレシーバーに接続されている、FM補聴援助システムの一部だ。レシーバーはFMマイクから送信される音声を拾う。ハーバード大学法科大学院は、読み取り通訳技術を持つアメリカ手話の通訳者を雇い、授業中に音声と視覚情報が得られるようにしてくれる。セリア・ミシャウとエリン・フォレイが教室の後ろに座り、声がもれないステノマスクの中のマイクに向かって小さな声で通訳する。マイクはワイヤレス接続でレシーバーに接続されているので、私は教室のどこに座っても構わない。とは言っても、教室の後ろに座る方がいいと思っている。何かあったときにすぐに通訳の人たちに連絡ができた方がいいからだ。

「（ボソボソ、ボソボソ、静電気の音）これでどう？」イヤホンの声が聞く。

肩をすくめ、首を横に振る。

「これでよくなった？」シャーっという雑音で、音声が聞き取れなくなる。

また首を横に振る。

「でも返事をくれるということは、なんとなく聞こえているということね？」

教室の前の方で、教授が契約について講義をしている。教授の前には、70人の学生が並んだ机に向かって座っている。私が声を立てれば、授業の邪魔になってしまう。

教室の後ろを向き、両手を挙げて止める。手話で意思を伝えるには、意思のエッセンスだけにしぼらなければならない。手話の語彙をたくさん覚えていないので、単語を手話で覚えていない場合には、1文字ずつアルファベットでスペリングを言わなければならないのだ。この場合がそうだった。「C-O-M-P-L-I-C-A-T-E-D、む・ず・か・し・い」

「難しい？　私たちの声が聞こえるけど、聞き取りにくいってこと？」

手話で答える。「そう」

「わかった。どうすればよくなるかな？」

「わからない」手話で答える。

「教授が私たちの方を見たよ。あなたが手を挙げてるんじゃないかって思ってるみたい」

顔が熱くなる。手話をするときはできるだけ下の方でやろうと決意する。

「授業のあいだ、続けてほしい？」

うなずいて、椅子を前に向けて座り直す。

「わかった。授業に戻ります。被告人の（ボソボソ、ボソボソ）」

講義は続き、私は言葉を捉えようと集中する。音声は私の耳の中でねじれたり回ったりする。どのように聞こうとしても、言葉は意味のわからない音のかたまりにしか、聞こえない。音の大きさの問題ではない。音量は大きくしてあるのだ。理解力の問題でもない。宿題はちゃんと読み込んである。聴覚の問題なのだ。私のこの耳の、どんどん悪くなる、聞こえなくなっていく、頼り甲斐のない耳のせいなのだ。

私は22歳で、聴覚も視覚も年々悪くなる。少しずつ悪くなっていくのですぐにそれとは気づかないが、ある日突然、昔からのやり方で対処しようとしていたのに、それがもはや役に立たない、と気づかされるのだ。盲人として生きていくためのトレーニングをしたときアイマスクをつけて行ってからというもの、視覚を失っていくことに対応するのは、さほど難しくはなかった。もう、視覚に頼らずに生きるスキルは身についているからだ。それに比べて、聴覚を失うことに対応していくのは、難しい。低周波の音はとっくに聞こえていない。高周波の音もかろうじて聞こえていたが、聴力図に微かに残るくらいにまで落ちてきている。聞こえる人たちの世界に参加できないがゆえに、私は常に孤立化してしまう危険に陥っている。

これまでに、英語の話し声については自己流の設計図を作って理解しようとしてきた。その設計図があったからこそ、高周波だけの音声を、英語の話し声として変換して聞くことができるのだ。聞き取れる断片的な言葉を、文章にまとめあげることもできる。文章がまとまれば、言われていることを把握できる。また、資料を読みこなすことで、足りないところを補うこともできた。読む力を発揮することで、中学高校大学と、切り抜けることができたのだ。悪くなってゆく耳からこぼれ落ちてしまった意味も、読むことで補いながら汲み取ることができた。授業の後で、学生の1人が障害者サービスの事務所に授業中に取ったノートをメールで送信する。すると、事務所が私にそのノートを転送

してくれる。もし、法科大学院を無事に卒業できるとしたら、それは読むことによって救われるから
ということになろう。
耳元に声が響く。「セリアです。マキシーンが4本の足を空中に突き出していますよ。そんなにた
くさん質問があるのかしらね」
肩が揺れてしまう。指が手話の文字を綴る。「H-A-H-A、あはは!」マキシーンに手を伸ばし、
4本足が空に伸びているのを発見する。お腹をさすってやる。
「ええっと、教授が黒板に何か書いています。Webb v. McGowinと書きました。休み時間の後に、
してほしいことは（ボソボソ、ボソボソ）」
教室がにわかに騒がしくなる。私の隣に座っていた学生が立ち上がり、ドアに向かって歩いて行く。
椅子の上で回転し、セリアとエリンの方を向く。「2人がしゃべっているということはいつもわか
るんだけど、ときどきくぐもった音声になってしまって、言葉が聞き取れません。その他に、静電気
の音もあるし。そうかと思えば、ぜんぜん言葉が聞こえないこともあるんだけど、どうしてかはわか
りません」
聞き取れない話し声がイヤホンからする。
「ごめんなさい」赤面する。「今度は大きすぎるみたい」
セリアが私の前にひざまずく。自分の右手を私の左手に滑り込ませ、触手話を始める。
「ごめんなさい、私、触手話をよく知らないんです」いっそう顔が火照ってしまう。手話通訳者は、
アメリカ手話を何時間もかけて習得しているので、聴覚障害者とコミュニケーションを図れる。とこ

ろが、私自身は手話に精通していないがために、自分が何か対処に困る聴覚障害者になった気持ちになる。専門家ですら解決することのできない困難を持つ、コミュニケーションができない人間になってしまったような気持ち。

セリアはドアを指差し、一文字ずつ綴る。「L-E-T-S T-A-L-K O-U-T-S-I-D-E、そ・と・で・は・な・そ・う」

「はい」FMレシーバーを持ち、立ち上がってドアへと向かう。3人で静かな廊下へ出て打ち合わせをする。

「今は聞こえる?」エリンが聞く。

にっこりする。「ええ。ささやき声でなければ、聞き取りやすいです」

「そうでしょうね。私も他の学生たちの邪魔にならないようにと、私たちずっと声をひそめていたのよ」

「そうですよね。私も他の人たちの邪魔をしてほしくないと思っていますし」

エリンがマイクを手渡す。「セリアです。授業中にどうしたらもっとよく聞き取れるようになるか、何かいいアイディアがある?」

「わかりません。一番よく聞こえるのは、2人が大きな声ではっきりしゃべっていて、後ろでがやがやしていないところ、という条件なんです。マイクは、教授の声も拾っていると思います。もしかしたら、2人の声がステノマスクに反響しているのかもしれません。その上、ささやき声でしゃべっているときてるでしょう」

「そうね、いろんな要素がからみあってるのよね。それから、FMシステムの周波数が、部屋にある何かから干渉を受けているのかもしれないし」

うなずく。「もしかしたらそうですね」

「ああ、どうしたらいいのかしらね、ハーベン！　ちょっと考えさせて。あ、エリンが何か言いたいって」

エリンがマイクを取る。「教室に戻る前に言いたかったんだけど、私たちの二つ前の席に座ってる学生が、机の下でショートメッセージ送ってるの。ばれないようにやってるらしいんだけど、おかしいったら。何分かに1回は下を向いて電話をチェックして、愉快そうににやにやしてるのよ」

「誰が？」私が懸命の努力で授業を聞こうとしているあいだに、他の学生は授業のあいだじゅう、目を楽しませる小さな息抜きをしていたなんて！　私ももう少し、授業中のストレスを和らげる工夫をした方がいいのかもしれない。

「名前はわからない。わかったら教えるわね」

マイクの持ち主が交代する。「セリアです。特にどんなことを私たちから聞きたいか、教えてね。もちろん、講義に集中はするけれど、視覚面で特に知りたいことがあれば、それを教えてほしいの」

「社交上に役立つ説明が欲しいかなと思います。ちょっとした人の個性とか、その人独特のくせみたいなもの、何かその人らしさがわかるようなこと」

「ああ、そうね。それはわかる。そこは説明に入れるようにするわね。それじゃ、戻りましょうか」

教室に戻り、それぞれの席につく。

大音量の会話が教室中に飛び交っている。何をしゃべっているかは、私の耳にはわからない。隣の席に学生が数名、立ち集まっている。みんな、突然笑い声をあげる。楽しげな笑い声も聞こえるし、楽しそうな様子も見えるのに、あのおなじみのガラスの壁が私の前には立ちはだかり、ガラス越しに中をのぞくだけになってしまう。

携帯型点字対応コンピュータを立ち上げ、訴訟に関する資料を読み始める。

学生たちのしゃべり声が、私の耳に浴びせ続けられる。笑い声があがる。話し声が続く。また笑い声。私の中に、決定打となるフレーズが鳴り響く。お前はのけものにされている、と。

マキシーンをなで始める。

耳に鳴り響く雑音は、居座ったままだ。オマエハノケモノニサレテイル。マキシーンの首をなでながら、その雑音を打ち消そうと試みる。

誰かの手が腕に触れる。振り向くと、セリアが私の前にひざまずいて、右手を私の左手の下に滑り込ませる。私は右手を差し出して、セリアの左手の上に載せる。セリアは触手話を始める。

「もっとゆっくり」指でセリアの手の形を確かめながら、ずっと使うことのなかった触手話を、記憶の底からほこりを振り払って引っ張り出してくる。「L-I-Q-I-N リケン、I-Sが……ごめんなさい、その言葉わからない。A-S-K-I-N-Gたずねてる……ごめんなさい、それもわからない」顔から火が出るほど恥ずかしい。「W-H-A-T なんて……ああ、そうか！　それ、知ってます。ごめんなさい、続けて。なんて……あなたの犬の名前、なんて言う名前、ですね?」

見回すと、誰かがセリアの右側に立っている。リケンだ。彼に話しかける。「犬の名前はマキシーンていうの」

セリアは立ち上がって椅子を引き寄せ、そこに座る。それから私の手に触手話を始める。また、彼女の触手話を口に出していく。「どのくらい……」疲れて頭が混乱し、眉が上がってしまう。「O-L-D どのくらいの歳…… M-A-X-I-N-E マキシーンは?」リケンの方を向いて答える。「3歳よ。2歳のときから一緒にいるの。盲導犬訓練センターを卒業したのが2歳のときだったのよ」

セリアが触手話を始める。

頭がパンクしそうだ。焦げ焦げで、爆発しそう。もうこれ以上、触手話を処理しきれない。セリアに申し訳ないという顔をしてみせ、手をセリアから離す。「リケン、ちょっと見せたいものがあるんだけど」と言って、手まねでテーブルに来るように誘う。リケンがテーブルのそばに立ったとき、携帯型点字対応コンピュータを見せて、QWERTY配列のキーボードをリケンの方に向ける。「質問をここに入力して」リケンが何か言ったので、私はキーボードを指差す。「私聞こえないの、でもここに入力してくれれば、それを読めるから」リケンは入力し始める。「入力し終わったら、コンピュータを返してね」

リケンはコンピュータを私に戻す。それをくるりと回して点字が読めるようにする。指を文章の上に滑らせる。「これどうやって使うの?」

「キーボードを叩くと、ピンが立ち上がって点字の形になるの」声に出して説明する。「これはブライユノート(BrailleNote)っていう携帯型点字対応コンピュータなのよ。コンピュータだけど、視覚で把握できる画面の代わりに、触覚で把握するスクリーンがついているわけ」コンピュータを回してリケンの方に押しやる。

リケンは入力して、それをまた私に押し戻す。文章はこう書いてあった。「すごくいいコンピュータだね。あっ、授業が始まるみたいだ。じゃまたね」

イヤホンを耳につける。「それでは授業を始めます。誰かわかる人、いますか？（ボソボソ、ボソボソ）」

いろんなアイディアが脳裏をかけめぐる。もしワイヤレスキーボードを授業に持ってきたら、リケンが入力すると同時に読むことができて、リアルタイムで返事をすることができる。コンピュータをこっちとあっちでやりとりしなくても済むのだ。もしかしたら、ひょっとしてリケン以外の人も私と話してくれるかもしれない。

＊＊＊

同級生や教授と仲良くなることは大切なことだったが、それだけのためにオレゴンからマサチューセッツに来たわけではない。私自身が差別にあった経験や、他の人から体験を聞いたことで、法的な権利擁護のスキルを磨きたいという思いに火がついたのだ。法科大学院受験のアドバイザーは、最高ランクの大学院を狙えと言ってくれた。その方が、よい就職のチャンスに恵まれるからだ。障害がある場合は、弁護士であろうとも雇用差別の憂き目に遭うらしい。

何ヶ月もかけて法科大学院の入学願書を十分に競争力のあるものに整えて大学院に送ると、合格の通知が続々と舞い込んだ。そして、大物がやってきた。ハーバード大学法科大学院。おまけに、助成金と奨学金がセットになった学資援助のパッケージつきだ。ベスト・コースト［最良の海岸、ここではカリフォルニア州のある西海岸のことを指す］を離れてイースト・コースト［東海岸］に移り住まなければならないのは気が進まなかったが、どんなことをしてでも、弁護士として成功を収めるための努力を惜しんではならない。卒業後にカリフォルニアに戻ると約束すると、両親も引越しを後押ししてくれた。

ある意味、ハーバード大学は私がそれまで通ってきた学校に似ている。勉学を修める上で、テキストが頼みの綱となってくれる。障害者サービスの事務所が教授と協力して、テキスト資料を全て、フォーマットを変換してアクセシビリティを確保してくれる。今までは、こうして課題や授業中のノートを読みこなすことで、ちゃんと乗り切ってきた。ここでもその戦略がうまくいくはずだと思う。一番ややこしいのは、同級生や教授たちと、どうやってコミュニケーションをスムーズに行うことができるか、という点だ。

ゴードンは大陸横断をしてケンブリッジまで私についてきてくれた。自分でビジネスを始めたのだが、ファミリー層や学生たち、会社組織などに対して、テクノロジーのサポートを提供するビジネスだ。ゴードンはコンピュータの扱いがうまい。ハーバード大学のＩＴチームですら解決できなかった、私が直面した問題を、ゴードンは解決してくれた。

今年の初め頃、Bluetooth仕様のキーボードを私の携帯型点字対応コンピュータに接続したコミュニケーションシステムを作ろうと提案してみた。携帯型点字対応コンピュータは数十年前から使われており、性能もどんどん進化している。今年、ヒューマンウェア社（HumanWare）はブライユノート・エイペックス（BrailleNote Apex）をリリースした。初のBluetooth仕様のブライユノート（BrailleNote）だった。カリフォルニア州リハビリテーション省（California Department of Vocational Rehabilitation）は、私の学生生活に役立てるため、また将来就職するときのために、このコンピュータを2台購入してくれた。ゴードンと私で、様々なBluetooth仕様のキーボードをこれに接続してみて、一番持ち運びしやすくて機能性が高く、使い心地がよいものを選んだ。

授業が終わって、セントラル広場にあるアスマラレストランでゴードンと落ち合う。キーボードと携帯型点字対応コンピュータをテーブルに載せる。「このキーボードを使って同級生と話そうかと思って」私の左手は点字ディスプレイの上に載せられ、ゴードンの返事を待っている。右手を伸ばして、シナモンスパイスティーのカップを取る。

ゴードンが入力すると、その言葉が点字ディスプレイに浮かび上がる。「どうしてまだ授業でこれを使ってないの？」

「だって……」少しためらう。私はよく自分の心配事を押し隠してしまうが、それはたいていの人は、私が心配に思うことを大げさに捉えてしまうからだ。でも、ゴードンはそうではない。心配事を言っても大げさに誇張して考えずに、きちんと話を聞いてくれる。だから私はゴードンには正直に話すのだ。「だって、みんな変だと思うかもしれないから」

「ねえ、もう時代は2010年だよ。キーボード入力なんかみんなやってる。キーボード入力に何もおかしいところなんか、あるもんか」

「そうね……同級生の1人が今日、BrailleNoteで入力してくれたの。すごいねって言ってくれた」

「そうだよ、これはすごい機械だよ。だってただキーを叩くだけで、じゃーん！ 点字が現れるんだから。それに、出てくるのが点字だっていうだけで、他はショートメッセージやインスタントメッセージと同じ仕組みじゃないか」

そのことはもう全て承知の上だ。このシステムのアイディアを考え出したのは、他ならない、私自身なのだから。それなのに……ときどき、既知の事実を並べてみることで、それまで隠れていたあっと驚く事実を新たに見出すことがある。ゴードンは彼なりの親切なやり方で、エイブリズム的な考え方、制約に縛られた考え方を捨ててしまえ、と気づかせようとしているのだ。「ありがとう、その言葉を聞きたかったの」弁護士がコミュニケーションを取るときは、かくあるべし、と社会が規定していることは知っている。だが、私が最終的には、自分が規定する新しい弁護士になるのだ。

学期が始まって2週間経ち、自分の点字対応コンピュータを、ある会議で披露する機会がやってくる。大学の聴覚障害学生支援コーディネーター、ジョディ・シュタイナーと、法科大学院における障害者サービス所長のキャサリーン・シーガル、就職課のジェニファー・ペリーゴが集まってくれ、4人でパウンド・ホールの会議室に陣取る。法科大学院が学生向けにネットワーキングのスキルを磨くワークショップを計画しているので、その場所で点字対応コンピュータを使ってみたいと思っているのだ。

「ちょっと確認しておきたいのだけど」ジョディがＦＭマイクに向かって話す。「みんなにこのキーボードから入力してもらえば、あなたはそれを点字で読める、ということですか？」

私はうなずく。

「そう、ずいぶん簡単なのね。座ってやりたい？　それとも立っていたい？」

「ネットワーキングのイベントでは、皆さん普通はどうされていますか？」

「ジェンさんから答えてもらいますね。ジェンさんに代わります」

マイクの持ち手が変わる。「いつもだと、参加者は立っていて、あちこち歩き回りますよ。部屋にはレセプションテーブルがいくつかしつらえてあります。背の高い丸テーブルです」

「それでは、そのテーブルにこのキーボードを置きましょう」

「わかりました。テーブルを一つ、予約しておきます。もし座りたければ、椅子も予約しましょう」

私は首を横に振る。「立っていても大丈夫です」

マイクの持ち手が変わる。「ジョディです。それじゃ2人で丸テーブルのところに立っていることにしましょう。携帯型点字対応コンピュータとキーボードはテーブルの上に置きます。マキシーンはどうします？　どこにいてもらおうか？　マキシーンの名刺は？」

「はは、ずいぶんたくさんの名刺がいることになってしまいますね！　マキシーンの名前を知らない人はいなくなるでしょうね。マキシーンには、私の足元に伏せていてもらいます」

「ああ、マキシーン！　今もあの大きくて美しい、茶色の子犬の目で私を見てるわ。わかりました」

ジョディは続ける。「ジェンに質問があります。このワークショップが開かれるのは大きな部屋で、大勢の弁護士が集います。私は何も、弁護士全てをステレオタイプに当てはめようとしているわけではないけれど、ああいう人たちって、私たちのいるテーブルに来てキーボードに入力してくれるようなタイプの人たちなのかしら？」

マイクがジェンの手に渡る。「私たちが声をかけたのは、法科大学院の若い学生たちのよい相談相手になり、手助けしてあげたいと思っている弁護士の方々なのです。だから、いい人たちが集まっていると思いますよ。ジョディがマイクをよこしてほしいと言っているので、渡しますね」

「ありがとう、ジェン。ハーベン、これはあなたに聞きたいのだけど、前もって計画を立てておくのがいいと思うの。例えば、誰かがキーボードにワインをこぼしてしまったとします。そんなことはあってはならないけれど、間違いは起こってしまうこともありますよね。そういうとき、次の手としてはどうしたらいいかしら？」

「それは大事なポイントですね」私は後ろに反り返って椅子にもたれ、しばし考える。「2台目のキーボードを持ってくることもできますよ」

「よかった！　それから、もし携帯型点字対応コンピュータに何かが起こってしまったら？」

私は鼻にしわを寄せる。「あれは高いものなんです。家には2台目がありますけど、両方とも持ち歩くリスクを冒したくはありません。もし誰かが何かをこぼしてしまったら、それは仕方がないわ。触手話もあるし。とはいえ、私が知っているのはごく初歩的なものだけですが。ともあれ、触手話が私たちの次の手になります」

「わかりました。大丈夫、何も起こらないから。あなたは、きっとこのイベントで引っ張りだこになるでしょうね。キャット［キャサリーン］、何か付け加えることありますか？　キャットにマイクを渡しますね」

マイクの持ち手が替わる。「ハーベン、あなたならきっと大丈夫よ。何か必要なことがあれば、なんでも言って。助けになるから」

ワークショップの当日、ジョディは、部屋の真ん中にある、私たちのために予約されたテーブルへと私を連れて行く。そこで、背の高い丸テーブルの上に、携帯型点字対応コンピュータとキーボードを置く。

「これ、読める？」ジョディが入力する。

緊張のあまり声がうまく出ず、ただうなずく。

「よかった！　さて、どれどれ……今、部屋を見回しているの。部屋の左の隅っこにバーカウンターがあるわね。若い男の人がドリンクを作っている。何か飲む？」

首を横に振る。いらない。

「賢い選択肢ね。ああ、どんどん人が入ってくるわ。あなたの後ろに、別のテーブルがあって、女性が2人お話ししてる。少し年配、そうね50代くらいかな。その2人の左側には、つまりあなたの右後ろってことだけど、そこに男性2人と女性1人がいる。その3人はあなたと同じ歳くらい、学生ってことねたぶん。あ、みんなでバーカウンターの方に行く」

咳払いをして、たずねる。「あの、誰か探してここに連れてきてもらえますか？」

「もちろん。どんな人を連れてきてほしい？」

肩をすくめる。「誰でもいいです」

「あのねえ、それじゃわからないのよ。あなたのお手伝いをするために来てるんだから、あなたがネットワーキングをするにあたって、私の意見をはさみたくないの。もっと具体的な説明をしてくれる？」

「ええと……それじゃフレンドリーな人を探してくれますか」

「フレンドリー、の定義は？」

苦笑しながら言う。「そうねえ……誰かニコニコ笑っている人、いますか？」

「わかった。じゃそれで。あ、15フィート［約4・5メートル］ばかり右の方に、つまりあなたの左側に男の人たちばかり3人いるわ。みんな身なりがよくて、30代くらいかしらね。何か笑ったりニコニコしたりしてる。あの人たち、連れてきましょうか？」

「ダメ！」心臓が早鐘になる。「人の話を中断させたくないんです。何人かで一緒にいる人たちはやめておきましょう」

「はい、そうね。じゃ、1人でニコニコしてる人を探すってわけね。指輪してるかしてないかも、確認した方がいい？」

「ジョディ！」笑いの波がお腹から指やつま先まで伝わってゆく。固くなっていた肩が、ついにリラックスする。「そうね、それじゃ頼みます。何もかも教えてくださいな」

「よしきた！　みんな、そういう細かいところまで見てるんだから、あなたも同じように見なくては、不公平よね。もし知りたいなら、着ているものとかヘアスタイル、つけているジュエリーだの顔の表情、なんだって伝えられるからね。何が重要なのか教えてくれれば、それを説明するわ」

「ええ、」喜びの笑顔をふりまく。「今、誰とも一緒にいないで1人でいる人いませんか?」

「ええっと……ドリンクを出してるところの近くに、男の人が1人で立ってるわ。40代くらいかな、でもここからはその人がニコニコしているかどうか見えない」

「彼を連れてきてくれます?」

「なんて言ってほしいの?」

「『こんばんは、ハーベンを紹介したいんだけど、あなたに会いたがっているので』って言ってくれますか? もし承諾してくれたら、『ハーベンは盲ろう者なので、キーボードと携帯型点字対応コンピュータを使います。見せてあげるから、こちらへどうぞ』と言って、テーブルの方を手まねで示してくれればいいわ」

「わかった。すぐ戻る」ジョディは立ち去る。さて何が起こるのだろう。

私自身の姿は、みんなから見えるけれども透明の存在でもある、というこんがらがったものだ。何かをじっと見つめるのは、人間の性なのだ。人の目は、目立つものに自然と吸い寄せられる。例えば、ハーバード大学法科大学院のレセプション会場の真ん中にいる、アフリカ系女性で、犬を連れていて、コンピュータらしきものを持っている、という自分に。そして、あれこれ評価するのも、人間の性だ。私に関わらないようにしよう、と思う人たちはたくさんいる。この人に、何かに貢献できる価値があるわけない、と決めてかかっているからだ。私はそんな人の行動を変えることはできないが、人に対してどんなメッセージを発信するか、は変えていくことができる。

指でコンピュータ上のキーボードを探る。「自分には自信がある」と入力してみる。指で、その文字をたどってそのメッセージを読む。そのメッセージを感じ取り、よく考え、そのことを心から信じる。

人影が2人、テーブルの方へとやってくる。「ジョディよ。ここに来たのはサイモン。サイモンは入力したくないそうだから、私が手伝ってあげるわね」

私はサイモンに手を差し出す。「はじめましてサイモン、私がハーベンです」

サイモンは私と握手をし、そのまま手を握っている。サイモンが話をしてジョディがそれを入力するあいだ、点字を読むのに私は片手しか使えない羽目になる。「お会いできてうれしいですって伝えてください。その犬はなんの種類？　とてもすばらしい犬ですね。授業には、この犬も連れて行くのですか？　きっと賢い犬なのでしょうね。お会いできてよかったです。この方に会えて触発されました」

ひそかにうんざりする。障害者はいつもいつも、「触発される」と言われる。どんなにささいなことであってもそのコメントが返ってくるので、ほとんど憐れみの婉曲表現かと思えてしまう。障害がない人が、障害者のことに対して「触発される」と言う言葉を使うとき、それは「圧倒されてどう対応していいかわからない」「居心地が悪い」ということの表れでもある。

「これは少しわかりにくいかもしれません」私はサイモンが握っている手を離してコンピュータを指し示す。「あなたがお話しすると、ジョディがその内容をキーボードから入力します。入力されたものがBluetooth経由でこの携帯型点字対応コンピュータに送られるんです。それで、あなたの言葉を私は点字で読むのです。話をしてから言葉が点字として現れるまで、少しの間があります。ご自身で入力する方がいいかもしれませんよ。やってみますか?」

「いや、いいですよ。お2人のやっていることをこうして見ていたいです。あ、これが私の名刺です。お会いできて、とても触発されました。とても美しい方ですねってお伝えください。それではごきげんよう」サイモンは行ってしまう。

「私、ジョディだけになったわよ。もらった名刺は、コンピュータの右横に置いておくわよ。で、どうだった?」

「そうねえ……」あごを手に載せて、考えるふりをする。「あの人には……『触発』されました」

「そうよね?」

私はにやっと笑ってうなずく。このイベントに来る前、こんなことが起きるんじゃないかと心配していた。でもそのおそれが的中すると、「恐るるに足らぬ」と思えるようになる。

「今度は何か別なやり方をしてほしい?」ジョディがたずねる。

私は首を横に振る。「私のことをどうでもいいって思う人はいるものよ。でも、ちゃんと私に向き合おうと敬意を払ってくれる人も必ずいる。もう少し探し続けましょう」

「女性が1人、歩いているわ。30代くらいね、飲み物を片手に持ってる。にっこりしている感じよ」

うなずいて言う。「その人に会ってみたい」

「よし、すぐ戻るわね」ジョディは立ち去る。

膝でバランスを取りながら、床にいるマキシーンの隣にひざまずく。マキシーンは私の足元に長々と寝そべり、有能な弁護士たちが集まっているこの部屋で、禅の教えを体得した人の静けさをかもしだしている。手をマキシーンの毛皮に滑らせ、その静けさが少しでも私に乗り移るようにと祈る。

ジョディが戻ってくる。「ハーベン、こちらはサラよ。サラは自分で入力してくれるって。私は後ろにいるわね。それじゃ、サラに代わります」

サラに手をさしのべる。「はじめまして、サラ！」サラは握手をすると、その手を離してくれる。

「こんばんは」サラは入力する。

サラに「うまくいっています」という意味を込めてにっこりする。「今夜の調子はいかがですか？」

「とてもいいわ。エンターキーを押した方がいい？」

私は首を振る。「エンターは押さなくてもいいんです。入力したものがすぐにこちらに転送されます。入力すると同時に、私の方に点字が浮かび上がる仕組みなのです」

「すごい！　ちょっと触ってみてもいい？」

機器の向きを回して、点字ディスプレイがサラの方を向くようにする。サラは点字に触れている。

サラが試し終わると、ディスプレイをまた元のように自分の方に戻す。

「この機械、すごいね。この技術は新しいものなの？」

「この機器自体は、今年発売されたものです。でも、こういう機械は80年代くらいから出回っているんですよ。テクノロジー業界でお仕事されているんですか？」

「そんなとこね。たぶんもう知ってると思うけど、私は弁護士なの。ニューヨーク大学の法科大学院を5年前に卒業したの」

「それはすばらしいですね。どの分野のお仕事をされているんですか？」

「事業法の分野よ。ボストンのダウンタウンにある法律事務所で働いているの。夏のあいだのサマーアソシエートの募集がじきに始まるのだけど、興味ある？」

返答する前に、少し時間をおいて慎重に言葉を選ぶ。「とてもいいチャンスだと思います。私は将来、障害者権利擁護の弁護士になりたいんです。そちらの事務所では、公民権に関する訴訟は扱っていらっしゃいますか？」

「いくつか無料奉仕で取り扱ったことはあるわ。知り合いで手がけたことのある人もいるし。私の名刺をさしあげたいの、この後もやりとりができるように。通訳の方にお渡しする方がいいかしら？」

「私にいただけますか？」名刺が手渡される。「ありがとうございます。サラさん、お会いできてうれしかったです。どうぞ今夜を楽しんでくださいね」

「あなたもね、それじゃ！」サラは飲み物を手に取ると、去って行く。

「ジョディよ。学生さんがあなたに話したいって。人懐こい笑顔の人よ。あなたの知り合いだって言ってる。それじゃ代わるわね」

「こんばんは、お名前は？」私がたずねる。

「やあ、リケンだよ」

「リケン！　こんばんは！　今夜のレセプションはどんな感じ？」私は笑顔になる。友人を見つけて、気分があがる。

「いい人たちに何人か出会ったよ。名刺も何枚かもらったし」リケンの言葉は飛ぶように現れる。

さっき入力していた人の倍のスピードだ。「今のところ、首尾は上々だね。君はどう?」

「さっき、サラさんていう弁護士さんと知り合いになったの。サラさんの事務所で、夏のあいだに学生向けのプログラムがあるってことを話してくれた」

「それはいいね! どうしてるかなと思って、ちょっと挨拶に寄ったんだよ。うちのクラスからこのイベントに来てるのはほんの数人しかいないよ。ところでこの前、カフェテリアにいたとき、窓の外を見たら君がマキシーンとボール遊びしてるところが見えたんだ。楽しそうだったね」

「うん、マキシーンは遊ぶのが大好きなのよ。よかったら、今度一緒に遊んであげて」

「ありがとう、それは楽しそうだな。あとでメールするよ。それじゃまたいろんな人に会いに行くから、またね!」

「うん、また!」

その後も、ジョディが会話の手助けを務めてくれる。見てわかることや聞こえてくることの描写をしてくれるので、それに基づいて私がいろいろ決めていくのだ。そのおかげで、法学科の学生の他に、現役弁護士さんたちなど、いろいろな人に会うことができた。

ここでの経験に勇気づけられ、私はもっと社交の輪を広げて行くことにした。同級生たちは、授業の前や後にキーボードに入力しに来てくれる。カフェで新しく出会う人たちも、キーボード越しに自己紹介してくれる。そして人生で初めて、ダンスのパートナーたちも、自分たちの名前を簡単に紹介してくれることができるようになった。ごく稀に、立ち去ってしまったり、否定的なコメントをする人もいる。そういうときは、マキシーンにその人たちを避けるようにと伝える。でもほとんどの場合、みんな思いやりがあって探究心もあり、新しいやり方で会話をしてみようという気持ちのある人たちだ。キーボードというなじみ深い道具を使うことで、私たちは違いがあるけれども大丈夫、うまくやっていけるよという思いを抱かせるのだ。点字や手話、障害者の文化について知っている人は少ないが、キーボードで入力することのできる人は圧倒的に多い。特にミレニアル世代は、キーボードを使って会話をすることに慣れている。その場合のキーボードは、だだっ広い未知の海をただよう際に、つかまることのできる救命ボートのような役割を果たすのだ。

ただ、他者とのコミュニケーションをどう図っていくか、に頭を悩ませるのは、さして長い時間ではない。ほとんどの時間を、教科書や訴訟、そして訴訟についての記録を読むために費やしている。私がコンピュータで読めるように、授業で使う資料の全てをデジタルファイルで大学院側から送ってもらえる。また、文書やアプリケーション、ウェブサイトなども利用できる形になっているので、法律関連のリサーチをしたりレポートを書いたりできる。テクノロジー企業の開発者の方も、障害者のアクセシビリティを念頭に置いた開発をより行うようになってきているために、障害を持つ学生たちが成功するチャンスが大きくなってきている。2010年の時点で学生は、それ以前の障害を持つ学生たちと比べて、学びに使えるツールを格段に多く手にしている。障害者権利擁護の活動家たちがそれまでにバリアを取り除こうと努力し、私のような学生が学ぶ道を切り開いてくれたのだ。

ハーバード大学の教授たちから要求される課題の量は、膨大なものだった。それに直面すると気が遠くなるが、中学生のときから大学までに磨き上げた勤勉のモラルに、今とても助けられている。課題を頭に入れ、優先順位をつけて、図書館司書や教授、先輩などに必要なアドバイスを求める。アフリカ系アメリカ人法学科大学生協会（Black Law Students association）と法学科女子学生協会（Women Law Students associations）からは、期末試験のときにとても助けられている。相談相手になってくれたり、勉強のコツを教えてもらうのだ。期末試験にはへとへとになった。これでもかというほど、打ちのめされる。大学の方で試験を点字にしてくれるので、スクリーンリーダーの入ったラップトップと点字ディスプレイを使って、解答を入力して印刷する。私の答案は、他の学生のものと同様に、匿名のまま採点される。

期末試験を全て終えると、メールが1通、インボックスに届き、一読してさあ困った、と頭を抱えてしまう。そこには「期末試験が終わったことをお祝いして、バーで同級生たちと集まりませんか？」と書かれてある。ええ、行きます。いいえ、行きません。どちらにしよう？　バーと言えば、ベタベタしたテーブルに、もっとベタベタした床があるところだ。バーと言えば、とても騒がしいところだから、誰の言うことも聞こえないし、私の言うことも誰も聞いてくれないだろう。いよいよ、バーの問題をどうしたらよいかに取り組むときが来た。弁護士がバーに集うのは、はるか遠い昔からのしきたりだ。弁護士になるために最後に受けなければならない試験は、バーの試験［bar exam、司法試験のこと］なのだから。

マキシーンと一緒に、キャンパスの外にあるアパートから法科大学院へと歩き、それを通り過ぎてハーバード・ヤードの向かいへ行き、ハーバード広場を横切って、伝説のバー、ジョン・ハーバード・ブルワリー&エール・ハウスに入る。ドアを開けると、ビールと揚げ物の匂いが充満している。「ストレート、ゴー」階段を下りる。「グッド！」階段を下りきると、マキシーンは「それで？」とでも言いたげに立ち止まる。

ほの暗い灯りを通して、たくさんの人が集まっているのが見える。前にも、左にも、右にもたくさんの人がいる。人の声は混じり合って混沌となり、一つの大きな騒音のかたまりにしか聞こえない。

誰かが近づいてきて、私の腕に触れる。その女の人は何かしゃべるが、その声は雑音にまぎれて聞こえない。

「こんにちは！」笑顔を見せる。「ここでは聞こえにくいの。キーボードを置いてもいいですか？カウンターかテーブルか、私が使っていいところまで案内してもらえますか？」

人で混み合ったフロアを抜け、背の高い木のテーブルへと案内してもらう。

「ありがとう！」キーボードと点字ディスプレイをバッグから取り出し、スイッチを入れて、キーボードをその女の人に渡す。

「ジャネットよ。元気だった？」

「ええ！　期末試験が終わってほっとした」

「私もよ。よくやったよね、私たち！」

「もうこれで、あとはどんどん簡単になっていくって聞くよね、1学期目が終わったから」バーの中で座っていながら、いつもの学校の話をしていることに、目まいを覚える。騒がしい場所にいると、これまでなら、いつもどうしたらいいかわからず、のけものにされたような気持ちがしたものだ。だからそういう場所はできるだけ避けていた。高校のプロムパーティも、大学の卒業式も、出席しなかった。でも今は違う。私がキーボードを使っていても、それをおかしな目で見る人ばかりではないし、ちゃんと私のやり方を尊重してくれる人たちがいる。

「何か飲み物、いる?」ジャネットがたずねる。

うなずいて、伝える。「レモネードがいいな」

「わかった、バーテンダーに伝えるね。あ、リケンが来たよ」ジャネットはバーテンダーに話しかけ、人混みへと消えていく。

背の高い誰かがキーボードを取る。「やあ、リケンだよ。期末試験、どうだった?」

「難しかった」言いながら肩をすくめる。「でもやるだけのことはやったわ。あなたは?」

「契約の試験は手強かったね。終わってよかったよ。休暇で家に帰るのが待ちきれないな。ハーバード法科大学院からも、しばしのおさらば、だね。あ、飲み物が来たよ。君の右側にある」

右手を伸ばして、飲み物を取り、ひとくち飲んでみる。

「それ、レモネード?」リケンがたずねる。

「そうよ」言いながら眉を上げ、私がレモネードを選んだことについて、なんとか言ってからかってくるんじゃないかと予想する。

「お酒飲まないの?　お祝いしたいんじゃないの?」

笑顔になる。「私、目が見えなくて耳も聞こえないの。もうこれ以上、目が見えなくて耳が聞こえなくて、しかも酔っ払った人にはなりたくない」

「はははは!　おっかしいの!　でも、今夜は君のお祝いでもあるよ。何か他に、食べたいものとかある?」

首を振る。「このバーがどんなところなのか、説明してくれる?」

「いいよ。ここのバーはL字型だね。今僕らは、Lの字の長い方の真ん中あたりにいるんだよ。このカウンターの周りに、座っている人もいれば立っている人もいる。みんな若い人たちばかりだね。たぶん、期末試験が終わってお祝いに来た学生たちばかりだと思う。なんだか、場面を描写している、小説の作者みたいな気分になってきた」

「そうね! 自分を小説家か、脚本家だと思ってみたら?」

「ははは。どれ、あとは何があるかな……入り口は左側、大きな木の階段があって、そこを君はマキシーンと下りてきたね。ちなみに君ら2人が入ってきたとき、ここにいるみんながマキシーンに感心してたよ」

「そのこと、マキシーンにはバラさないでよ」悪党のように警告を発する。「あの子のエゴはもう十分に肥大してるんだから」

「はは、マキシーンは完璧だよ。でもわかった。バーの説明に戻るとしよう。あそこの階段を下りて右に折れるとレストランになってる。テーブル席とブース席があるよ。そこも満員だ。あ、リサが君と話したくて待ってるって。これからキーボードを渡すね。僕たちのいるセクションからだいたい20人が君のすぐ後ろにいるから、何か欲しいものがあれば、誰でもたずねるといい。大丈夫?」

「これ以上ないほど大丈夫よ!」キーボードを渡していいよとリケンに身ぶりする。

「よし! それじゃリサだよ」

キーボードと点字ディスプレイのおかげで、バーで人とやりとりするのは、予想したよりさほど難しくはない。その夜はずっと、同級生がやってきては、キーボード入力だと騒がしいバーの中で叫ばなくても話ができて、喉を休ませることができるからうれしいと言ってくれる。私のキーボードは、歩道から車道に下りる場所についているスロープのようなもので、障害のない人たちもそのしつらえが便利だと思っている。障害者向けのものが、コミュニティ全体のためになる一例だ。

背の高い人物がキーボードの前に陣取る。「やあ、僕だよ」

「僕って、誰？」

「ああ、ろめん、リケンふぁよ　なんじゃ　もと　のむ？」

指で追いながらなんとかメッセージを解読しようとする。「なんて言ったの？」

意味不明な入力。

もし目がきらっと光ることがあれば、このとき私のは光っていただろう。「これは難しい問題よ、ほんとうに難しいんだから。いったい何杯飲んだの？」

意味不明な入力。

「そうだろうと思ったわ」笑いをかみ殺す。

バーに誰かがやってくる。「やあ、ニックだよ。どうしてる？」

ニックの反対側にいるリケンを指差す。「この人、何か言いたいみたいなんだけど、何を言いたいのか聞いてくれる？」

ニックは左を向くと、リケンはニックの耳に近寄る。ニックはリケンの耳に近寄る。そのやりとりがひとしきり続き、ニックはキーボードのところに戻ってくる。「もっとレモネード飲むかって聞いてる」

自分のグラスを指差す。「まだこれ飲み終わってないの。でも聞いてくれてありがとう」「こいつ、ろれつが回ってないんだよ」

「そうでしょうね」面白さのあまり顔がほころぶ。「さっきから意味不明な入力ばっかりしてるの」

「ははははは！　それじゃ、何か僕に話したいことがあるなら今のうちに聞いて、僕の入力がめちゃくちゃになる前に」

「そうね、みんな飲んでるもんね。あーあ」と、心配する真似をしてみせる。

「ところで、マキシーンも飲んでるみたいだけど」

「ええっ?」手で革の綱をたぐり、カウンターの下にいるマキシーンの柔らかな毛皮の頭をなでる。マキシーンは鼻で床の匂いをかいでいる。「ノー！」マキシーンは鼻を床から離す。「グッド」椅子に座り直し、ニックの方を向く。「マキシーンがお酒を飲むのは危険なの。肝臓が小さいから、法学科の学生さんたちとちがって」

「はは！　あれはほんのちょっとこぼれたビールだったよ。でも、またマキシーンが床をなめていたら知らせるから」

「ありがとう」

「そろそろ行こうかな。休暇を楽しんでね。また1月に会おう！」

「ええ、あなたもね。またね」

「リサがキーボードのところに来たよ。それじゃ」

キーボードに入力する手が替わる。「私、リサよ。失礼なことを言うつもりではないんだけど、どうしてお酒飲まないの？　それが悪いって言ってるんじゃないんだけど、それって障害者的な何かなの？」

「障害者でも飲む人はいるよ。これは単に私自身が決めたことなの」両手を上げて、ちょっと肩をすくめてみせる。「運動能力を失いたくないのよ」

「(笑) 確かに。私もそろそろ、気を失う前に家に帰るわね。1人で大丈夫？」

「うん、この辺はよく知ってる場所だから」

「ほんとに？」

「うん」

「そうか。もうバーに残ってる人はあんまりいないわ。リケンはまだいるけど。ハグしていい？」

リサは私をハグして、帰ってゆく。

グラスに手を伸ばす。冷たい飲み物が喉をうるおしてゆく。騒がしい中で声を張り上げていたので、喉がやられてしまった。もう一つ画像ディスプレイをシステムに追加して設定しておけば、私の発言も入力で済ませることができたのに。そうでなければ、次はもっと静かな場所で集まればいいのに。

「もう帰るね」リケンに言う。「あなた、大丈夫？」キーボードをリケンの前に押しやる。意味不明な入力。

眉根をひそめる。「1人で家に帰れる？」

意味不明な入力。

もし自分がリケンだったら、友だちに何をしてほしいだろう？「一緒に歩いて帰ろう。あなたの寄宿舎は私のところの通り道にあるから」

意味不明な入力。

指でコツコツとテーブルを叩く。「そうね、もう帰った方がいいわ。一緒に行こう。さ、行くわよ」キーボードを取り上げて、オフにする。

リケンはキーボードをしっかり握って離さない。取り上げると、リケンはまたとり返そうとする。「わかった、ちょっと待って」キーボードをオンにし、リケンの前に置く。「ほら、オンにしたよ」

意味不明な入力。

私は笑い出す。「ごめん、なんて入力したかったのかわかんないよ。外の方が静かだから、外で話して」コミュニケーションシステムをバッグにしまい、コートを着る。

リケンはバーに座ったままだ。隣に立ってリケンが帰る支度ができるのを待つあいだ、指でぼんやりとマキシーンの綱に刻まれた文字を追う。「ザ・シーイング・アイ」。

リケンが腰を折ってマキシーンをなでる。

マキシーンに元気よく言う。「さあ、準備はいい？」マキシーンは飛び上がる。尻尾が振るたびに私の足に当たり、まるで「行こう、行こう、行こうよ！」と言ってるかのようだ。

リケンは椅子からずり落ちる。

「ストレート、ゴー！」マキシーンは勢いよく階段を上っていく。「スロー」階段に差し掛かり、後ろを振り向いてリケンを確認する。リケンは千鳥足だ。「マキシーン、スロー」リケンが階段を上るペースに合わせて歩く。マキシーンはドアのところで止まり、私はドアを引っ張って開け、リケンが通るのを待つ。

ここ数日、冬にしては暖かい天候が続いていたので、ケンブリッジの街に降りつもった雪や氷は溶けていた。飲み歩いている学生たちにとっては朗報だった。リケンにとっても。

「さっき何が言いたかったの?」と聞いてみる。

ボソボソ、ボソボソ。

近くに寄ってみる。「何?」

ボソボソ、ボソボソ。

「ごめん、やっぱり聞こえないよ」バッグの肩ひもを調節する。「家に帰るところなんだけど、あなたの寄宿舎は私の家の途中にあるでしょ。一緒に帰らない?」

ボソボソ、ボソボソ。

「ついてきて」マキシーンと私は先に立つ。「マキシーン、ストレート、ゴー。グッド!」ダンスター・ストリートをハーバード広場に向かって歩く。リケンは私たちより遅れて、何かぶつぶつ言いながらついてくる。足取りはたどたどしく、千鳥足だ。マキシーンと私は、リケンのスピードに合わせてゆっくりになる。

歩道が広くなり、ハーバード広場につながっていく。広場の真ん中まで来ると、リケンは右に曲がり、間違った方向へと足を引きずりながら歩き出してしまう。

マキシーンと一緒に急いで追いかける。リケンに追いつくと、ぐいと腕を引っ張る。「あなたの寄宿舎は反対方向よ」

応答なし。

「マキシーンと私は左に行くわよ」そう言って、左を指し示す。

「マキシーン？」リケンが言う。

「そう！」私の犬を見やると元気よくたずねる。「マキシーン、準備はいい？」マキシーンが尻尾を振るたびに、私の足に当たる。マキシーンが歩き出すと、リケンもついてくる。3人で一緒にハーバード広場を横切る。じきに、ハーバード・ヤードに入る。だだっ広い芝生の広場に、レンガの壁で囲まれたレンガ造りの建物が立ち並んでいる。舗装された道が縦横にヤードにはりめぐらされている。マキシーンは確かな足取りで進み、私たちを正しい方向へと導いている。

リケンが道からよろよろとはずれていく。

「リケン！」後ろから呼び止める。マキシーンを連れて急いで追いつく。「私の腕につかまった方がいい？」リケンの左手を取ると、私の右腕につかまらせる。

ボソボソ、ボソボソ。リケンの手が私の腕からずり落ちる。

「私たちと一緒に歩ける？　マキシーンについてきて、ね？」

ボソボソ、ボソボソ。

リケンはマキシーンについてハーバード・ヤードを通り抜け、サイエンス・センターのところを回り、ラングデル・ロー・ライブラリを通り過ぎる。そしてマキシーンと私でリケンを寄宿舎に無事に送り届ける。そういう手はずになる予定だった。

ところが実際はこうだ。リケンはマキシーンについてハーバード・ヤードを通り抜け、サイエンス・センターのところを回り、ラングデル・ロー・ライブラリの横まで来る。そこでリケンは突如止まり、図書館の階段に駆け上がったかと思うと、そこに座ってしまう。

思いがけない展開に、思わず笑ってしまう。階段のところに座り込んでいる人影を見やり、さてどうしたものかと考える。

この人は、障害者という未知の世界に飛び込んで来てくれた。テクノロジーや通訳、片時も私から目を離さない盲導犬などに囲まれた世界だ。それを乗り越えて、私に話しかけてきたのだ。それが今、私たちの立場は逆になっている。今度は、私が未知の世界に直面しているのだ。どうやったら、この人をあそこの階段から下ろして家に送ることができるんだろう?

マキシーンと私はともかくも階段を上る。リケンの隣に腰を下ろし、つとめて明るい口調で話しかける。「ハーベンとマキシーンよ。ねえ、いい知らせがあるんだけど。あなた、期末試験が終わったのよ」

ボソボソ、ボソボソ。

「もう終わったの。自由の身よ。もう図書館にこもらなくてもいいの」

ボソボソ、ボソボソ。

「もう、すぐそこがあなたの寄宿舎よ。帰りたいでしょ?」

ボソボソ、ボソボソ。

にっちもさっちもいかない気がしてきた。ひんやりと冷たく固い階段の上で、震えるほど寒い冬の夜。マキシーンの毛皮をなでて、凍える両手を温めようとする。すると、リケンもマキシーンをなで始めた。そうだ！　いいアイディアが浮かぶ。

「マキシーンはもう行くよ。さあ、行こう！」立ち上がり、マキシーンに呼びかける。今夜ずっと意識して使い続けている明るい声音を出す。「準備はいい？」マキシーンと一緒に階段を下りるが、リケンは座り込んだままだ。階段の下で立ち止まり、リケンが1人で下りてきてくれることを祈る。

リケンは大声で呼ぶ。「マキシーン！」

もう一度、マキシーンに呼びかける。今度はリケンにも聞こえるように、大きな声を出してみる。「マキシーン、準備はいい？」マキシーンは尻尾を勢いよく振り、ハーネス全体が揺れる。マキシーンと一緒に歩き出すと、リケンはついに腰を上げ、階段を下りて図書館からすぐの自分の寄宿舎へとたどり着く。私はマキシーンと一緒にもう1ブロック歩いて、キャンパスの外にあるアパートに戻る。

法科大学院の1学期目には、たくさんのことを学んだが、最も思い出に残ったのはこのことだ。お酒は飲まないにこしたことはない、もしかしたら友だちを無事に家に送り届ける必要が出てくるかもしれないから。

私はハーバード大学法科大学院で初めての盲ろう学生だ。ハーバードには、過去に門前払いにしてきた種類の人々がたくさんいる。ヘレン・ケラーが入学願書を出しても、入学を許可しなかった。その頃、ハーバードは男子学生だけを受け入れてきたのだ。ヘレン・ケラーは障害も女性であることをも、ものともせず努力をしたが、ハーバードのコミュニティ側に、女性に対するバリアが存在したのだ。結局ヘレン・ケラーは、ハーバード大学の姉妹校であるラドクリフ・カレッジから入学を許され、1904年に学位を授かった。

ハーバード大学は創設以来200年以上、女性の入学を許さなかった。長い時間を経て、大学の文化が移り変わり、それに対応する変革が行われた。ハーバードは女性へ門戸を開き、有色人種を受け入れ、また障害者の入学を許すことになった。

ヘレン・ケラーの時代から、ハーバード大学は大きく変わったが、まだやることは残っている。

ハーバード大学法科大学院に在籍した3年のあいだ、いくつもの困難に直面することになった。学校側では、私のためにどんな措置が必要なのかよくわかっていなかった。私にだってわからない。盲ろうの人間として法科大学院に進学するのは、私とて初めてなのだ。そこで双方で協力しながら手探り状態で進むことになった。これでだめならあれをやってみて、というふうにいろいろなやり方を試してみて、うまくいくやり方を探すのだ。単位は全て取り、栄誉な賞もいただくことになった。夏休みは、得難い体験をすることになる。まずはアメリカ教育省公民権局での仕事、それから雇用機会均等委員会での仕事だ。最終学年になり、スキャデン・フェローシップをいただく。これは法律の分野において非常に栄誉な奨学金だ。これで2年間は財政援助が受けられることになったので、視覚障害のある学生向けのデジタル情報保障サービスの利用を促進する仕事が、これでまかなえるようになった。その後は、カリフォルニア州バークレーにある、障害者権利擁護NPO団体の法律事務所ディスアビリティ・ライツ・アドボケーツ（Disability Rights Advocates）で働くことになる。

もう、冷たい雪に閉ざされる冬とはおさらばだ。「さあマキシーン、準備はいい？」

第23章

合法的に「ケリ入れてやった！」

2015年冬
バーモント州バーリントン

障害者権利擁護の第一人者であるダニエル・ゴールドスティンが、法廷に立ち、バーモント連邦地方裁判所のウィリアム・K・セッションズ3世判事の前に出る。ダニエルは口頭弁論を行い、ずらりと並んだ弁護士たち、メーガン・シドゥ、グレッグ・ケア、エミリー・ジョセルソン、ジェイムズ・デウィーズ、そして私は原告席に陣取り、一字一句聞き逃すまいと耳をすませている。

私たちの後ろには、視覚障害者とその支援者たちが討論に耳をすませている。視覚障害者たちが図書を利用できるようになるかどうかの運命がかかった討論だ。原告団代表のハイディ・ヴィエンズは、バーモント州コルチェスターに住む視覚障害を持つ母親だ。4歳の娘に本を読んであげることが楽しみだが、もしこの裁判に勝てば、ハイディや本を愛する視覚障害者たちは、4000万点もの書籍や文書に対するアクセシビリティを勝ち取ることになる。

私たちの陣営は他にも、全米視覚障害者連合（National Federation of the Blind：NFB）の代理人も務めている。NFBは視覚障害者が率いる最古で最大の団体だ。全州に支部があり、会員は5万人を超す。アクセシビリティに関する啓蒙活動を行うために多大の資金を費やしている。ウェブサイトには、情報にアクセスできるようにするための、多数のツールの紹介や豊富なガイダンスが載っている。このように価値ある情報が利用できる状態にあるにもかかわらず、組織の多くはそれを無視し続けているため、ＮＦＢは弁護士を雇って、視覚障害のあるアメリカ人の権利擁護活動を行っている。

およそ1年前、スクリブドという会社のサービスにはアクセシビリティがない、という問題について、連絡が来た。サンフランシスコに本社がある同社は、出版のためのプラットフォームとデジタル図書館を作り出し、「世界最大の電子書籍と執筆作品の所蔵庫」と謳っている。ところが、視覚障害者がスクリブド社の蔵書を読もうとすると、壁にぶつかってしまった。同社のプログラミング方式のために、スクリーンリーダーが使えないのだ。スクリーンリーダーは、スクリーン上の視覚情報を読み上げ方式に変換したり、点字データに変換してくれるソフトウェアだ。

スクリブド社に関する問題をＮＦＢに提示したところ、同連合に激震が走った。スクリブド社の対応が、ＮＦＢの特に敏感なところに触れたからだ。子どもも大人を問わず書籍へのアクセスを確保していくことは、ＮＦＢの中核に位置する使命である。デジタル分野でのバリアがあれば、教育や就労のチャンスが失われてしまい、アイディアをやりとりするマーケットに参入することが難しくなる。

そこでまず、スクリブド社に対して手紙を出し、同社サービスへのアクセシビリティにはバリアがあることを説明し、その問題を解決するために協力しようと呼びかけた。返事はなし。再度手紙を出したが、なしのつぶて。それからも待ち続けたが、一向に返事は来ない。

そういうわけで、私の輝かしい26歳の誕生日の当日に、スクリブド社を相手に訴訟を起こした。

スクリブド社の弁護士は法廷に対し、私たちの訴えを取り下げるよう要求した。主張が正当性のあるものではないとして、訴えを取り下げようと促す動議の中で、アメリカ障害者法（ADA）においては、インターネット上での事業は範囲に含まれないと主張した。ADAの第3編は、公共施設という「場」において、障害者を差別することを禁じている。この「場」という言葉は、物理的な場所、例えばレストランやホテル、映画館といった場所を指している、というのがスクリブド社の主張だ。公共に開かれた、そうした物理的な「場所」がない限り、スクリブド社は自社の図書館のアクセシビリティを確保する必要がない、というのだ。

私たちチームは賛成できなかった。強く、断固として反対した。私は自ら進んで、スクリブド社の棄却の申し立てに対する反対意見の弁論趣意書を作った。弁護士としてのキャリアの中で、この弁論趣意書の下書きほど、わくわくしたことはない。スクリブド社に対する訴状を書くのと、ほとんど同じくらい充実感があった。書くことは、権利を擁護する行いである。書くことは、力であり、パワーを生む。それまで何年も、読者を説得する文章の書き方を練習し、法律に関する調査を行い、分析的思考を訓練してきた結果を全て、この弁論趣意書につぎ込んだ。書き終えると、チームリーダーのダニエル・ゴールドスティンが、今までに見た弁論趣意書の中でも特に優れている、と賞賛してくれた。

そして今、ダニエルは法廷に立ち、私たちの弁論趣意書から主張を述べ、法廷に対し問題を提起している。ダニエルは優れた雄弁家で、視覚障害者を代表する訴訟を扱って何十年という経験を持っている。適切なツールと訓練さえあれば、視覚障害者も晴眼者と同じ土俵で戦えると信じているのだ。そういうダニエル自身も障害者である。うつ病と不安障害を抱えている。自分の時間を割いて障害者権利擁護を行う多くの若い弁護士を指導しているが、私もその恩恵に与っている1人だ。

タイピストが訴訟手続きの内容を書き起こし、点字にして私に送ってくれる。原告席にチームメンバーと一緒に座っていると、自身の障害者権利擁護のためにこれまで働いてきたことが、今この法廷でまさに大きく実を結ぼうとしていることへの喜びがこみ上げてくる。もし、法廷がスクリブド社を無罪であるとするなら、アメリカの視覚障害者はスクリブド社が持つ4000万点もの蔵書が利用できないまま、その可能性を奪われてしまう。また、スクリブド社が勝訴することで、他のテクノロジー企業もアクセシビリティの確保はしなくていいものと考え、開発計画にアクセシビリティを盛り込むことをやめてしまうかもしれない。そんなことになったら、情報格差が広がる一方だ。

今回の問いは、究極的には「法律はインターネットを『場所』とするのか否か」ということに集約できる。

ダニエル：一般的に、インターネットに関しては、「場所」にまつわる言葉を使わずにはいられません。ウェブサイトは訪問する、と言いますね。テレビ放送や新聞を「訪問する」とは言いません。テレビ放送は視聴する、新聞は読むと言っていますが、ウェブサイトは訪問すると言います。バーリントン・フリー・プレス紙の報道でも、火災の被害に遭ったグリーン・マウンテン・クラブ再建を手伝いたい人たちに、クラブのウェブサイトを「訪問」するように、と呼びかけています。同紙が、隠喩や詩的な表現をしているとは思いません。そのような言葉を使う、とみなが了解しているのです。一般的によく使われる言い方の例を挙げれば、「サイバー」とは言わずにサイバー「スペース」と呼んでいますね。チャットの場合もチャット「ルーム」と言います。フェイスブック「ウォール」にニュースを投稿します。電子メールは「アドレス」があります。オンライン「ストア」で買い物をします。タイムス・アーガス紙が2001年の記事の中で、インターネットは単にある一つの場所ではなく、複数の場所だ、と報道したのも、隠喩を使った表現ではないと考えます。これが言葉の使い方なのです。その言葉をみな理解できますし、初めて聞いたとしても、すぐにその意味がわかります。「ウェブサイト」ということも理解できます。その場合も、ウェブの「場所」という意味であり、というのも一般的な理解では「サイト」という言葉の意味が「場所」だからです……

判事：それは確かに一般的な意味かもしれませんが、その弁論における問題は、この法が可決されたのは1990年であるということです。この法が制定された時点での「場所」とはそもそもどういう意味だったか、というのが問題なのです。そして実際のところ、当時の議会の考えでは、ADAの適応に関しては物理的な地所に限るという境界線があったのだとすれば、インターネット以外のことを指していると考えざるを得ません。規定されていたのは、何らかの物理的な建物の場所を指していると考えるべきです。

ダニエル：もしそうだとしたら、ではなぜADAは「場所」という言葉を使うのを、妙なところでやめているのでしょう?「プレイス（場所）」の代わりに「エスタブリッシュメント（組織や施設）」という言葉を採用しています。「公共施設」と定義をしていますが、「公共施設の『場所』」とは言っていません。ただし、規則はその言葉を使っていますが、それに関しては後ほど言及します。何を禁止するのかを定義した第3編の中核となる、この法の表題において、なぜこの言葉を使わなかったのでしょう?「場所」とは、性質決定文言ではなく、説明的文言だからです。これを確かめるには、用例を用いて言い換えてみることです。例えば「ベーカリー、食料品店、衣料品店、金物店、ショッピングセンター、またその他の小売やレンタル業などの『施設』」としましょう。もし、「場所」という言葉を使うとしたら、この場合は「またはその他の『場所』」というふうになります。「小売やレンタルが行われるその他の『場所』」といった表現になるでしょう。それは、かなりぎこちない表現になります。そういった場合、何かを制限しようとしているのではありません。単に、「プレイス(場所)」を使うにせよ、「エスタブリッシュメント(組織や施設)」を使うにせよ、何かを説明しようとしているのです。議会が「またその他の」と付け加えているということは、その表現を何度も繰り返し使って、英語という言語を使いながら、できるだけ幅広い範囲を含むようにしているのです。法定の歴史にも示されているように、テクノロジーが発展している時代に生きていることは十分に自覚しているのですから、ADAが適応されるところにも影響が及んできます……

なんと非現実的な気分だろう! こうした問題について何年も取り組んできた今、ここに座って後世の歴史に残るディベートを目撃している、ということは。このテーマは、2014年にスクリブド社への訴状をまとめるよりもずっと前から、私の頭の中の大部分を占めていた。法科大学院の最終学年で、ＡＤＡのオンラインビジネスにおける適用についての論文を二つまとめたことがある。そして去年から、この伝説ともなるべきスクリブド社の件に関わっているというわけだ。焦点となっているのは、ＡＤＡはバーチャルな「場所」にも適用される法なのかどうか？という点だ。

ＡＤＡはアメリカで最も包括的な公民権法だ。共和党と民主党が共同で、議会で法案を可決させた。共和党のジョージ・Ｈ・Ｗ・ブッシュ大統領が１９９０年7月26日に法案に署名をし、法律が制定された。反対派はすぐさま法律を少しずつ骨抜きにしようと活動を始めた。被告側弁護士たちは延々としつこく「プレイス（場所）」という言葉にこだわって攻撃をし続け、依頼主たちが法の網をかいくぐる手助けをしてきた。こうした訴訟の結果によって、ＡＤＡはウェブサイトやアプリを適用対象とはしない、という前例が作られてしまっていたのだ。

ウェブサイトやアプリが利用できないことで、情報が得られず苦しむ状況が加速されている。視覚障害やディスレクシア（読字障害）、その他の印刷物の読解に障害を持つ人々は、求人への応募書類や保健医療関係の通知、政府関連の書類や教育に関する情報などが利用できないために、経済的に不利な立場に追い込まれている。テクノロジーはそうしたバリアを取り除く可能性を持っているにもかかわらず、開発側は、障害者が利用できないようなデザインをし続けているのだ。

マサチューセッツ連邦地方裁判所は、ＡＤＡがインターネット上のビジネスにも適用されると判断した最初の裁判所である。全米ろう協会は、ネットフリックス社が提供するオンラインのビデオストリーミングサービスに字幕がついていないことから、同社を訴えている。字幕があれば、聴覚障害者であっても、ビデオ作品の音声内容を理解することができる。ネットフリックス社は、ＡＤＡがバーチャルなビジネスには適用されないと主張した。ポンソー判事はその主張を退け、ＡＤＡはネットフリックスのようなバーチャルのビジネスにも適用されるとの判決を下した。２０１２年のネットフリックス社に対する訴訟によって、アクセシビリティの権利擁護活動家にとって、新しい時代が切り開かれた。

ダニエルが陳述を終えると、スクリブド社の弁護士がセッションズ判事の前の証言台に呼ばれる。トニア・ウーレット・クラースナーは大手法律事務所のウィルソン・ソンシーニ・グッドリッチ＆ロサーティ社に勤めている。ニューヨーク支社の事務所勤務のトニアは経験豊かな企業専門の弁護士で、「ニューヨークのスーパー弁護士」のリストに入るという栄誉を授かっている。加えて、バーモント州の学校に通っていたことがあるのだ。

判事：ポンソー判事の担当したネットフリックス社の訴訟がどうなったか、ご存知ですか？

２０１２年でしたが、その後、上訴されましたか？

トニア：いいえ、ネットフリックス社は示談にしました。

判事：わかりました。

トニア：第１巡回区連邦控訴裁までいかなかったのは、残念なことでした。

原告側はスクリブド社がエクイップメント（設備）を運営しており、その場合のエクイップメントは「施設」の定義に当てはまると主張しています。ここで図や、法からの引用を用いることができればよいのですが、司法省によれば、事業体が施設や設備を運営しなければならないとの規定はありません。もしそうであれば、アメリカのほぼ全ての事業体に第3編が適用されることになります。おそらくそれは原告側の希望するところなのかもしれませんが、それは同法の定めるところにあらず、また各種規制の定めるところでもありません。適用されるのは、公共施設の場所でなければならず、それは施設のことを指しているのです。つまり、物理的な場所であり、誰かが設備や建物を運営しており、その施設はＡＤＡの定める12のカテゴリに当てはまらなければなりません。

してみると、条件二つをクリアしていなければなりません。まず、場所や施設でなければならず、そしてそのカテゴリのどれかに当てはまらなければならないのです。サブスクリプション形式の読書サービス、オンライン出版社は、どのカテゴリにも当てはまりません。これまで何年もそうではなかったのです。

判事：原告側が主張しているのは、コンピュータというのは設備、すなわち施設であるということです。また図書館サービスを提供しているのであれば、つまるところ、オンライン図書館であるわけですよね?

トニア：いいえ、図書館ではありません。本を借りることはないのです。資料の調べ物をするわけでもありません。原告側の訴状では、サブスクリプション形式の読書サービスとオンライン出版プラットフォームと説明されています。

判事：そうですか、わかりました。

トニア：はい、ありがとうございます。

判事：ありがとうございます。本日はごくろうさまでした。持ち帰って検討します。

マキシーンが突然立ち上がり、私は言葉の世界から急に引き戻される。床やテーブルに動きが感じられ、出席者たちがそれぞれ帰り支度を始めている。動悸が収まらないのは、私の体にはまだアドレナリンがあふれているせいだ。私たちは法廷を説得できたのだろうか？　判事はスクリブド社を公共施設の「場所」であると分類するだろうか。

同僚弁護士のメーガンが、キーボードを引き寄せて入力する。「この後の打ち合わせにファームハウスで集まることになったわよ」

私はうなずく。「あそこはいいところよね。昨日そこでランチをとったの」

「一緒に歩いて行く？」

「ええ、でもちょっとその前にタイピストの方にお礼を言ってくるわ。それからお手洗いに行って、マキシーンもお手洗いに行かせなきゃ。あのう……」メーガンにすまなそうな笑顔を見せる。「直接向こうで落ち合ってもいいかしら？」

「もちろんよ。ゆっくり来てね。席は確保しておくから」

感謝を告げて別れの挨拶をするのには多少の時間がかかる。それから半時間後、ようやく法廷を後にすることができた。カリフォルニア仕様の冬用コートは、バーリントンの凍える寒さには立ち向かいようもない。マキシーンは雪の上にほんのちょっと「小さな用事」をいたして、すぐに歩道に飛び戻る。右手でマキシーンの綱を持ち、左手では友人のキャメロン・ラッシュの腕をつかんでいる。

キャメロンとは、彼女が手話通訳の訓練をしている最中に、ボストンで出会った。優れたコミュニケーターであるキャメロンは、どこに行っても周りにいる人を明るくしてくれる。最近では、私がエチオピアに行き、障害者の権利擁護活動家を代表して基調講演をしたときも、コミュニケーションの手伝いをしてくれた。そこでは、視覚障害者の女性を支援するツハイ・ズディ記念奨学金へのサポートを集めるための活動が行われた。キャメロンはまた、私が障害者権利擁護活動家に会いに行くため中国を訪れたときも、手伝ってくれた。首都北京の、中国人民大学法科大学院で講演をしたのだ。今、キャメロンはバーモントにいて、これまでとは別の障害者権利関係の仕事に関わっている。

バーリントンのダウンタウンを歩きながら、キャメロンにたずねる。「さっき終わりの頃に、スクリブド社の弁護士が、図書館ではないって主張していたよね?」

「そうね。でもねえ、ちょっとはっきりしないのよ。できる限り速いスピードでタイプしてたので」

「あなたとてもよくやってくれたわよ! ただ、声のトーンとかボディランゲージのことを聞きたかったの。一番最後に、弁護士が言っていたのは、スクリブド社は図書館ではない、ということよね。それに対して判事は『そうですか、わかりました』と応対した。そのときの声のトーンはどんな感じだった?『そうですか~? わかりました……』みたいな、ちょっと納得していない感じ? それとも……」

キャメロンが、私の腕をぎゅっと握る。心臓がドキンとなって、動悸が高まる。キャメロンはそのまま歩き続け、私はその横を黙って歩いた。

1分後、キャメロンの体はリラックスする。「そこに彼がいたのよ!」

思わず、はっと息を飲む。「判事が？」

「そう！　私たちの前を歩いていたの」

「私の声が聞こえたと思う？」顔が真っ赤になる。

「わからない……たぶん聞こえなかったと思うよ。30フィート〔約9メートル〕くらい前を歩いていたから。私たちの前を横切る感じで、歩道を歩いてた」

「そう」深呼吸する。

「さっき何を私に聞いたの？」

自分の頭の中を探ってみて、その質問の答えをもう欲しいと思わなくなっていることに気づいた。

「さっき聞いたのはね、判事の声のトーンと顔の表情のことだったんだけど、もういいの。それは大して大切なことじゃないって思うから。言葉だけで十分。判事がどう考えているかは、発表されるときにわかるんだしね」

「正式発表まで、どのくらいかかるの？」キャメロンが聞く。

「特に日程は決まっていないのよ」肩をすくめて答える。「数週間から数ヶ月ってとこかな」

「うわ、そうなんだ」

笑みがこぼれる。「そうなの、向こう次第なのよ」

2週間後、カリフォルニアの暖かいオフィスで仕事机に向かっている。壁全体が透明な窓ガラスになった一面から、陽光が降り注いでいる。バークレーの、マーチン・ルーサー・キング・ジュニア市民中央公園で遊んでいる鳥やリスたちが、マキシーンにもよく見える。

両親が私のオフィスを訪ねてきたとき、壁に何もかかっていないのを不満に思って、何をかけるべきか言ってきた。そこで今は、エチオピアのコーヒー農園の図案をあしらったスカーフが一方の壁に飾られている。エチオピアの外務大臣テドロス博士から私がいただいたものだ。軽く光沢のある美しいスカーフを見ると、つい先般訪れたエチオピアが思い出される。もう一方の壁には、ハーバード大学法科大学院の学位が飾られている。両親は、私がどんな仕事をしているかは、正確には知らない。「何か、障害者関係の仕事をしている」としか。なぜ私がもっと高給を取っていないのか、そのわけもよくわかっていない。でも、私がこのままで大丈夫だ、ということはわかっている。

公益のために働く弁護士をしている私の報酬は、一般にハーバード大学法科大学院卒業の弁護士たちに比べると、ずっと低いものの、視覚障害のあるアメリカ人の平均収入は上回っている。なにしろ、70%の視覚障害者は無職なのだ。公益弁護士の給料でも私の学生ローンの返済ができるように、ハーバード大学低収入保護制度を利用しているのだ。この社会では、障害のある人々はない人々に比べて劣っているとされているがゆえに、意義のある仕事を持ち、健康保険にも加入でき、法学博士の学位を取得できたことは、特権のように思える。だからこそ、私は仕事机に向かい、今日もこの世界からバリアを取り除こうと仕事に意欲を燃やすのだ。

電子メールで、スクリブド社の訴訟に関する新しい進展があると通知が来た。セッションズ判事がついに決定を下したのだ！　心臓がドキドキ言い出す。内容を読み始める。

バーモント連邦地方裁判所

全米視覚障害者連合、
連合会員および連合、
ハイディ・ヴィエンズ、
原告

番号　2:14-cv-162

対

スクリブド社
被告

法廷意見および命令

全米視覚障害者連合（「NFB」）およびNFB会員でバーモント州コルチェスターのハイディ・ヴィエンズは、スクリブド社を相手に訴訟を起こした。原告の訴えによれば、スクリブド社はアメリカ障害者法（「ADA」）第3編、合衆国法典第42章、第12182条に反していると主張している。ウェブサイトとモバイルアプリケーション（「アプリ」）が視覚障害者にはアクセシビリティがないからである。

連邦民事訴訟規則12(b)(6)の規定により、電子事件ファイル(ECF)No.13の申し立てが法的に有効であると言明していないとして、スクリブド社は訴えを退けた。スクリブド社によれば、公共施設の場所を同社が所有、貸し出し、また運営しているという事実を、原告が申し立てておらず、その理由として、公共に開かれた物理的に存在する所在地において、モノやサービスが利用できるようにはなっていないウェブサイトの運営母体には、ADAは適用されないからとしている。法廷はこれに異議を唱える。以下に述べる理由により、法廷はスクリブド社の棄却の申し立てを退ける。

椅子から飛び上がり、ぴょんと床に着地して、思わず声が出る。「マキシーン、勝ったよ!」

マキシーンは顔を上げ、シェパードらしい耳をピンと立てる。

法廷の判決は、ADAがインターネットをベースとする事業体にも適用されるとするものだった。もし判決が適用されないとするものであったとしたら、ドア・ツー・ドアのサービスや電話サービスなどをも除外する、とても非条理な結果を生んだことだろう。議会がADAを通過させた1990年には、ドア・ツー・ドアのサービスや電話サービスなどはすでに存在していた。それゆえ議会の念頭には、同法がこうした「場所」にも適用されるという期待があった。今回の判決で、議会の判断として、ADAの意図するところはさらに広く、テクノロジーとともに進化していく、という法律であることが確実なものとされた。「現在、インターネットはプライベートにおいてもまた仕事の上でも、アメリカ国民の生活になくてはならない重要な役割を担っている。事業者が公共にサービスを提供するために用いる主な手段がインターネットである場合、その事業者に障害者がアクセスできないとなれば、この重要な公民権法が意味をなさなくなる」。

National Federation of the Blind v. Scribd（全米視覚障害者連合対スクリブド社）の訴訟事件は、ADAがオンラインビジネスにも適用されると第2巡回裁判所が判断した、最初の事件であり、全国規模ではそう判断された二つ目のものとなる。この画期的な事業を私たちが成し遂げ、判例を作り、歴史上に名を残したのだ。法廷のこの決定は、国中のオンライン事業者に対し強力なメッセージを送ることになる。ウェブサイトやアプリへのアクセシビリティを確保せよ、さもなくばその報いを受けることになるぞ、と。

アクセシビリティはなにも、法律が義務付けているから確保しなければならない、というわけではない。企業にとってもよい面があるのだ。障害者はマイノリティの中でも最大のグループといえる。アメリカには障害を持つ人は5700万人以上おり、世界全体では、その数は13億以上にのぼる。企業が障害者のことを念頭に、サービスや製品をデザインすれば、この巨大な市場に参入できるのだ。それに、バリアを取り除くことで障害者が雇用の対象に含まれれば、才能を持つ多くの人材を広く雇えるようになる。

企業向けに、ウェブサイトやアプリへのアクセシビリティを確保するにはどうすればよいかを示した、開発者向けのガイドラインは数多くあり、見つけるのも簡単な上に無料で提供されている。ウェブ・コンテント・アクセシビリティ・ガイドラインズ（The Web Content Accessibility Guidelines）や、アンドロイド・アクセシビリティ・ガイドラインズ（Android accessibility guidelines）、それにアップル・アクセシビリティ・ガイドラインズ（Apple accessibility guidelines）などがまず挙げられるだろう。よく勘違いされているが、コンピュータのプログラムは、何も本質的に視覚情報だけでできているものではない。プログラムはまず、1と0から始まる。その1か0かという情報が、開発者の腕次第で、誰もがアクセスできる魅力的なアプリケーションへと生まれ変わるのだ。

私の手はマキシーンの柔らかい耳をなでながら、頭ではこれからしなければならないことの全てを、数え上げようとしていた。まず、このすばらしいニュースをクライアントに知らせること、訴訟事件の記録の続きを書き始めること、次にしなければならないことをチームメンバーと協力していくこと……訴訟の次の段階は開示手続きで、その後には審理がある。ただ、スクリブド社が示談で済ませようと決定することは大いに考えられる。ADA関連の事件における被告は、棄却の申し立てが認められなかった場合、示談にする傾向がある。この先、何ヶ月も何年も費やし、裁判費用もそれなりにかかるだろう、だがインクルーシブになることを選択すれば、費用は抑えられカスタマーの心をつかむこともできる、ということに気づくのだ。スクリブド社がどう出るか、まずは待ってみることにする。

それまでは、本日の法廷の決定に対し、祝杯を挙げるとしよう。

第24章 ホワイトハウスでのアメリカ障害者法記念式典

2015年夏
ワシントンDC

「イースト・ルームに来たわよ」。キャメロンと私は、ホワイトハウスの中にある、大きな部屋へと足を踏み入れたところだった。「それでは……と、小さなステージがあってそこに演説台があるわ。台の前のところに大統領の紋章があって、その後ろにアメリカ国旗があるの」

「わあ、大統領の紋章があるのね」。そのことを思っただけで、心臓がドキドキし始める。「私、もしかしてその演説台で話をするのかな……」

「ハーベン・ギルマ、あなた緊張してるの？」

「いいえ」、反射的に答える。そして自分の気持ちをよく考えてみる。キャメロンの言う通りだ。私は緊張している、でも心臓の鼓動が早くなったのは、わくわくしているからでもある。「ここの関係者みたいな人、いないかしら？」

キャメロンの体が動いて、部屋をぐるりと見渡しているとわかる。「右の方で話をしている2人組がいるわ。1人はクリップボードを持ってる」

「え、クリップボード？　ホワイトハウスはずいぶんローテクなのね、バージョンアップさせなきゃ」

「彼女にそう伝えようか？」

笑って答える。「そうね」

話をしている女性のところへ行き、キャメロンが会話の橋渡しをしてくれる。「この人、『あなた知ってる。もしかして、紹介役を務める人？』って聞いてるよ」

笑顔になり、うなずく。「あなたのお名前は？」

「サリーです。今日はようこそいらしてくださいました。何か必要なものがあれば私におっしゃってくださいね」

「ステージに上がって演説台のところまで行ってみてもいいですか？」

「それについてはご心配なく。ステージに上がって下りるときのために、私たちの方で、エスコートの人間を手配してありますので」

私はキャメロンを指差しながら言う。「こちらはキャメロンです。私と一緒にステージに上がってくれます」

「すみませんが、」とサリーは続ける。「それはできないんです。私たちの方の人間でなければ」

それを聞いて思わず気落ちする。どんなシチュエーションでも、権利擁護活動をしなくていいときというのはないらしい。皮肉なことに、家族の間柄であっても、障害者権利擁護イベントのときであっても、権利擁護のために声をあげていかなければならないのだ。深呼吸して自分を落ち着かせ、初めから説明をする。「私は盲ろう者なので、周りの人とコミュニケーションするときには誰かに手助けしてもらわなければなりません。その人は、私の目の代わりとなって周りの状況を説明してくれる必要があります。キャメロンはこれまでずっと私の手助けをしてくれているんです。エチオピアから中国までついてきてくれて、いろいろな場面でコミュニケーションを手伝ってくれました。そちらで手配してくださった方は、盲ろう者の手助けをする訓練を受けていらっしゃいますか?」

「おっしゃることはわかりますが、私たちの方には規則があって、それに従わなければならないんです」サリーが言う。

「ああ、セキュリティの問題なのですね。では2人に一緒にステージに上がってもらってはどうでしょう」

「キャメロンさんはステージに上がる許可を得られないのです。大変申し訳ないのですが」

自分の肺から酸素がしぼりとられるのが感じられる。なんとかして解決法がないものかと頭をめぐらせるあいだ、体が緊張に包まれる。時間は刻一刻と過ぎ去り、イベント開始の時刻は近づいてくる。戦略を変えてみよう。「一緒にステージに上がってくれるという方は、どこにいらっしゃいますか? その方に練習してもらうことができるかもしれません。紹介していただけますか?」

「ええもちろん、今連れてきます」

サリーについて、次の間へと行く。キャメロンがテーブルの場所を教えてくれたので、手がしびれるほど長いあいだ持っていた、携帯型点字対応コンピュータをその上にやっと置ける。キャメロンがタイプして教えてくれる。「サリーは部屋の向こうの方で、背が高くて軍服を着ている人と話してる。ああ、なんて言ったらいいの? ハーベン、なんて説明したらいいかわからないわ。あなたは大丈夫？　あ、ちょっと待って、２人ともこっちに来る。その人の名前はライアンよ。キーボードをライアンに渡すわね」

キャメロンはテーブルから離れ、ライアンがキーボードのところにやってくる。「こんにちは！」感嘆符つきの挨拶に、思わずにっこりしてしまう。「はじめましてライアン、もうこのコミュニケーションシステムの使い方をわかってくれたみたいですね。キーボードはBluetoothを介して携帯型点字対応コンピュータに接続されているのです。そこにタイプしたものはすぐにこちらに表示されます。スペリングや句読点などは気にしないでください」

「わかりました。スペルミスも自動で修正されるのですね？」

「スペルミスのある文章を読むのには慣れていますから、私の頭が自動的に修正するんです」

「それはすごい」

「ありがとう」にっこりする。「それでは私のエスコートの仕方についてお話ししましょう。一番覚えておいていただきたいのが、私をエスコートするときにはライアンさんの体ごと使ってほしいということです。ときどき、私の腕をつかんで引っ張ろうとする人たちがいますが、それは私の権利を奪うに等しい行為です。私の腕をつかむのではなく、ライアンさん自身の腕を私に差し出していただきたいのです。そうすれば、私は私なりにどうエスコートされるかを選び取ることができ、自分が尊重されていると感じることができます。おわかりになりますか？」

「ええ」

「初めは、ライアンさんの腕で私の腕に軽く触れてください。そうしたら、エスコートの準備ができたんだなって私が理解できますから。私の方も、エスコートしてもらう準備ができたとなったら、ライアンさんの肘の少し上をつかみます。肘は肩につながっていて、肩は体幹につながっています。ですから、ライアンさんが歩いたり曲がったり、止まったりする動きは、腕から感じ取ることができます」

「わかりました。始めにお伝えしておきますと、ステージの上り下りに使う階段は数歩だけです」とライアンがタイプする。

「ライアンさんの体が上がったり下がったりするので、それは感じることができますよ。でも階段の手前まで来たことを合図するために、私の手に触れてもいいですよ。試してみましょう。ステージに行って、練習してみてもいいですか?」

「もちろんです。キーボード、持ちましょうか?」

「いいえ、私が持って行きますから」キーボードを携帯型点字対応コンピュータの上に載せて、右手で両方持ち抱える。

ライアンは私の左側に来る。思っていたよりも背が高かったので、ライアンの肘のすぐ下のあたりに手をかける。ライアンは、イーストルームに向かってごく普通のちょうどよいペースで進んでくれる。初めてエスコートをする初心者によくある、のろのろしたペースではない。「それから、もし通り道が狭くて2人が横並びで歩けないときは、腕を後ろに動かしてください」そう言って、私はゆっくりとライアンの腕を後ろに動かし、自分は後ろへと移動する。「そうすれば、一列で歩くところなんだなってわかりますから」それからライアンの腕を横へと戻し、自分もライアンの右隣へと戻る。

「周りの状況を説明するときのやり方は、音楽を表現するのに体を使うダンサーのようにしてくださいね」と伝える。ライアンの腕が左側へ弧を描くように動き、左へと歩みを進める。「それでいいわ！」ライアンは左手を使い、右側にいる私の左手に触れる。足元に階段を感じ、それを上っていく。ほどなく演説台にやってきたので、そこにキーボードと携帯型点字対応コンピュータを載せる。「とてもよかったです、ライアンさん。何かご質問はありますか？」

「私がハーベンさんの右側を歩いてもいいですか？」

意味がわかりかねる、という表情をしてみせる。「いいですけど……なぜですか？」

「その方が、観客席からハーベンさんがよく見えるからです」

「そうだったんですね……」驚くと同時に、ライアンの提案にうれしさを覚える。「よく気がついてくださいましたね。そうですね、そうしましょう。それでスピーチが終わったら、私はどこに行けばいいのでしょう？」

「右側から退場します。階段を下りたところで、そのまま大統領の演説を聴いていてください。椅子がいりますか？」

微笑んで答える。「ええ、お願いします。立ったままで点字を読むのは難しいんです。キャメロンとマイケルがスピーチをタイプしてくれますから、その2人の分の椅子もお願いします。椅子を前もって用意してもらえますか？」

「ええ、そのように頼んでおきます」

「それで安心しました。ありがとう、ライアンさん。これで準備はオーケーですね。ステージを下りましょう」キーボードとコンピュータをまとめ、左手で持ち抱える。ライアンは私の右側に来てくれて、一緒にステージを下りる。

ドア近くの背の高いテーブルのところで、キャメロンと合流する。「どうだった?」とキャメロンが聞く。

「肩すくめてる」と、わざとジェスチャーを声に出して説明する。実際に肩をすくめてみせてそれを落としながら、キャメロンにふざけてその動きを説明してみせたのだ。「いや、ほんとはね、ライアンはすごくよくやってくれたの。とてもよく気のつく人だったわ。でもやっぱり、経験のある人と一緒に仕事をしなくてはならないと思うのよ。だって、予期せぬ出来事が起こったときに、経験者ならどう対処していいかわかるでしょ。今回だって、何もかも予定通りなら、問題はないと思う。でも何かおかしなことが起こったとしたら……」

「何かあったら助けに行くわよ。必要とあらば、ステージに駆け上がるから」

「キャメロン!」冗談を言っているのだと自分に言い聞かせながら、笑い顔を作る。

「でもねえ、もし私がそんなことしたら、ここの人たちはどうするかしらね?」

緊張しながら笑い出し、その質問にこう答える。「それは考えないでおきましょ」

「ライアンは、いつもは何をしている人なのか、教えてくれた?」

いいえ、と首を横に振る。

「ライアンのつけているバッジにある印は、一対の翼に見えるよ」キャメロンは、私の手の甲に翼の形を描いてみせる。「確かなことではないけど、あれは空軍のシンボルじゃなかったかしら」

「へえ……空軍兵はホワイトハウスでどんな仕事をするのかしら？　シークレットサービスの人かな？　ライアンに聞いてみなくっちゃ」

「謎めいてるわよね。聞いたら私にも教えてね」

私はうなずく。「他の人はみんな今、何してる？」

「みんな食事が用意してある場所にいるわ。おしゃべりしたり、写真を撮ったりしてる。車椅子の人もいるし、杖をついている人も……手話をしている人もいる」

「みんなに会いに行きましょう！」

ホワイトハウスではアメリカ障害者法の25周年の記念式典がとり行われ、全国から障害者権利擁護の関係者が集まっていた。参加者の中には様々な人物が揃っている。エモリー大学で障害者権利専門の教授を務めるローズマリー・ガーランド＝トムソンは、障害者関連政策についての著書が多数ある。クラウディア・ゴードンは、オバマ大統領の元障害者問題顧問であり、アフリカ系アメリカ人ろう者として初めて弁護士になった人でもある。さらに、トム・ハーキンは、アイオワ州上院議員でＡＤＡ法案を起草したヒーローだ。私は思わず、ＡＤＡ世代のために道を切り拓いてくれた英雄たちに憧れる、単なる一ファンの気持ちになってしまう。

「こんにちは、マリア！」マリアに挨拶のハグをする。マリア・タウンは、渉外政府間問題局の市民参加室上級副局長で、障害者コミュニティとの連絡役を務めており、私のよき友人でもある。「すばらしい式典になったわね」

「うん、ありがとう！　でも今ちょっと長く話していられないの。今からレッド・ルームに行ってちょうだい」

思わず笑い出す。ホワイトハウスでは、命令されることがなんと多いことか！「わかったわ、またあとでね」

「待って、マキシーンはどこにいるの？」

「家で待っていてもらってる」罪の意識が、心にぐっと突き刺さる。「初めての人たちに会うときは、だいたい話がマキシーンのことになってしまいがちなの。いつもならそれで構わないのだけど、もしかしたら大統領とほんの少しお話しできるかもしれないでしょう？　そのときは、犬を話題にするのではなくて、障害者権利のことを話したいのよ」

「そうかあ。なるほどね、よくわかるわ。あっ、ごめんなさい、誰かが呼んでるから行かなくちゃ。レッド・ルームに行ってちょうだいね」

「わかった、行くわね。またあとで！」

レッド・ルームでは、来賓30人近くが大統領に対面して写真を撮るために待っていた。まずレッド・ルームに列を作って待機し、ブルー・ルームで大統領にお会いし、イースト・ルームでスピーチが始まるのを待つ、という段取りだ。登壇者を紹介する役割を仰せつかった私は、一番最後に出ることになる。

キャメロンと私はソファに陣取り、長い待ち時間に備えている。正確に言えば、この招待を受けた1週間前からずっと待っているのだ。さらに言えば、3日前にホワイトハウス側から、レセプションでオバマ大統領が登壇する際に紹介スピーチをするように、と頼まれた。紹介スピーチを書くための時間として、24時間しかもらえなかったことになる。週末を費やして紹介スピーチを練習するのを、友人たちに聞いてもらい、フィードバックをもらった。指で点字のスピーチ原稿を何度も何度も触ったので、その原稿が指に印刷されてしまったような気持ちさえする。レッド・ルームで待っている今、その原稿の内容が脳裏をよぎる。

「バレリーが挨拶したいって」キャメロンがタイプしてくる「バレリー・ジャレット、彼女にキーボード代わるわね」キャメロンは立ち上がり、視界の外へ消えて行く。

バレリー・ジャレットは大統領上級顧問で、渉外政府間問題局を統括している。バレリーはソファに腰かけてキーボードを膝の上に載せる。「ハーベンさん、お会いできてうれしいですよ」

「こちらこそ、お会いできてうれしいです、バレリーさん。この場所に呼んでいただけたのはとても光栄です。私はまだ経験が浅いのですが、ここにいらっしゃる方々はこの問題に取り組んで早何十年ものときを経ておられます。その方々の活躍があってこそ、若い世代に多くのチャンスがもたらされたのです」

「その通りですね。ここにいらしてくださったのはみな、すばらしい活動家の方々ばかりです。でも、ハーベンさんの活躍も聞き及んでいますよ」

「ありがとうございます」親切にかけてもらった言葉に、思わずにっこりする。「私が特に力を注いでいるのが、テクノロジーの分野です。ウェブサイトやアプリを作る会社の大部分が、アクセシビリティを念頭に置いていません。オンラインの情報にアクセスできないことで、障害を持つ人々は情報に飢えてしまい、不利な状況に追い込まれているのです。ADAが実際はデジタルサービスにも当てはまる、ということを企業に認知してもらわなければなりません」

「ハーベンさんのお仕事をとても誇りに思っていますよ。マリアからそうした活動を聞いています」

「マリアさんはとてもすばらしい方ですよね！」

「そうですね。あの、ところで、感嘆符も点字になっていますか？」

「はい、句読点などの記号も全て点字になるんです」キーボードがどういう仕組みになっているかを説明する。

「スペルミスをしてしまったらどうなりますか？」

いたずらっぽい笑みを浮かべて言う。「バレリーさんみたいな方が、間違いをするんですか？」

「(笑!!)」

バレリーの隣に座っているので、笑っている彼女の体の揺れが伝わり、おかしみが伝わってくる。心からの笑いを感じ取り、ああ、これでバレリーとは、誰かが障害者に初めて出会ったときによくある居心地の悪さを乗り越えたな、と晴れやかな気持ちになる。「私が目指しているのは、ツールや自分の持てる能力を駆使して、人々とつながることです。スペルミスなんて大したことないんです、だって95%の場合、相手が何を言いたいかはわかるんですから」

「ありがとう、ハーベン」

「あのう……」少し体を寄せてささやき声になる。「大統領はタイピングのやり方をご存知でしょうか？」

「ええ、大統領はタイピングができますよ。私ほど上手ではないかもしれませんけど」

面白さのあまり大笑いして、頬が痛くなる。あんまり笑ってしまうので、手が震えてコンピュータにちゃんと置いておけないほどだ。

「ご本人に聞いてごらんなさい」

笑い止めて聞く。「ほんとうに？　そんなことを聞いて、気を悪くされないかしら？」

「そんなことはありませんよ。大統領は難しいことにチャレンジするのがお好きだから」

私はうなずく。「そうですね、私もチャレンジするのが好きです。大胆にいこう！　そうですよね、励ましてくださって、ありがとうございます」

バレリーはソファを離れ、代わりにキャメロンがソファに座る。「キャメロンよ。バレリーがキーボードを私に返してくれたとき、満面の笑みを浮かべていたわよ。『ああ、楽しかった！』って言ってた」

心がとけてしまう。「バレリーさん、とても親切な方だったわ。お話ししてよかった、とても自信が持てたわ」

「よかった、今はたっぷりと自信を持たなければね」

キャメロン、それはどういう意味？という目を向ける。

「速報：バレリーと話しているあいだに、サリーが来たの。『ジョー・バイデンがこの式典に参加するから、ハーベンが紹介スピーチをするときに、バイデンの名前も含めるように』だって」

なんですって?!

「ひどいわよねえ！　それに、サリーの話し方ったら『そんなの、なんでもないことでしょ』と言わんばかりの口調で」

肩が揺れるほど笑い出してしまう。「そうなの、わかったわ。ジョー・バイデンもスピーチ原稿に入れてあげましょう。どうやったらいいか今考えてみるから、少しだけ時間をちょうだい」

「もちろんよ。黙っててあげるから。何か面白いものを目にしても、教えてあげないわよ。なーんて、冗談！心配しないで、私は――」

私はコンピュータから手を離して腕組みをする。キャメロンの肘が私をつつく。私も肘でキャメロンをつつき返し、笑いがはじけて、この場のストレスが発散される。

ソファにもたれ、もともと考えていたスピーチの内容を思い返してみる。うーん、名前を紹介するときはどの順番がいいのだろう？　普通なら、副大統領の前に大統領の名前を紹介するわよね、こんなふうに。「それでは皆さん、バラク・オバマ大統領とジョー・バイデン副大統領をお迎えしましょう！」でも、もし大統領の名前を聞いた観客が、その時点で拍手を始めてしまい、残りの私の言葉をかき消してしまったらどうしよう？　それに私がスピーチをするときは、これが文末だという意味を込めて、文章の最後を強めに発声することにしている。ということは、大統領の名前を先に紹介すれば、副大統領の名前を強調して発音することになってしまう。それでいいのだろうか？　そうだ、名前の順序を逆にすればいいんだ。「それでは皆さん、ジョー・バイデン副大統領とバラク・オバマ大統領をお迎えしましょう！」こうすれば、大統領の名前をもっと強調することになって、どの時点で拍手を始めればよいか、観客にはっきりする。

指をコンピュータに戻す。「これでよし、できたわ。ねえ、何か変わったことあった？」「ジョー・バイデンが来たの！　部屋の向こう側にいて、たくさんの人に取り囲まれてる。ニコニコ笑って握手をしたり、機嫌がよさそう。マイケルが私の向かい側に座ってるのよ。さっき失礼な誰かさんが、私の話の途中でどっか行ってしまってから、マイケルとおしゃべりしてるの」

「キャメロンたら！」笑いながら、キャメロンの思いやりの心が、楽しい雰囲気を生み出してくれることに感謝する。「心の準備はいい？　また失礼なことするわよ。マイケルにキーボード渡してくれる？」

「もう！　いいわよ！」キャメロンはキーボードをマイケルに渡す。

マイケルに軽く手を振って、手話で話しかける。「こんにちは！　調子はどう？」手話のレッスンのおかげで、私の手話のスキルは向上してきたが、まだまだ流暢にはいかない。自分が言いたいことを手話で表すことはできてきたが、相手の手話が何を言っているかを理解する力は不足している。そこで、聴覚障害のある友人たちと話をするときは、相手にキーボードを使って入力をしてもらい、私は手話で返事をする、というふうに両方のスキルを使う。

マイケル・スティンは、ワシントンＤＣの法律事務所で障害者権利分野の担当をしている。私の数年上の先輩で、同じくハーバード大学法科大学院を卒業し、スキャデン・フェローシップ奨学金プログラムを獲得している。経験豊富な聴覚障害のある弁護士からのアドバイスが必要なとき、マイケルは頼れる相手だ。今日は私のために大統領のスピーチをタイプしてくれる。キャメロンと交代でキーボード入力を担当するのだ。

「うん、調子はいいよ」マイケルが答える。「ジョー・バイデンが来たって、キャメロンから聞いた?」

うん、と私はうなずく。

「副大統領に会いたい?」

どうしようか決めかねて、心がざわつく。副大統領は、とても忙しいに違いない。時間なんかないだろう。たくさんの人がいるんだから、私なんて……でも私はマイケルにこう言っている。「ええ、会ってみたいわ」

「よし、それじゃ呼んでこよう」マイケルはキーボードをキャメロンに戻す。

「キャメロン、」とささやき声で話しかける。「マイケルったら、ジョー・バイデンを呼んでくる、って言ってたわよね?」

「そ! 今あっちに歩いて行くわよ」

心臓がドキドキと大きな音を立て始め、腕の力が抜けてゆく。

そのとき急に、バレリー・ジャレットのことを思い出す。クールで落ち着きがあり、自信に満ちあふれたバレリー。彼女の賢明な助言がふわりと脳裏によみがえってきた。これだ、私が今必要としているのは、と思う。バレリーとかわした会話を思い出し、自信を取り戻す。

キャメロンが入力する。「ライアンが呼びに来たわ、準備はいいかって」眉毛がつり上がってしまう。「ちょっと、そんな目で見ないでよ! 私は言われたことを伝えてるだけ。ほら、ライアンに代わるわね」

ライアンはキーボードを持って腰を下ろす。「用意はいいですか?」

「たぶん、」と言って私はにっこりする。「用意って、なんの用意ですか?」

「列に並びましょう。大統領に会いに行きますから」

「ああ、そうでしたね!」私は立ち上がって、膝の上に置いてある携帯型点字対応コンピュータを持ち抱える。ライアンはドアの方へとエスコートしてくれる。そこで立ち止まり、果てしなく長い列に並んで待ち始める。「ライアン、キーボードをキャメロンに渡してくれますか?」

「はい、キャメロンよ。キーボードを返してくれてありがとう!!! さっきからじいっとそっちを見ながら、どうやってこのミスター・シークレット・サービスからこれを盗んでやろうかと考えていたところなの。ところで、この人普段は何をしている人なのか、聞いてみた?」

笑いをかみ殺しながら、いいえというふうに首を振る。

「そうなんだ……それじゃ何かわかったら私にも教えてね。ところでね、今、私はあなたから見て前方少し左側にあるテーブルの傍に立っているんだけど、あなたの並んでる列には、前に4人の人が待っているわ。ブルー・ルームをちょっとのぞきに行ったんだけど、そこでオバマ大統領を見たわよ! ネイビーブルーのスーツを着て、アメリカ国旗の襟章をつけてた。みんな1人ずつ順番に入って行って、大統領にお会いしているわ。他にも何人か人が……ああっ! とうとうやったわ! マイケルがバイデンを連れてきた! マイケルとジョー・バイデンがあなたの前に立っているわよ。マイケルがコミュニケーションの方法を説明しているの。はい、それじゃキーボードを渡すわね。ジョー・バイデン副大統領に代わります」

副大統領は片手でキーボードを持ち、もう一方の手で入力する。一文字ずつ、指を使ってメッセージを組み立てている。「アイ・ラブ・ユー」

動揺のあまり、何か言わなくちゃと焦る。「ありがとうございます！」脇に抱えていた携帯型点字対応コンピュータを左側に持ち替え、右手を差し出す。副大統領は私の手を暖かく包み込み、何度もその手を空中で振り続ける。2回、3回、4回、5回……握手が会話の代わりに続いているあいだ、私はこの突然の愛の告白にどぎまぎしながら、どうやって返事をしようかと考える。

時間が迫っているとき、または対処しなければならない出来事が同時に多数発生するような場面では、往々にして「こういうふうに言おう」と考えているつもりでも、そのメッセージを十分に伝えきれずに、口を滑らせてしまうことがある。副大統領はおそらく、思いやりの心と賞賛の意を表したかったのだと思う。光り輝く笑みのごときメッセージで、その意を伝えようとしたのだろう。

大きく深呼吸して、私は心を研ぎ澄ませて発声する。「お心に感謝いたします」このシンプルな言葉に、私の思い全てを込めて、伝えようとする。

さて、いつ終わるや知れない握手がまだ続いている。6回、7回、8回、9回……副大統領はやがて、そっと私の手を離し、その手は私の体の側に戻る。そのやりとりから感じられたのは、深い思いやりの心だった。そのことに、感謝の念を覚えた。

ライアンが腕を触る。ブルー・ルームに足を踏み入れながら、副大統領との出会いを思い返している。もっと何か言えばよかった。何か完璧なことを言おうとするから、会話が続かないのだ。

私の側に立っているライアンが、前にいる誰かと話し始める。頭をしゃっきりさせ、不安な気持ちを押しやる。大胆にいこう、と自分に言い聞かせる。

ライアンは、高いテーブルに私をエスコートする。そのテーブルに携帯型点字対応コンピュータを載せると、キャメロンがキーボードを大統領の前に置いてくれる。「こんにちは、ハーベン」と、大統領が入力する。「はじめまして」

喜びに満ちあふれて答える。「こんにちは！」握手のために手を差し出す。「はじめまして！　さっきバレリー・ジャレットにお会いしたんですが、大統領はバレリーより早くタイピングができるかしらって2人で話していたんです」

キャメロンが私の背中に指で触って揺らし、「笑い」を意味する手話をする。大統領も笑っている！「バレリーの方が早く入力できるね、きっと」と大統領。

「大統領の入力もとてもよくできていますよ」笑顔を見せ、安心してもらおうとする。「私の父は入力するとき、指2本だけしか使えません」

「私もだよ」

「大統領が？　入力するのに2本指で？」ショックのあまり、声が上ずる。

部屋中がどっと笑い出す。

「それじゃ今からもう少し早く入力するよ」大統領が書く。

そこで、これから入ってくる文字のスピードについていけるよう、背筋をしゃきっと伸ばす。

「これまでのあなたの活躍をとても誇りに思います。あなたのお父さんもきっと、とても誇りに思っていることでしょう。今度は10本全部の指を使って入力しましたよ」

「ありがとうございます！　私の父が特に誇りに思ってくれているのは、障害者が最新テクノロジーを使い、その恩恵を蒙ることができるように、アクセシビリティを確保する仕事についてです」

話をしながら片手でジェスチャーをする。もう一方の手は携帯型点字対応コンピュータに置いておく。こうしておけば、大統領がいつ返事をしようと入力してもわかるからだ。今、大統領は辛抱強く、敬意を持って、私の話を全て聞いてくださっている。「テクノロジーがあれば、障害者の直面するギャップを埋めることができます。また、インターネットのサービスが使えれば、障害を持つ人たちが仕事を得て、成功するチャンスがもっと増えていくのです」

私が話し終えると大統領は、コンピュータに置いた私の手の下に、自分の手をそっと滑り込ませる。触感が伝えるメッセージを敏感に察知することには長けているので、それが何を意味するのかすぐに理解した。私の体はふわりとテーブルから離れ、大統領の方へと引き寄せられる。「ハグしてもいいですか？」と聞かれているのだ。ごく自然に、私たちはハグしていた。あまりにそれが上手だったので、大統領はきっとダンスがうまいに違いないと確信する。

ハグが終わり、大統領は私をテーブルへ戻してから入力する。「ハグする、というのはコンピュータ入力ではできないからね」。

「コンピュータ入力されたハグより、ほんとうのハグの方が好みです」

キャメロンは大きな笑顔を私の背中に描いてくれる。ほら、これが大統領の反応ですよ、という意味を込めて。私の手に直接触ることができない場合にキャメロンは、プロ・タクタイルという手話に触感を組み合わせた、簡易コミュニケーションの方法を使う。特に、会話の相手が自分の顔の表情までをも入力して私に伝える必要がある、ということに気づかない人物である場合などに有効だ。あの謎の多い人物ライアンに教えることができなかったことはたくさんあるが、このプロ・タクタイルも時間があれば教えたかった。

「さて、みんなが待っているよ」大統領は声をかける。「用意はいい？」

笑顔で答える。「はい！」

2人で歩き出す。大統領がエスコートしてブルー・ルームを抜け、グリーン・ルームを通って、イースト・ルームへのドアの前で立ち止まる。ライアンが私の腕を取り、2人でイースト・ルームに入る。

ライアンのエスコートはとても優雅だ。歩みとともに自然に腕を振る。ステージへの階段の前まで来たら、そのことを合図する、ということもきちんと覚えていてくれる。私が教えたこと全てを、ライアンは学んでくれた。私の言葉全てを、ちゃんと聞いてくれていた。

演説台に立って、マイクの位置を確認し、携帯型点字対応コンピュータをしつらえる。点字がスクリーン上に表示される。そこには「みんな笑顔で見ていますよ」と表示されている。マイケルとキャメロンは急いでブルー・ルームから飛び出し、廊下を走り抜け、混雑するイースト・ルームへと来てくれて、二つ目のキーボードをオンにしてくれたところだった。

マイクを自分に近づけて話し出す。「皆さん、こんにちは！」

「こんにちは！」観客が答える。

「私の名前はハーベン・ギルマです。本日は皆さんに私の話をお聞きいただきたいと思います。東アフリカに住む祖母が私の兄を学校に連れて行ったとき、学校は『盲ろうの子どもなど、学校では受け入れられない』と言いました。兄が学校に行ける機会はまったくなかったのです。さて、私の家族はアメリカに移住しましたが、そこで生まれた私も盲ろうでした。アメリカでは、ＡＤＡのおかげで障害を持つ人々には多くの機会が与えられており、私たちは大きな驚きを覚えました。そうした機会は、ここにいる皆さま方の活動によって勝ち取られたものなのです」

「２０１０年に、私は初の盲ろう学生としてハーバード大学法科大学院に入学しました。ハーバード大学の方では、盲ろう学生はどのようにすれば成功するものなのか、正確にはよくわかっていませんでした……」

観客席に笑いのさざなみが起こる。

「ほんとうを言うと、私自身もどうすればハーバード大学を生き残れるのか、わかっていませんでした」

またしてもどっと笑い声。

「答えが見えないまま、支援テクノロジーを使いながら高い希望を胸に、私たちは荒野を開拓していきました。祖母にとって、私がハーバード大学を卒業したのはまるで魔法のように思えるでしょう。しかしここにいる皆さんにとって、障害のある人々が成功することは魔法でもなんでもなく、アメリカという国、そして力を尽くして勝ち取ったＡＤＡが生み出した機会があったからこその現実なのです」

そこまで言って、私は観客席に目をやりながら、無数の先駆者たちを思い出していた。街頭で抗議活動をする者、延々と座り込み抗議をする者、車椅子をバスにくくりつけて抗議する者、国会議事堂の階段を這い上がりながら抗議する者、そして他にもいろいろな方法で差別と戦った者……そうして戦ってきた障害者権利擁護活動家の観客を目の前にして、私は自分の信念がいっそう固くなるのを感じる。未来の子どもたちには、私よりもさらに大きなアクセシビリティが約束されている。

「障害者権利擁護NPO団体の法律事務所ディスアビリティ・ライツ・アドボケーツでの活動を通して、障害を持つ人々が、十分にデジタルサービス——インターネットサービスやオンラインビジネス、ウェブサイトやアプリケーション——へのアクセシビリティを確保できるようにと尽力してきました。そうした日々の中で痛感するのは、ここまで努力してきても、平等への道のりはまだまだ遠いということです」

「それではここで、2人の指導者をご紹介いたします。アメリカの人々に、みなが求める機会を得られるよう尽力してくださっているお2人、ジョー・バイデン副大統領とバラク・オバマ大統領をお迎えしましょう！」

観客が拍手を始め、私もそれに続いて拍手を始める。ふと、右腕に誰かの手が触るのに気づく。ライアンだ。演説台の上の携帯型点字対応コンピュータを持ち、ステージから下りる。

「マイケルだよ、よくやったね！」マイケルはそう入力する。私たちは今、ステージの右手側5フィート［約1・5メートル］あたりのところにある椅子に座っている。

「ありがとう」と手話で返す。

「バイデン副大統領と大統領がステージに立っているよ」マイケルは入力を続ける。「大統領『皆さん、こんにちは！（拍手）ホワイトハウスへようこそいらっしゃいました。そしてハーベンさん、すばらしい紹介をありがとう。また、ハーベンさん自身のように、障害を持つ学生たちが、世界有数の教育を受けられるように活動していることにも、感謝します。どうぞ皆さん、ハーベンさんにもう一度大きな拍手を！』」

驚きと感謝の念が体を貫く。大統領に顔を向け、それから観客へと顔を向け、私が感じている気持ちがどうか通じますように、と願う。

「さて、25年前の暖かな日でした。今日のように暑い日だったかどうかわかりませんが、ジョージ・H・W・ブッシュ大統領は、サウス・ローンに立って、新しいアメリカ独立記念日を宣言したのです。『今日、記念すべきアメリカ障害者法に署名をすることで』と口火を切った大統領は、こう続けました。『障害を持つ全ての男性、女性、そして子どもたちが、それまでは閉ざされていた扉を開け放ち、輝かしく新しい時代で躍動していけることになりました。自由と平等、そして独立が約束された時代です』」

「それから25年経った今、今この場所で、この画期的な法律のための記念式典を、皆さんととり行っています――（拍手）――そしてその法律が実現してくれたことを思い起こしましょう。ADAのおかげで、アメリカの人々がともに分かち合っている場所、それは例えば学校や職場、映画館や裁判所、バスや野球場、国立公園などですが、そうした場所は、真に全ての人のものとなりえたのです。障害を持つ、何百万人というアメリカ人が、自分の持っている才能を伸ばし、世の中に対してその人ならではの貢献ができるようになりました。そうした人々のおかげで、アメリカという国は力強く、活気にあふれたものになってきています。ADAがあるおかげで、アメリカはもっとよい国になっているのです。（拍手）それは、ＡＤＡという法律があるがゆえの結果なのです」

大統領の言葉は、聴覚障害のある観客向けにスクリーンに映し出されている。マイケルはその字幕を見て、それを私のキーボードに入力してくれている。いつの日か、人工知能が十分に開発され、スピーチをリアルタイムで正確に点字に変換してくれるようになるだろう。それが現実となるまでは、スピーチを誰かに入力してもらう必要が私にはある。コミュニケーションを円滑に進められる人、社交に長けていてしかもタイプ入力が速い人を探すのは、とても困難だ。私はこれまでにそうした人々を探し出し、時間をかけて一緒に練習を積み、キャメロンやマイケルのように、こうしたイベントで私がコミュニケーションをうまく取れるよう、アクセシビリティを高めてくれる人たちのコミュニティを育む活動もしてきた。

マイケルは、大統領のスピーチを最後の最後まで全て入力してくれる。「（拍手。観客は立ち上がっている）」

マイケルの方を向き、私の携帯型点字対応コンピュータを指差す。もし私が立ち上がってしまったら、何か入力されてもわからない。かと言って、立ち上がってこのコンピュータを片手で持ち、空いている手だけで点字を読もうとすると、速度は遅くなるし第一とても不恰好だ。座ってコンピュータを膝の上に載せておけば、両手で点字を読むことができる。大切なこの式典の全てを知っておきたい。言葉の全て、描写してもらう全て、どんな小さなことでも、逃したくなかった。そこで、私は座ったままマイケルが描写してくれるシーンを読んでいた。「観客たちは感激の渦に包まれているよ。中には……」

誰かの手が、左肩に触れた。かれこれ10年にもなる社交ダンスの経験があるので、その手が触れたことの意味がよくわかった。ライアンの手が聞いているのは、「ご一緒しませんか？」ということだ。さっと立ち上がり、コンピュータを椅子の上に置く。2歩ばかり歩みを進め、ライアンの前に立って、私は眉を上げて「何が始まるの？」という声に出さない質問をする。

突然、誰かが私に近づいてくると、目が告げている。背の高い誰かだ。ステージを降りてくる誰か……大統領だ！　キーボードがないのでおろおろしてしまうが、直感に従って手を差し出す。大統領は私のその手を取り、頬にキスをする。大統領の顔の表情も見えないし、言葉も聞こえない。でも、そのメッセージは十分に伝わった。大統領が歩み去ると、ジョー・バイデン副大統領が近づいてきて、両頬にキスをすると、私から離れて人の群れへと彼の気配が消えていった。

高揚感に包まれてクラクラする。なんという光栄だろう。なんというすばらしい贈り物だろう。私たちの指導者、その2人ともが触感を通して私に語りかけてくれ、私と会話できるようにと、声を使う代わりにタイピング入力までしてくれた。そのおかげでこの世界が、見える人と聞こえる人のためだけのものから、それに加えてさらに触感で理解する人もが含まれる世界へとシフトするだろう、という希望が生まれたのだ。

再び椅子に座り、キーボードをライアンに渡してたずねる。「これまでに、障害がある人たちとお仕事をしたことはあるんですか？」

「いいえ、ありません」

「今日はとてもよくやってくれました。私のお手伝いをしてくださって、どうもありがとう。みんなちゃんと私の話を聞いてくれる人たちばかりじゃないんです、私がエスコートのやり方やキーボードの使い方、体に触れるコミュニケーションのやり方を説明したとしても。でも、あなたはちゃんと聞いてくださいました」

先ほどライアンが私の肩に触れたとき、『ご一緒しませんか』までは理解できたが、その後何が起こるのかまではわからなかった。そのとき感じた不安は、ちょうどダンスの始まりに似ていた。私の耳では音楽が聴こえないので、ダンスフロアに躍り出たとしても、これから踊るのがワルツなのかスウィングなのか、またはサルサなのかがわからない。わからないものを理解しようと苦戦する中で、アドレナリンがほとばしるのを感じる。体全体を使って聞き取ろうとすることで、やがてどのようなダンスなのかが立ち現れる。よく学ぼうとする意欲を持ち続ければ、「わからないもの」は「わかるもの」に変化するのだ。

「こちらこそ、どういたしまして」とライアンは言う。「でもとてもよくやったのはあなたの方ですよ。あれはまったくすばらしいスピーチでした」

思わず赤面する。「あれはチームワークの賜物なんです」と言う。社会がインクルーシブであろうと選択することで初めて、障害者が成功することができるのだ。私が苦心してスピーチ原稿を書き上げたこと、ライアンに練習してもらったことなど、骨身を惜しまぬ準備を怠らなかったおかげで、プレゼンテーションが成功したのだ。そしてもちろんそこには、キャメロンやマイケルからのサポート、ホワイトハウス側の配慮、そしてＡＤＡを作り上げた活動家のたゆまぬ尽力があったのだ。人は、持っている障害を消してしまうことはできない。私は今でも障害がある。未だに盲ろう者のままだ。障害を持つ人々が成功するには、別の方法を編み出すことが必要であり、また私たちのコミュニティがインクルーシブとなることを選びとらなくてはならない。

「ライアン、いつもはどんなお仕事をなさっているの?」

「空軍のパイロットです」

私はうなずく。「では今回ホワイトハウスへいらしたのは、どういう理由で?」

「特別任務のために参りました」

「特別任務?」

「はい」

「そうですか……」きっと機密指令なのだろう。特別任務か……ホワイトハウスのやり方は謎めいている。それを1日で理解しようとしても無駄だ。部屋のぐるりを見渡すように手まねをして、聞いてみる。「今皆さんは何をしていますか?」

「雑談している人たちがほとんどです。ここに残っている人たちもいますし、食べ物や飲み物の出ている部屋へ行った人たちもいます」

まだまだわからないことは残っている。私の近くでかわされている会話の内容もわからなければ、おしゃべりの相手になってくれそうな、近づきやすい雰囲気を持った誰かが近くにいるかどうかもわからない。ここに座ったまま、周りのいろいろな様子を描写してもらってそれを読んでいることもできる。椅子に座ったまま、この世界がどういうものかを読んでいるのはとても楽なことだし、安全だ。

でもそんなのは退屈。他の人が踊っているのを見るより、私は自分が踊りたい。

「それじゃ、みんなに会いに行きましょうか」

エピローグ

2018年秋
カリフォルニア州
サンフランシスコ

2015年の秋、障害者権利擁護活動家のコミュニティに、衝撃的なニュースが飛び込んできた。スクリブド社が全米視覚障害者連合と協力して、スクリブド社が所蔵する4000万点もの書籍や文書を、視覚障害を持つ読者向けにアクセシビリティを提供することに同意した、というニュースだった。

この示談をもって、スクリブド社を相手取った訴訟は終わりを告げた。有能な同僚たちとともに、この訴訟において視覚障害者のコミュニティを代表した栄誉は、未だに忘れ難い。ハーバード大学法科大学院に入学したとき、私の夢はADA関連の訴訟を通して、障害を持つ人々がデジタル情報に対し、アクセシビリティを広げていく手伝いをすることだった。その夢が、今ついに叶えられたのだ。

スクリブド社の訴訟の後、私の夢は、訴訟に関わる仕事から別のものへと移り変わった。もちろん、障害者権利擁護活動の中で、訴訟は大きな意義を持つ。だが個人的に言えば、それは私向きではない。アクセシビリティを確保したいと願い、そちらの方向へ進むための手助けが必要な組織は、世の中にいくらでも存在する。そうした中で、今の私の使命は、教育を通した権利擁護活動を行い、障害を持つ人々の機会を広げる手伝いをすることだ。

２０１６年に、私は起業した。障害者権利のコンサルタントや文書作成、パブリック・スピーキングなどのサービスを提供する会社だ。パブリック・スピーキングは、権利擁護を行う上で、非常に強い影響力を発揮する。うまく行えば、話を聞いた後に聴衆は行動を起こしてくれる。私がこの道に足を踏み入れたのは、２００４年に遡る。マリで体験したことを、オークランドのスカイライン・ハイスクールのクラスメートに話したことがきっかけだった。buildOnプログラムの一環で、プログラム参加者は4つのクラスを回って、そうしたプレゼンテーションを行わなければならなかった。初めてみんなの前でプレゼンテーションをしたときは、足の震えが止まらなかった。その後、じわじわと生徒や先生方からのフィードバックが入ってきた。そうしたフィードバックをふまえて次のプレゼンテーションを行ったところ、非常に大きな拍手がもらえた。12回目のプレゼンテーションの頃には、もう膝がガクガクすることはなくなっていた。一連のプレゼンテーションの後で、buildOnプログラムは私の経験に感銘を受け、プログラムが毎年催す定例記念行事に私を招待してくれた。私は東海岸へと大陸横断したが、そのイベントは私が予想だにしないほど大きな規模だった。

イベントへ足を運んでくれる観客の方々から、私はすばらしい贈り物を受け取っている。他人に与えることのできる、価値が最も高い贈り物といえば、その人の時間だ。その事実に敬意を払って話をすれば、スピーカーは観客と強い絆で結ばれることができる。これまでに、私は様々な場所で障害者権利擁護に関するプレゼンテーションを行ってきたが、それは例えばアップル・ワールドワイド・ディベロップメント・カンファレンス、セールスフォース社のドリームフォース、グーグルＩ／Ｏ、テキサス州で開催される音楽と映画の祭典サウス・バイ・サウスウェスト、起業家や活動家の集まるサミット・シリーズ、ＴＥＤｘボルチモアのほか、世界各国の大学での講演などがある。

誰かとつながる形は、一つしかないとは限らない。近年テクノロジーが目覚ましく発展し、社会全体がインクルーシブの方向へと動いているおかげで、違いを乗り越えて人々とつながる力が着実に強くなってきている。例えば私が人と結びつくときの形を挙げるならば、テキストや電子メールがまず筆頭にあがる。さらに、ソーシャルメディアのアプリも使うし、言葉や物語を用いたりもする。ユーモアも必要だし手話やダンスも有効だ。もちろん、すばらしい友人や通訳者にも助けられている。そんな中、忘れてはならないのは、シーイング・アイ社からやってきた私の犬だ。

＊＊＊

マキシーン、シーイング・アイ社からやってきた私の大切な犬。ニュージャージーでは私の寝ているベッドに地震を起こしてくれたり、氷山の上にいる私を追いかけて登ろうとしたり、バーで酔いつぶれた友だちを家まで送り届ける手伝いをしてくれたり、ハーバード大学法科大学院卒業式のステージに一緒に上ってくれた私の犬は、２０１８年4月16日に死んだ。それまでの9年間というもの、私はみんなからマキシーンのママと呼ばれていた。中には、私をマキシーンと呼ぶ人もいたくらいだ。マキシーンが死んだとき、私のアイデンティティは砕けてしまった。砕け散った自分のかけらを一つ一つ拾い集めるのは、素手でガラスを拾い集めるに等しい作業だった。

マキシーンの死を知って、私の両親は大きなショックを受けた。２人は、マキシーンを私の守り神だと思っていたのだ。大統領にお会いして、私の仕事を認めてもらった後ですら、私が旅をしてあちこち出かけるその都度、両親の心配はふくれあがるのだ。そんなとき、両親はマキシーンの横にひざまずき、大きな茶色の目をのぞき込んでこう頼むのだ。「ハーベンをよろしく頼むよ、いいかい？」母はよく、マキシーンにエリトリア式のおいしいパン、インジェラを与えていた。私がどんなに「マキシーンのお腹は敏感だからあげないで」と言ってもだめだった。父もよく、エリトリア料理のスパイスの利いたステーキをあげたりしていた。マキシーンに食べ物を与えることで、私を守ってくれていることに感謝していたのだ。

ガンを患ったのは、マキシーンが10歳になったときだった。ふざけてじゃれていたかわいいマキシーン、コンピュータに向かって仕事をしているとき、邪魔をしようと長い鼻で手をキーボードからどかせようとしたマキシーン、私のことを心から気にかけてくれたやさしいマキシーン、どこかへ出かけるたびに生き生きと付き従ってくれたひたむきなマキシーン。マキシーンが恋しい。９年間ものあいだ、私にいつも触れていて、何時間も私の足元に丸まって一緒にいてくれて、毛皮と肌をくっつけ合っていた誰かを失うのは、心に突き刺さる痛みを感じる。マキシーンとの思い出は、いつも私の心と、この本の中に生き続ける。

２０１８年の７月、私はシーイング・アイ社に戻り、新しい犬と訓練を始めた。マイロと名付けられたその犬は、黒と褐色の毛並みがつややかな、小さなジャーマンシェパードだ。アメリカ中を旅して回るときも、自信を持って楽しげに私を誘導してくれている。飛行機でも列車でも慣れたもので、まるでエネルギーのかたまりだ。まぶしい照明の下だろうが観客のいるステージだろうが、お構いなしにくつろげる肝っ玉の持ち主だし、その豪傑ぶりたるや、私がスピーチをしている最中に昼寝をするほどだ。私の家族や友人たちもマイロのかわいらしさには、心を射抜かれている。それに、寝るときにぬいぐるみと一緒に寝る犬を、マイロ以外に知らない。まるで赤ちゃんがおしゃぶりを口にしないと寝られないみたいに、いつもぬいぐるみを口にくわえて寝るのだ。マイロがマキシーンのいなくなった空白を埋めることは決してできないが、未だに驚きに満ちたこの世界を生き抜いていくために、私が必要としているのは、マイロのような犬なのだ。

いや、正確には、マイロとアラスカのあの人だ。ゴードンと私は、氷山を登っただけでなく、メンデンホール氷河よりも高い氷の壁の登頂までをも成し遂げた。ここ数年はその地を訪れることはない。その代わり、最近は2人でサンフランシスコベイエリア周辺のハイキングに出かけ、その後はおいしい食事を楽しんでいる。ゴードンは、私の母が作るキチャフィトフィトの作り方を覚えた。エリトリアからベルベレというスパイスを母が持ち帰ってくれさえすれば、あとはゴードンが作ることができるようになった。2人とも、私に料理を期待しない方がいいということをよくわかっている。祖母の家で起こったあの事件から何年も経っているのに、私はまだあの雄牛の件から立ち直っていないのだ。

障害者向けアクセシビリティを向上させるためのヒント

私たちの体は、時間が経つにつれて変化していく。そして私たちの誰もが、人生のどの段階においても、尊厳を保ちつつ、アクセシビリティを得る権利がある。ほとんどの人は人生のいずれかの段階において、自分自身のため、もしくは家族や同僚のために、アクセシビリティのソリューションを求めるときが来る。障害を持つことは、全ての人間の体験の一部だと言える。この世界におけるアクセシビリティを全ての人に提供するために、私たち全員が努力を惜しんではならない。インクルーシブという目標が、一つの選択肢として目前にあることを忘れてはならない。

なぜ組織はアクセシビリティに投資すべきなのか?

・**アクセシビリティは組織の成長を促進させる。**障害者はマイノリティの中でも最大のグループといえる。アメリカには障害を持つ人が５７００万人以上いるとされる。世界全体では、その数は13億以上にのぼる。この大規模のグループと向き合う組織は成長し、社会貢献度を上げることができる。

・**障害者は革新を後押しする。**野菜のピーラー（皮むき機）や電子メールなど、よく活用される技術の中には、障害者によって生み出された例が多々ある。障害者の才能を活用し、アクセシビリティを受け入る組織は、そこに生まれる利益を享受できる。

・**法的な要件を満たすことができる。**訴訟には多額の費用と時間が要求される。予めサービスを障害者向けに利用できるようにすることで、長期的には組織の持つ資金の節約につながる。

アクセシビリティを向上させるために組織ができること

・物理的、社会的、およびデジタル分野におけるバリアを特定するための調査を行う。また、こうしたバリアを取り除くために尽力する。

・初期段階からアクセシビリティを計画に入れる。新しいサービスや製品へのアクセシビリティを念頭に置いて作った方が、できてしまってからつじつまを合わせるよりも簡単である。

・障害を持つ人の採用を増やす。雇用対象となりうる障害者たちは大勢いるのに対し、社会はまだその存在に気づいていない。

・インクルーシブな社会的環境を作るために、定期的に障害者権利擁護のワークショップを開催する。

・肯定的な障害者の物語をメディアが報じる。

障害者の体験を肯定的に発信していくこと

障害があるがゆえの体験を、メディアがどう報じるかで、障害者コミュニティは大きく左右される。報道いかんによっては、有利になったり不利に働くこともある。肯定的に報道すれば、それを受けて社会がインクルーシブなものへとなる力が生まれ、教育面や雇用面、また社会全体で障害者が自然にとけこんでいく機会が増えてゆく。過去を変えることはできないが、メッセージを発信することで未来を変えていくことはできる。

発信していきたい肯定的なメッセージ

・障害のない指導者に対するのと同様、障害のある指導者を慕い敬う。
・目標を達成し、仕事をこなすための替わりの技術は必ず見つけられる。こうした工夫に満ちたソリューションは、大多数の人によく使われているやり方と等しく価値を持っている。
・私たちは持ちつ持たれつの関係にいるのだから、お互いを助け合うことで多くを達成することができる。

発信してはならない否定的なメッセージ

・障害のない人たちは、自分に障害がないことに感謝すべきである、と発信すること。このような考え方は「私たちと、それ以外の人たち」という考えに基づくヒエラルキーを永続させ、障害を持つ人たちがいつまで経ってもののけもののままという結果を生んでしまう。

・成功を収めた障害者が自分は障害を乗り越えた、と発信すること。成功を収める上でまず問題なのが障害である、とメディアが表現すると、社会それ自体は変わらなくてもよいと思い込み、変革への動きを止めてしまう。最大のバリアは人の中にあるのではなく、物理的、社会的、およびデジタル上の環境の中に存在している。デジタル上や物理的に存在するバリア、また人々の態度の中にあるバリアを取り除こうとコミュニティが動いてこそ、障害を持つ人々やそのコミュニティが成功できる。

・障害を持つ人々は一律にみな同じような存在であり、それ以上の何者でもない、と単調な描き方をすること。人物の特性を説明しようとするときに、その人の持つ障害だけに注目して描いてしまうと、職探しでも学校受験の場合でも、リクルーターや教育機関の教員、その他のコミュニティの人々も、その人物を単に「障害を持つ人」としてしか認識してくれなくなる。

・被害者意識を想起させる言葉遣い。病気の症状や障害があるがゆえの体験などを説明するときは、被害者意識を想起させる言葉遣いは、できるだけ避ける。例えば「あの女性には視覚障害がある」はニュートラルな表現だが、「あの女性は目が見えないために苦しんでいる」という言い方だと、同情を誘うことになる。

・「障害」やその関連の言葉を避けようと苦心すること。「特別支援ニーズ」や「異なる心身能力を持つ」など、わざとらしい表現を使うと、障害があることは恥である、という認識はなくならない。考えてみれば、他の人間的な特徴はありのままに話している。例えば「あの人の性別は特別です」ではなく、「あの人は女性です」と書く。それと同様に、障害について話すときも、率直な表現を使うべきである。彼我の違いがあるとき、薄氷を踏むかのようにその違いをどう取り扱うかと苦心するのは、あまりにも気まずい。例えば「彼は車椅子に乗っている」の代わりに「彼は車椅子の利用者です」と書いてしまうのだ。難しく考えず、「障害」は「障害」と言い、その他の関連する言葉もそのまま使っていこう。

障害について話すときに気をつけること

・障害者自身の声に注目すること。障害についての話をするとき、障害のない親や教師、友人などの声を優先するあまり、障害者の声がかき消されてしまうというケースが、往々にして見られる。話を語る際に注目すべきは、障害者からの視点であって、障害のない人物からの視点ではない、と肝に銘じるべし。

・思い込みをなくすこと。障害に関する神話はあまりにも文化に深く根づいているので、それを事実だと捉えてしまいがちだ。視覚障害者について話すとき、全盲（blind）、見えにくい（partially sighted）、弱視（low vision）、視覚障害（hard of sight）、法律上の全盲（legally blind）、どれを使えばいいのか迷ったときは、思い込みに従うのではなく本人に直接聞いてみよう。

・「触発される」という言葉を使わずに、障害者の物語を組み立ててみること。障害者でなければその事実は取るに足らぬささいなことであればあるほど、「触発される」という言葉を使いすぎると、その言葉の意味は聞き手の心に届かず、輝きを失ってしまう。この言い回しは、相手を憐れんでいる自分の気持ちを覆い隠すために使う場合もある。例えば「あなたを見ていると触発されて、自分の問題について文句を言うのはやめようと思う。あなたが抱えているような問題が自分にはないことに、感謝すべきなのだから」という具合だ。「私たちと、それ以外の人たち」という構造のヒエラルキーを含むメッセージはいつまでもなくならず、障害を持つ人はのけものとして押しやられるばかりになってしまう。「触発される」という決まり文句を捨てて、聞き手を魅了する努力を行ってみよう。

デジタルコンテンツへのアクセシビリティ

デジタルコンテンツへのアクセシビリティを実現すれば、コンテンツをもっと多くの人々に届けることができる。「ウェブ・コンテント・アクセシビリティ・ガイドラインズ」とは、障害者がウェブサイトを利用できるようにするための、技術的なスタンダードである。モバイルアプリの設計に関しては、iOSおよびAndroidの開発者向けアクセシビリティガイドラインを参照のこと。以下にデジタルコンテンツについて、気をつけるポイントをいくつか示す。

映像コンテンツ

・聴覚障害者が音声コンテンツを理解できるように、字幕を提供する。

・視覚障害者が画像コンテンツを理解できるように、解説放送を提供する。解説放送とは、映像の主な視覚情報を、会話の合間に副音声によるナレーションで伝える放送のこと。

・主な画面解説を含む字幕を提供する。これは、盲ろう者にとって特に役立つ。

ポッドキャストやラジオ

・聴覚障害者が利用できるようにテープ起こし原稿を提供する。

画像

・画像の近くにその説明を提供する。画像の説明は、主な視覚情報を伝えるものとする。

記事

・記事のテキストは、機械可読な（マシンリーダブル）形式とする。機械可読テキストは、視覚障害者が利用するソフトウェアを使って、音声合成あるいは点字データに変換できる。

リンク集

Disability Rights Bar Association（障害者権利弁護士協会）http://disabilityrights-law.org/

Disability Visibility Project（障害に関する意識向上のプロジェクト）https://disabilityvisibility-project.com/

Haben Girma（ハーベン・ギルマ）https://habengirma.com/

Helping Educate to Advance the Rights of the Deaf（ＨＥＡＲＤ）（聴覚障害者の権利を推進するための教育支援）https://beheard dc.org/

Helen Keller Services（ヘレン・ケラー・サービス）https://helenkeller.org/

Knowbility（ノビリティー）https://knowbility.org/

National Association of the Deaf（全国ろう協会）https://nad.org/

National Disability Theatre（ナショナル・ディスアビリティ・シアター）https://nationaldisabilitytheatre.org/

National Federation of the Blind（全米視覚障害者連合）https://nfb.org/

Miles Access Skills Training（マイルズ・アクセス・スキルズ・トレーニング）https://www.blind-mast.com/

San Francisco's Lighthouse for the Blind and Visually Impaired（サンフランシスコ・ライトハウス・フォア・ザ・ブラインド・アンド・ヴィジュアリー・インペアード）https://lighthouse-sf.org/

Tactile Communications（タクタイル・コミュニケーションズ）https://tactilecommunications.org/

謝辞

エイブリズムは今も、障害を持つ人々の脅威となって常に目の前に立ちはだかり、障害を持つ人々といえば、この世界ではのけもの扱いされるのが当然だとされている。アメリカの視覚障害のある学生の中でも、点字の教材が利用できる学生の数は非常に限られており、点字の訓練が受けられる学生はほんの10％にすぎない。各種の学校は障害を持つ子どもを受け入れることを拒み、むしろ子どもの親と対立する方がいいと思っているらしいし、職場でのバリアフリーも遅々として進まず、企業はその努力を怠っている。だがそうした状況に反して、私のこれまでの生涯が、排斥されるどころか受け入れられることの連続だったことは、大きな驚きといえる。私が育ったオークランドとバークレーの障害者権利擁護コミュニティが大変活発に活動していたおかげで、障害のある人やない人を問わず、様々なロールモデルに接することができた。バリアがあればそれを取り除いてくれ、その過程で自分の権利を守るためにどのようにすればよいかを教えてくれた。私の先生たち、雇い主、権利擁護活動家の皆さん、友人たち、また私の生涯を通してバリアフリーを実現しようとしてくださったその他全てのコミュニティの方々に、深い感謝の意を表したい。いつの日か、私が享受してきたアクセシビリティが「卓越して稀に見るレベル」と呼ばれるのではなく、子どもから高齢者まで、全ての障害を持つ人々が、当たり前にバリアフリーの世界を生きられるようになる、というのが私の願いだ。

この本を書き始めたのは2017年のことだった。著作権代理人のジェーン・ディステルからは、本の出版にこぎつけるまでの過程で、得難いアドバイスと教えをいただいた。ジェーンはまた、トゥウェルヴ・ブックス社を紹介してくれた。同社のショーン・デズモンドとレイチェル・カンベリーには、原稿の校正をお手伝いいただき、その忍耐力とたゆまぬ情熱で、本の刊行をサポートしてくれた。ここに、ショーンとレイチェルを始め、トゥウェルヴ・ブックス社の方々、ベッキー・メインズ、ブライアン・マクレンドン、ジャロード・テイラー、ポール・サミュエルソン、レイチェル・モランド、ヤスミン・マシューの各氏に感謝の意を表したい。

私は、家族から尽くせぬ愛情を注がれてきた。家族がいなければ、この本もない。ここに、両親とTT（ヨハナ）、ムセー、アウェット、そして祖父母と叔父叔母たち、いとこたちに感謝の意を表する。それからゴードン、どうもありがとう。

この本を読んでくださった読者の皆さんにも感謝したい。誰かが私のために時間をくれる、というのは最高の贈り物だ。私の本を手にとって読んでくださったことに、感動している。この本をいち早く読んでくださった、以下の方々に謝辞を述べたい。エイプリル・ウィルソン、ケイトリン・ヘルナンデス、ダニエル・フランプトン、ダニエル・F・ゴールドスティン、デイビッド・ビンセント・キメル、リサ・フェリス、ライザ・ゴーシュ、マーシャル・ワカール、ヌヌ・キダネ、オードゥノラ・オジャウミ、ザッカリー・ショアの各氏である。また、エリトリアの歴史に関する質問に対し、丁寧にお返事くださったスタンフォード大学の歴史家イッサヤス・テスファマリアムにも感謝の意を表したい。

この本は、クリエイティブ・ノンフィクションと呼ばれるジャンルに入る。ここに収録されたエピソードは、私が思い出せる限り正確に描かれている。ただし、正確に思い出せないところの詳細やセリフなどは、私の創作による。また、個人の名前や人物を特定するような詳細は、プライバシーに鑑みて変えてあるところもある。物語の流れをよくするため、時間の流れを速めるなどの、創作の技術が使われている場合もある。この本は、アドバイスを提供するものではないので、私が行ったことを自分でもやってみようとする場合は、ご自身の責任の範囲で行っていただきたい。ここに描かれた私の体験の中には、まったく危険極まりないものもある。氷山を登るだの、カフェテリアの得体のしれない料理を試すだの……読者の皆さん、どうかご安全に！

訳者あとがき

エリトリア系移民の両親を持ち、サンフランシスコベイエリアに生まれ育ったハーベンさんは、ハーバード大学法科大学院を卒業した初の盲ろう者です。障害者が自立して成功するために、障壁となっている社会的な要因を取り除こうと、様々な工夫を用いて多くの人々に呼びかける権利擁護活動をしています。障害者はそうでない人々に比べて劣っているから何もできないし、障害があるくらいなら死んだ方がましだなどという考えはエイブリズムと呼ばれます。社会に根強くはびこっているこの考えを取り除こうという不断の努力を続けているハーベンさんは、障害者だけでなく全ての人に「障壁を取り除く行動を起こそう、多様性を受け入れる柔軟な社会へと変えていこう」と勇気を与えてくれます。

障害のある人の身体を研究している美学者の伊藤亜紗氏が、いとうせいこう氏との対談「明日に触れる」の中でこう述べています。「障害とはその定義上、自分がしたいことを独りで完結できない。だから彼らは人を巻き込む天才みたいなところがある。みんなでできればいいわけです」

ハーベンさんはそんな天才の1人です。人を巻き込んで、アクセシビリティを高め、どんな人にも暮らしやすい社会を作ろうと、励ましてくれます。ハーベンさん自身が飛び抜けて聡明で努力家だということは間違いありませんが、自分が成功することで他の誰もが成功できるための道しるべをつける活動こそが、彼女を特別な人たらしめているのです。

２０１９年８月に出版された本書は、ニューヨーク・タイムズ紙やパブリッシャー・ウィークリー誌、オー・マガジン誌、またウォール・ストリート・ジャーナル紙などにこぞって取り上げられ大きな注目を集めました。また２０２０年８月には、タイム誌が主催する、影響力のある人物にスポットライトを当てるビデオシリーズ「タイム１００トークス」でその活躍が紹介されました。携帯電話やSNS、ブログを最大限に活用している活動家は多々あれど、携帯型点字対応コンピュータを駆使する盲ろう者の弁護士、と言えば数少ないと言わざるを得ません。２０２０年年初に始まったコロナウイルスによるパンデミックの中ですら、ハーベンさんの活動はとどまることを知りません。盲導犬を規制しようとする航空業界への提言を行い、視覚障害者のデジタル機器の使用に関するインタビューに答え、パンデミックによって医療サービスが疲弊し障害者への対応が不十分になってきていることへの懸念の声をあげています。

日本は現在、障害を持つ人々も当たり前に受け入れる社会へと大きく動いています。東京大学の福島智教授、れいわ新選組の船後靖彦議員や木村英子議員などに代表されるように、障害を持つ人々が広く認識され、尊敬の対象になってきています。２０１６年４月には、障害者差別解消法が施行され、また障害者雇用促進法改正が行われました。日本の国内法を国連の障害者権利条約に沿った形にするための、重要な施策変更と言えます。日本には７８０万人の障害者がいるとされ、アクセシビリティと障害者権利は、まさに今の時代に大きく注目される分野となっています。

さらに、日本が高齢化社会へと進むにつれ、人口の割合の大きな部分を占める人々が、人生のいずれかの時点でアクセシビリティを求めるようになります。聴覚や視力の低下、筋力の衰えなどを覚え、これまで当たり前に使っていた社会のサービスがもはや使えないものになっていくことが予想されます。そんなときは、社会から取り残されたとか誰も自分の気持ちをわかってくれないと悲観するのではなく、私がこの社会で生きていくためにはこういうツールが必要です、と声をあげていかなければなりません。それは利己ではなく利他である、と本書は呼びかけているのです。

本書を読みハーベンさんの近年の活躍を見るにつけ、彼女のような人がこの社会に同世代として存在すると思っただけで、人間には希望があるという思いが途切れなく湧いてきます。障害のない人々が多数を占める社会で、少数派であることを生まれたときから運命づけられたハーベンさんの生き方、そして全ての人にアクセシビリティを実現する世界を構築しようとするハーベンさんのメッセージは、必ずや多くの心を突き動かし、行動を起こす原動力となるでしょう。

そう確信するのは、訳者自身がその一例であり、ハーベンさんの呼びかけに行動で応えずにはいられない、と感じたからにほかなりません。「人に迷惑をかけないように」「自分でちゃんとしなさい」と子供の頃からまず教えられることの多い日本の方々に、声をあげて現状を変えていこうとする努力は自分のためだけではない、ひいてはみんなのためになるのだと伝えたい、という思いに突き動かされたのです。なぜここまで強い説得力を本書が持ち得たのか？　それは全てにハーベンさん自身の体験が根底にあり、体験談として面白く読んでいるうちに大事なメッセージが自然と心に入ってくる、という仕掛けから来ています。

本書を翻訳するにあたっては、たくさんの方々から助けていただきました。ここに感謝の意を表します。

筑波技術大学の白澤麻弓氏、笹岡知子氏からは、障害者に関連する用語や考え方など、専門家でなければわからない内容を丁寧にご説明いただきました。また翻訳家の千桝靖氏からは、最初の読者として力強い応援と読みやすい文章にするための助言を多数与えていただき、大いに励まされました。エンパワメント研究所の久保耕造氏は、この翻訳を始めるにあたり快くご相談に乗ってくださいました。東京大学の福島智先生は、明石書店を紹介する労をとってくださいました。本書の出版を決断くださった明石書店の大江道雅社長、丁寧な編集作業をしてくださった岡留洋文氏に、心からお礼を申し上げます。本当にありがとうございました。

斎藤　愛

マギー・ケント・ウォン

訳者紹介

斎藤　愛（さいとう　あい）

南京大学に普通進修生として留学後、早稲田大学第一文学部哲学科卒業。中国書籍専門店内山書店勤務のかたわら、中日翻訳を始める。渡米後、モントレー国際大学院（現ミドルベリー国際大学院モントレー校）翻訳通訳修士号を取得、現在は日英フリーランス翻訳通訳者として活躍中。

マギー・ケント・ウォン（Margie Kent Wong）

米国コロラド大学心理学部卒業。南山大学留学生別科日本語専攻修了。米国帰国後、モントレー国際大学院（現ミドルベリー国際大学院モントレー校）に入学し、会議通訳学修士号を取得。社内通訳翻訳者を経てフリーランス翻訳・通訳者となる。シリコンバレー在住。

著者紹介

ハーベン・ギルマは、障害者権利擁護弁護士、講演家、またライターである。ハーバード大学法科大学院を卒業した初の盲ろう学生でもある。障害を持つ人々が平等な機会を獲得するための活動を繰り広げている。オバマ大統領は、ギルマ氏を「ホワイトハウスが認める変革のチャンピオン」に指名した。ギルマ氏はまた、ヘレン・ケラー実践賞（Helen Keller Achievement Award）を受賞し、フォーブス紙の選ぶ、世界を変える30歳未満の30人に選出された。ビル・クリントン元大統領、ジャスティン・トルドー首相、アンゲラ・メルケル首相からも賞賛の声が寄せられている。ギルマ氏は、法律や社会学、テクノロジーへの深い知識をもとに、モノやサービスを提供する企業に向けて、十分にアクセシビリティを確保することにどのようなメリットがあるかを啓蒙し続けている。その洞察力は、世の人々の考え方の枠を広げ、人々やそのコミュニティに対し、その場限りではない、前向きな変革をもたらしている。ギルマ氏の活動は、『フィナンシャルタイムズ』紙、BBC、NPR、『グッド』誌、『ワシントンポスト』紙などによって報じられている。

サンフランシスコベイエリアで生まれ育ち、現在もそこに居を構えるギルマ氏の最新の情報や写真、ビデオなどは、同氏のウェブサイト、メーリングリストやソーシャルメディアで知ることができる。

ウェブサイト: habengirma.com
メーリングリスト: habengirma.com/get-email-updates/
フェイスブック: www.facebook.com/habengirma
ツイッター: @HabenGirma
インスタグラム: @HabenGirma
リンクトイン: @HabenGirma

視覚障害を持つ方・身体障害を持つ方などで、紙の書籍では読むことが難しい方には、書籍をご購入された個人の私的利用に限り、本書のテキストデータを提供いたします。
詳しくはホームページの本書詳細ページにある「この本に関するお問い合わせ・感想」からお尋ねください。

ハーベン　ハーバード大学法科大学院初の
盲ろう女子学生の物語

2021年5月31日　初版第1刷発行

著　者　ハーベン・ギルマ
訳　者　斎　藤　愛
マギー・ケント・ウォン
発行者　大　江　道　雅
発行所　株式会社明石書店
〒101-0021 東京都千代田区外神田 6-9-5
電　話　03（5818）1171
FAX　03（5818）1174
振　替　00100-7-24505
http://www.akashi.co.jp
装丁　明石書店デザイン室
印刷・製本　モリモト印刷株式会社

ISBN978-4-7503-5209-1
Printed in Japan
（定価はカバーに表示してあります）